우리 내기 할까요?

우리 내기 할까요?

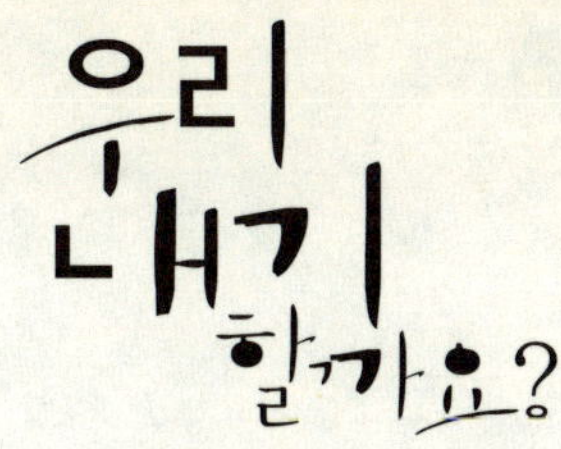

우리 내기 할까요?

· 송혜련 장편소설 ·

큰나무

우리 내기할까요?

초판 인쇄 | 2004년 8월 10일
초판 발행 | 2004년 8월 16일

지은이 | 송혜련
펴낸이 | 한익수
펴낸곳 | 도서출판 큰나무

등록 | 1993년 11월 30일(제5-396호)
주소 | 120-837 서울시 서대문구 충정로 3가 3-95 2층
전화 | 02) 365-1845 · 1846 팩스 | 02) 365-1847
e-mail | btreepub@chollian.net
홈페이지 | www.bigtreepub.co.kr

값 9,000원

ISBN 89-7891-193-3 03810

"매일매일, 어제보다 오늘이, 오늘보다 내일이 더 행복하다, 한영아.
네가 있다는 이유만으로도 난 행복해서 가슴이 터질 것 같아.
사랑해. 언제까지나 영원히 사랑할게."

―본문 중에서―

프롤로그

"우리 내기할까요? 당신이 나를 사랑하게 되는지 그렇지 않은지……."

흰색 야구점퍼에 빛 바랜 청플레어 스커트, 루즈삭스에 스니커즈를 신은 그의 어린 약혼녀가 소파에 기대앉아 다리를 꼬며 말했다.

시원은 널찍한 책상에 기대며 물고 있던 담배를 깊숙이 빨아들였다. 후~, 그가 뿜어낸 말보로의 독한 향이 한영에게까지 뿜어져 나왔다.

'콜록 콜록, 저 인간이 날 질식사시키려는 거야……. 그리고 말야, 이왕 담배 피는 거 국산을 피워야 할 것 아냐. 국위선양도 모르나…….'

한영의 조그만 머릿속에 이런저런 생각이 정처 없이 흘러갔다.

자로 잰 듯 정확히 맞아떨어지는 아르마니 양복을 입고 1년 전에
나 주문해야 신을 수 있다는 고급 수제화를 신은 자신의 나이 많
은 약혼자를 쳐다보았다. 언젠가 사촌 오빠에게 배운 필살의 다
리 꼬기를 하면서 말이다.

"역시 루즈삭스에 다리 꼬기는 모양새가 좋지 않아. 이럴 줄
알았으면 섹시한 옷 한 벌 장만하는 건데……, 에이."

자신의 약혼자가 자기의 내기에 응하는 건 당연한 일인지라 한
영은 별다른 걱정 없이 편안한 눈빛으로 시원을 쳐다보았다.

시원은 자기보다 아홉 살이나 적은 여자 아이(?)가 자신의 눈을
뚫어지게 쳐다보자 흥미가 생겼다. 그녀의 눈빛은 막 사랑을 나
누고 난 후의 나른한 눈빛이었다. 포만감이 가득한.

시원이 대명그룹의 사장직을 맡은 후로 — 사실 그전에도 별로
없었지만 — 자신의 눈을 똑바로 쳐다보는 사람은 드물었다. 그
런 차에 이제 대학교 3학년인 그녀가 어려워하는 기색 없이 그를
응시하는 것이 재미있었다.

'하긴, 겁에 덜덜 떠는 약혼녀보단 낫지.'

시원은 혼자 생각했다.

"내가 그 내기에서 얻게 되는 건 뭐지? 내가 당신을 사랑하게
되면 말이야."

시원은 다시 한 번 담배 연기를 내뿜으며 느릿느릿 말했다.

'빙고! 역시 지기 싫어하는 성격이군.'

한영이 방그레 웃었다.

"당신을 무지무지 사랑하는 아내를 얻게 되는 거죠. 후후후."

"반대의 경우는?"

"뭐 별 다른 거 있나요? 당신의 말에 순종하는 싹싹한 아내지
뭐……."

자기가 내기를 제의했는지도 모를 만큼 무심한 듯 대답하는 한

영이었지만 사실 그녀의 심장은 미친 듯이 두근거리고 있었다. 자신이 원한 약혼이었다. 할아버지를 따라간 친구 분 댁에서 그를 보고 한눈에 반한 한영이 고집을 부려 이뤄 낸 약혼이었다. 그래서 자신이 그를 사랑하는 것만큼 그 또한 자신을 사랑하게 만들고 싶었다.

하지만 문제는, 그에겐 자신을 사랑할 의사가 전혀 없다는 것. 아니, 그는 사랑이라는 감정을 전혀 믿지 않는다는 것이었다.

그런데 별다른 거부감 없이 선뜻 약혼에 응하는 그를 보며 한영은 얼마나 기뻤는지 모른다. '시원이 자신을 사랑하게 만드는 첫 단계'로 라는 첫 번째 걸음이었다. 그도 자신을 아주 싫어하지 않기 때문에 약혼에 응한 거라고 생각했다. 하지만 약혼식 날 그의 눈동자에 깃든 감정은 그녀를 실망시키고도 남았다. 그의 눈동자는 한영을 앞으로 사랑해야 할 약혼녀로 보고 있지 않았다. 때문에 한영은 시원에게 내기를 제의했다.

사랑을 전혀 믿지 않는 시원이 자신을 다시 보고 사랑하게 만드는 것. 그건 단순한 내기가 아니라 이한영 자신의 안녕과 행복이 걸린 일생일대의 도박이었다.

1

이곳은 원래 손님이 많이 오는 곳이었다.

한국 고유의 호텔을 지향한 '한명관'은 이름만 들으면 요정 같은 느낌을 주지만 웬만한 명함을 가진 사람들도 예약하기 어려울 정도로 고급스러운 호텔이었다. 5층밖에 안 되지만 고급스러운 기왓장을 하나하나 올려 지은 건물은 보는 사람들로 하여금 경탄을 자아내게 만들었다.

처마는 하늘을 향해 매끄럽게 뻗어 있었고, 그 아래는 화려한 색을 입은 나무들이 한치의 틈도 없이 맞춰 있었으며, 바람에 살랑거리는 풍경이 맑은 소리를 내고 있었다. 또한 호텔 주위를 둘러싸고, 마치 조선시대 어느 고관 집의 정원처럼 정자와 연못, 그리고 이름을 알 수 없는 많은 풀꽃들이 어우러져 이곳이 진짜 서울인가 싶을 정도로 서정적인 느낌을 주었다.

객실은 침대가 있는 방과 원앙금침이 있는 방으로 나뉘어져 한국적인 맛을 흠뻑 느낄 수 있었다. 그래서인지 외국에서 오는 귀빈을 대접할 때 한명관에서 하면 그 계약은 100퍼센트 성립이라는 말이 돌 정도였다.

가장 한국적인 것이 가장 세계적인 것이라는 말이 있듯이, 아무래도 한국적인 것이 외국 바이어들의 시선을 끌기 마련이다.

관악산 한 자락에 자리잡은 한명관까지 가는 길은 데이트 코스로도 그만이어서 많은 연인들에게 인기를 끌었다. 방 하나 예약하기가 하늘의 별 따기 보다 더 어렵다 할지라도 말이다.

오늘따라 유난히 손님이 많았다. 넓은 부지의 주차장뿐만 아니라 큰 주차건물을 만들어 놓았기에 망정이지 안 그랬다면 이 많은 차들을 다 수용하기 어려웠을 것이다. 여름방학을 이용해 한명관 파킹맨 아르바이트를 하던 정민수는 고풍스러운 로비 입구에 붙어 있는 공고지를 힐끗 보았다.

윤시원 군과 이한영 양의 약혼식이
월하실에서 이루어집니다.

한지에 정성스레 쓰여 진 붓글씨는 쓴 사람의 강직함과 단아함이 느껴지는 듯했다.

"그래, 가문과 가문의 결합이란 이런 걸 말하는 거겠지?"

정민수는 대명그룹의 사장과 한영재단의 영양의 약혼식을 알리는 문구를 읽으면 생각했다.

'영화 속에서나 일어나는 일인 줄 알았더니 내 눈으로 직접 보는구나.'

정민수는 혼자 중얼거리며 밀려드는 차를 주차장까지 부지런히 몰았다.

월하실.

아름다운 한 쌍이 케이크를 커팅하자 많은 사람들이 박수를 쳤
다. 희미한 미소를 입에 머금고 있는 남자는 180센티미터가 넘는
훤칠한 키에 듬직한 체격의 소유자였다. 그 옆에는 남자의 어깨
정도까지 오는 여자가 세상을 다 가진 듯 웃음이 활짝 핀 얼굴로
서 있었다. 누가 보아도 '선남선녀'라는 말을 할 정도로 잘 어울리
는 한 쌍이었다.
두 남녀는 소란스러운 박수소리가 잦아들자 서로를 보며 방긋
미소지었다. 그들의 모습을 보며 사람들은 자신도 모르게 입가에
미소가 지어짐을 느꼈다. 서로를 바라보며 미소를 짓는 두 남녀
의 머릿속에 어떠한 생각이 펼쳐지는 지는 전혀 짐작도 못한 채
말이다.
시원은 자신의 옆에서 마냥 행복한 표정을 짓는 한영을 내려다
보았다.
이한영.
'한영재단의 꽃'이자 '한영재단의 보물'이라고 불리는 이 아가씨
는 보는 사람으로 하여금 저절로 미소를 짓게 만드는 해맑은 미
소의 소유자였다.
'여손이 귀한 집안에서 유일한 여자 아이라고 했던가?'
이 아가씨는 어릴 적에 양친을 사고로 잃었지만 집안사람들의
끔찍한 사랑과 보살핌 덕에 구김 없이 성장했다고 들었다. 하긴
그도 처음 대면을 했을 때 그녀의 구김살 없는 밝은 모습이 마음
에 들었다. 그래서 어차피 사랑 없는 결혼을 할 거라면 이렇게 밝
은 사람과 하는 것이 좋겠다고 생각했던 것이다. 물론 자신을 믿
고 있는 할아버지를 기쁘게 하는 일이라면 이 아가씨가 아닌 어
느 누구도 상관없었지만 같은 값이면 다홍치마라고 하지 않는가.

할아버지도 끔찍이 좋아하시는 데다가 이런 사람이면 칙칙한 집안 분위기가 좀 밝아지지 않을까 하는 마음도 있었다. 그래서 할아버지가 약혼 이야기를 꺼낸 그날 바로 결정을 내렸다. 그것이 바로 한 달 전이었다. 시원은 그동안 서너 번 정도 한영을 만났는데 그때마다 그녀의 웃음은 그도 미소짓게 만들었다.

'여동생이 있다면 이런 느낌일까?'

시원은 끊임없이 이어지는 생각의 꼬리에서 벗어나 눈앞의 여자에게 집중하며 더 큰 미소를 지었다.

'뭐…… 뭐야! 지금 누굴 보는 거야? 약혼녀야? 동생이야?'

한영은 시원의 눈빛에 실망했다. 자신이 사랑해 마지않는 남자의 눈동자는 자신의 여동생이라고 말하고 있었다. 가슴 한구석이 싸하게 저려 왔다.

'난 더 이상 오빠는 필요 없단 말야!'

자신을 끔찍이도 사랑하는 사촌 오빠가 셋이나 있는 그녀로서는 자신 앞에 서 있는 이 남자의 눈동자가 무얼 말하는지 알고도 남았다. 사촌 오빠들이 그녀를 바라보는 눈동자와 똑같았기 때문이다.

사람들의 눈을 의식해 한영은 더욱 환한 미소를 지었지만, 속으로는 화가 나 길길이 뛰고 있었다.

표면적으로는 한영재단의 꽃이네, 보물이네 하고 있지만 알 만한 사람은 다 알고 있었다. 그것말고도 한영재단의 '불여우, 고집불통' 등으로도 불린다는 것을 말이다.

한 달하고도 보름 전의 일이었다.

친구 분 댁에 놀러 가시는 할아버지의 걸음에 동석한 날이 말이다. 그날은 유난히도 기분이 좋았다.

한영은 따사롭게 얼굴을 만지는 초여름의 상큼한 햇살에 잠을 깨었다. 아침상에는 좋아하는 나물무침이 있었고, 좀처럼 이기기 어려운 상대인 한재 오빠와의 체스게임에서도 이겼다. 노랑이 한주 오빠도 웬일로 용돈을 주었다.

오전 내내 좋은 일의 연속이라 그런지 자신이 행복하다는 표시를 팍팍 하고 싶은 날이었다. 그때 할아버지께서 외출할 채비를 하고 거실로 나오셨다.

"세상에서 가장 사랑하는 할아버지, 오늘 어디 가세요?"

다정스레 팔짱을 끼며 한영이 물었다.

"어, 오늘 윤가 놈 만나기로 했다. 좋은 차(茶)가 들어왔다고 건너오라는 구나."

한명대 총장이자 한영에게는 한없이 너그러운 할아버지인 이한영 총장이 손녀딸의 손등을 어루만지며 말했다.

"와! 그러고 보니 윤할아버지 뵌지도 무지 오래 됐네요."

"너도 갈 테냐? 그래, 말 나온 김에 이 할아비랑 같이 가자."

"그럴까요? 좋아요. 할아버지랑 단둘이 데이트한지도 오래됐으니 같이 가요. 할아버지 잠시만 기다려 주세요. 저 옷만 갈아입고 금방 내려올게요."

"천천히 하고 내려와라. 윤가 놈 기다리는 것쯤이야……."

이한영 총장은 벌써 쿵쾅거리며 계단을 올라가는 손녀딸의 뒤통수에 대고 말했다.

한영이 태어났을 때 온 집안이 술렁거렸었다. 유난히 여손이 귀한 집안이었는데 둘째 아들놈이 결혼하자마자 떡 하니 딸을 낳아 왔기 때문이었다. 첫째 성훈이 어찌나 부러워했는지 지금도 그때를 생각하면 웃음이 났다.

그런데 하늘도 무심하시지. 그렇게 애지중지했던 딸을 두고 둘째 내외가 교통사고로 세상을 떠나 버렸다.

한영의 나이 겨우 다섯 살 때였다.

겨울 빙판 길에서 미끄러진 차에는 두 내외만 타고 있었다. 그 때 한영은 감기에 걸려 본가에서 돌보고 있었다. 한꺼번에 부모를 잃은 한영의 얼굴에서는 한동안 웃음을 찾아볼 수가 없었다. 온 집안 식구들은 모두 그런 한영을 안고 감싸고 돌보느라 정신이 없었다.

그런 한영에게 웃음을 찾아 준 것은 세 명의 사촌 오빠들 힘이 컸다. 여동생이 태어난 순간부터 예뻐서 죽으려고 했던 녀석들이 었다. 자신들이 한영의 기사라도 되는 듯 집안에서는 한시도 한영의 곁을 떠나지 않았다. 아침에 학교도 마지못해 갔고 끝나자마자 집으로 돌아오기 바빴다.

특히 막내 한주가 초등학교 1학년 때라 한영과 제일 오래 붙어 있었다. 결국 한주가 한영의 얼굴에 웃음을 찾아 주었다.

한주가 초등학교 1학년 때였다. 학교에 가서도 한영이 생각뿐 이었는지 받아쓰기 시간에 시험을 보는 둥 마는 둥 하다가 빵점을 받아 왔다. 화가 난 며느리는 한주에게 빵점이라고 빨간 색연필로 크게 쓰여진 시험지를 입에 문 채 무릎을 꿇고 두 팔을 들고 있으라며 벌을 세웠다.

그때 거실 한 쪽에서 침이 슬슬 스며드는 종이 시험지를 입에 문 채 무릎꿇기가 익숙하지 않은지 몸을 배배 꼬는 한주를 쳐다보던 한영이 갑자기 웃기 시작했다.

사실 시험지를 따라 침이 바닥에 떨어졌으니 웃기긴 웃긴 상황이었다. 하지만 그 순간 집안 사람들이 얼마나 기뻐했던지……. 울면서 손녀를 안아 드는 총장에게 손녀딸은 이렇게 말했다.

“할아버지, 엄마 아빠는 하늘나라로 갔지만 여기에는 할아버지도 있고, 큰엄마, 큰아빠, 작은 엄마, 작은 아빠, 한재 오빠, 한성 오빠 그리고 한주 오빠가 있으니까 한영이는 안 쓸쓸해요.”

그 순간부터 한영은 집안의 꽃이자 보물이었다. 그 뒤로 한영은 구김 없이 밝고 사랑스럽게 자라나 주었다. 이한영 총장은 새삼스레 그때의 기억이 떠오르자 빙그레 미소를 지었다.

"어떠냐. 이가 놈아, 차 맛 좋지?"

대명그룹 윤민원 회장과 한영대 이한영 총장은 어릴 적부터 둘도 없는 친구였다. 공부도 함께 하고, 담배를 배우는 것도 함께, 망나니짓을 하며 다닐 때도 언제나 함께였다.

"그러네. 맛이 좋우이."

이한영 총장은 잔을 내려놓으며 말했다. 태어나면서부터 70여 년을 함께 지내 온 친구의 눈을 보았다. 그 친구의 눈에는 '네놈은 이런 차(茶) 구하려 해도 못 구할걸' 하는 말이 쓰여 있었다. 그런 친구를 보며 이한영 총장은 자신의 곁에서 다소곳이 차를 마시는 손녀딸을 보며 미소지었다.

"맛이 좋지, 한영아?"

"네. 할아버지."

손녀딸이 자신을 마주보며 방긋 미소짓자 윤가 놈의 얼굴에 질투가 어리는 것을 보았다. 이한영 총장은 '흐흐흐 이놈아. 너는 이렇게 귀여운 손녀딸 있냐?' 하는 의기양양한 눈빛이었다.

한영은 두 할아버지의 신경전을 보며 미소지었다. 이 두 분의 신경전 속에 서로에 대한 사랑이 듬뿍 배어 있음을 잘 알기 때문이었다.

"할아버지, 전 바람 좀 쐬고 올게요."

"어, 그럴 테냐?"

두 노인이 동시에 말했다.

"네. 두 분 담소 나누세요."

한영은 두 할아버지를 남겨 두고 거실로 나왔다. 올 때마다 느끼는 거지만 정말 이 집이 좋았다. 한옥으로 지어진 넓은 이 집은 윤할아버지가 하나하나 꼼꼼히 살펴보며 지은 거라고 했다. 주춧돌부터 마루, 그리고 장지문까지 철저하게 전통적으로 지어진 한옥이었다.

아니지, 한옥의 외양에 양옥의 편리함이 절묘하게 맞물렸다고 해야 하나, 아무튼 좋은 집이었다. 나중에 가정을 꾸린다면 이런 집에서 시작하고 싶다고, 마루에 걸터앉아 신발을 신으며 생각했다. 풀려진 운동화 끈을 다시 묶기 위해 고개를 숙인 한영의 머리 위로 검은 그림자가 드리워졌다. 놀란 한영이 벌떡 일어나자 자신의 눈앞에 기가 막히게 잘생긴 남자가 서 있었다.

주춧돌을 밟고 섰는데도 그 남자는 자신보다 컸다. 자연스럽게 넘긴 머리와 깊이를 알 수 없는 검은 눈동자. 한영은 그 눈동자에 빨려 들어가는 것 같다고 생각하며 자신도 모르게 인사를 건넸다.

"안녕하세요?"

"아…… 네. 초면에 실례지만 누구신지?"

남자의 저음의 목소리가 자신을 휘감는 것 같았다.

'아, 짜릿해.'

"이한영이라고 해요."

자신의 이름을 말하자 남자의 미간이 찌푸려졌다.

'흠…… 저 남자는 인상을 찌푸려도 잘생겼군. 그리고 키 좀 봐.'

한영은 주춧돌에서 내려와 남자의 곁에 서서 눈짐작으로 그의 키를 가늠해 보았다.

"이한영 씨라면…… 할아버님 친구 분……."

"아, 이름이 똑같죠? 저희 할아버지께서 이름을 제게 물려주신 거예요. 할아버지와 제 이름이 똑같답니다."

"그렇군요. 그럼 편히 계시다 가십시오."

꾸벅 고개를 숙이며 집안으로 들어가는 남자를 보며 한영은 자신이 첫눈에 사랑에 빠졌음을 알았다. 자신의 부모님들이 그랬던 것처럼 말이다. 부모님은 첫눈에 사랑에 빠져 눈 깜짝할 새에 결혼에 골인해 자신을 낳았다고 들었다.

'사랑은 순식간에 빠지는 거야.'

집으로 돌아오는 차 안에서 한영은 할아버지의 손을 꼭 잡으며 말했다.

"할아버지, 나 윤할아버지 댁에 시집갈래요!"

집안이 난리가 났다.

할아버지와 외출했다 들어온 한영이 결혼하겠다고 선언해 버렸기 때문이었다. 이성훈, 강미현 부부는 놀란 얼굴로 아버지의 얼굴을 쳐다보았고, 한재와 한주는 이게 무슨 일이냐며 펄쩍 뛰었다.

"아이참, 결혼하고 싶은 사람이 생겼다니까요. 윤할아버지 손자분이시래요. 아, 엄마. 얼마나 잘생겼는지…… 물론 키도 크고요."

미현은 자신의 손을 꼭 잡으며 꿈을 꾸는 듯한 눈동자로 말하는 한영을 바라보았다. 부를 때마다 앞에 '큰' 자를 붙이는 게 번거로웠는지 어린 한영은 어느 순간부터 그녀와 남편을 '엄마, 아빠'라고 불렀다.

앵두 같은 입술로 엄마라고 부르는 게 어찌나 사랑스러웠는지 미현은 자신의 배 아파 낳은 아들들보다도 더 한영을 사랑했다.

친구들 모임에 나갈 때마다 힘 안 들이고 딸이 생겼다고, 우리 한영이가 한복을 입으니 인형인 줄 알았다고, 오늘은 한영이가 그림을 그렸는데 아무래도 화가가 될 모양이라고, 생전 안 하던 자식 자랑에 친구들까지 혀를 내두를 정도였다.

"한…… 한영아. 너 이제 스물둘이야. 너무 이른 거 아닐까?"

미현은 흥분한 한영을 소파에 앉히며 말했다.

"그래, 아직 머리에 피도 안 마른 것이 무슨 결혼이야?"

한주가 한영의 머리를 쥐어박으며 말했다.

"맞아. 그리고 윤시원이 놈한테는 너 안 줘. 아까워서 못 줘. 그놈이 얼마나 나쁜 놈인데!"

첫째 한재도 펄펄 뛰며 말했다.

"어? 그 사람 이름이 윤시원이었어?"

"뭐야, 너 이름도 모르면서 결혼한다고 한 거야?"

한재가 기가 막힌 듯 말했다. 한영은 고개를 들어 한재를 뚫어지게 쳐다보며 말했다.

"한재 오빠 이름이 중요한 게 아니야. 문제는 내가 그 사람을 사랑한다는 거야."

"뭐? 사랑?!"

한영의 입에서 사랑이라는 말이 나오자 식구들이 동시에 소리를 질렀다.

"아니, 아버지 이게 무슨 일이에요?"

한영재단 이성훈 이사장이 가장 먼저 냉정을 찾으며 자신의 아버지에게 물었다. 이한영 총장은 씁쓸한 표정을 지으며 입맛을 다셨다.

"아니, 윤가네서 돌아오는 데 갑자기 시집을 간다지 뭐냐. 신발 신으며 인사 나눈 게 다라는데 말이다. 시원이의 어떤 점이 우리 한영이를 반하게 했는지. 원……."

"시원이 정도면 괜찮은 사윗감이죠. 다만 한영이하고 나이 차이도 그렇고, 또…… 서로 사랑해야 결혼을 하는 것인데……."

성훈의 말이 끝나기도 전에 한재가 소리를 빽 질렀다.

"윤시원이가 뭐가 괜찮은 사윗감이에요? 그놈이 얼마나 여자를 후리고 다니는……."

"이한재!"

한재의 말은 미현의 단호한 부름에 쏙 들어가 버렸다.

"이한재, 어른들 말씀을 누가 끊으래?"

"하지만, 엄마. 할아버지랑 아버지도 윤시원이 어떤 놈인지 아
셔야 한단 말이에요."

한재는 침까지 튀어 가며 시원의 화려한 여자관계를 읊어 대기
시작했다. 게다가 그의 차가운 성격과 나쁜 점들을 하나하나 빼
놓지 않고 말했다. 심지어 중앙선 침범 위반 스티커를 눈으로 똑
똑히 보았다며 그런 성격 급한 놈한테는 한영이를 절대 못 준다
고 비장한 목소리로 말했다.

그런 한재를 보며 한영은 정녕 저 사람이 서른한 살이 맞는지
의심스러웠다. 그리고 그런 못된 놈이 있냐며 펄펄 뛰는 한주 오
빠를 째려보았다.

"미래의 처남한테 저렇게 욕해도 되는 거야?"

식구들의 목소리가 점점 더 커져 갔다. 할아버지와 엄마의 대
화, 아빠를 붙잡고 아직도 시원의 욕을 하고 있는 한재 오빠, 그
리고 전화기를 붙잡고 작은 집에 소식을 알리는 얄미운 한주 오
빠까지.

'에휴, 곧 작은 집에서 사람이 들이닥치겠네.'

태풍의 핵 한영은 고개를 설레설레 저으며 자신의 방으로 들어
갔다.

"쾅!"

현관문이 요란하게 열리자 옥신각신하던 사람들의 시선이 그쪽
으로 쏠렸다. 헝클어진 머리에 흰색 폴로티셔츠, 짧은 흰색 반바
지를 입고 한 손에 스쿼시 라켓을 든 사람이 나타났다.

"뭐? 우리 꼬맹이가 결혼을 한다고?"

“어이, 형제 왔구먼!”

한주가 호들갑스러운 목소리로 벌떡 일어나 사촌형을 안으며 말했다.

“무슨 일이에요?”

부랴부랴 열린 문으로 한성의 뒤를 따라 이준성, 최진영 부부가 들어왔다. 이한영 총장의 셋째 아들 부부였다. 진영이 아들 한성의 손에서 라켓을 빼앗아 들며 말했다.

“한성이가 먼저 도착했구나. 근데 이건 또 왜 가지고 왔니?”

“아니 꼬맹이가 결혼한다는 말에 너무 급하게 오느라…….”

한성은 스포츠센터에서 스쿼시를 하다 한주의 전화를 받고 부리나케 달려오는 길이었다. 한성이 형 한재를 향해 물었다.

“이게 무슨 일이우?”

“아니, 한영이가 아버님이랑 같이 성북동에 갔었는데…….”

뒤늦게 소식을 접한 동생 식구들에게 자초지종을 설명하고 나자 모두들 크게 한숨을 내쉬었다. 다들 착잡한 표정으로 이한영 총장을 바라보았다.

이 총장은 ‘한영이를 거기에 데리고 가지만 않으셨어도…….’라는 눈빛으로 자신을 보는 아들 내외와 손자들의 시선에 자기도 모르게 움찔했다.

“흠흠…… 아직 한영이가 나이도 어리고 학교도 졸업하지 않았으니 결혼은 어렵다고 생각한다.”

헛기침으로 이 총장의 말이 시작됐다. 모두들 이 총장의 말에 공감을 하는 듯 고개를 끄덕였다.

“그쪽의 의사도 어떻게 될지 모를 일이고.”

끄덕 끄덕.

“게다가 난 아직 우리 한영이를 다른 집에 보내기도 싫다.”

“맞는 말씀이에요. 할아버지. 남 보여 주기 아까워서 집 안에만

있게 하는데 어떻게 벌써 남한테 줘요. 게다가 위로 오라버니들
이 한 명도 장가를 못 갔는데. 집안의 막내가 제일 먼저 결혼을
한다는 게 말이 되요?"
　한주가 할아버지의 말이 끝나기가 무섭게 말했다. 식구들은 서
로 얼굴을 쳐다보며 고개를 끄덕였다. 구구절절 맞는 말이었다.
사내들만 가득한 집에 한영이 있어서 웃음꽃이 피었는데 아까워
서 누구한테 준단 말인가?
　"좋아. 그럼 다들 의견이 그런 줄 알고 한영이에게는 안 된다
고 하마."
　결론이 지어졌다. 하지만 모두들 평안한 얼굴은 아니었다. 한영
재단의 꽃이자 보물인 이한영이 한번 마음먹은 것은 꼭 해내고
마는 '한영재단의 고집불통'이라는 걸 다들 너무도 잘 알고 있기
때문이었다.

　한영은 참을 수가 없었다. 반대하는 가족들의 얼굴이 떠올랐다.
　"어떻게 내가 사랑하는 사람이라고 하는데도 허락을 해 주시지
않는 거지? 정말 내가 실력발휘 하기를 바라시는 것일까?"
　침대에서 폴짝폴짝 뛰며 분노하던 한영은 집안 식구들을 설득
할 묘안을 짜내며 빙그레 웃기 시작했다.

　보름 후.
　"어떠이?"
　"한영이라면 두말할 것도 없지!"
　이 총장은 쓰린 마음에 한 손은 가슴을 부여잡고 다른 한 손으
론 전화기를 부여잡은 채 윤 회장에게 말을 건넸다. 보지 않아도
화색이 만연할 윤민원의 얼굴이 떠올랐다.
　아니 윤민원이의 머릿속에 어떤 생각이 떠올랐는지도 훤히 들

여다보였다. 눈에 넣어도 안 아플 손녀딸을 능구렁이 같은 윤가
놈에게 넘겨준다고 생각하니 숨이 턱턱 막혀 왔다.

"내 시원이랑 얘기하고 저녁에 전화 줌세."

윤 회장의 말에 씁쓸해지는 이 총장이었다.

지난 보름 동안 한영이는 집안사람들의 정신을 홀딱 빼놓았다.

이 총장은 이른 아침마다 떠오르는 햇살을 빛 삼아 글을 써 왔
다. 조용한 새벽녘에 먹빛을 보며 글을 쓰고 있노라면 어지러운
마음이 진정되어 평정을 얻을 수 있기 때문이었다.

한영의 결혼하겠다는 폭탄 선언이 있은 다음 날도 이 총장은
어김없이 붓을 꺼내 들었다.

그때 노크소리와 함께 한영이 들어왔다. 두 눈동자가 마주쳤다.
한영의 눈빛을 보는 순간 이 총장은 속으로 신음을 흘렸다. 한영
의 눈동자에는 단호한 결심이 맺혀 있었기 때문이었다.

보나마나 한 결심.

이 총장은 손녀딸의 애교에 넘어가지 않으리라 단단히 마음을
먹으며 벼루에 물을 부었다. 하지만 어찌된 일인지 손녀딸은 한
마디 말도 없이 그저 곁에 앉아 묵묵히 벼루를 갈 뿐이었다. 그
렇게 두 시간을 서로 말없이 보냈다. 이 총장이 붓을 정리하자
그제야 일어나는 한영이었다.

"한영아, 이 할아비한테 뭐 할 말 있는 게냐?"

결국 침묵을 참지 못하고 이 총장이 먼저 입을 열었다. 그러나
한영은 그저 빙그레 미소를 지을 뿐이었다. 그렇게 침묵의 서예
가 일주일 지속되자 이 총장은 결국 손을 들고 말았다.

일주일 후 일요일 저녁, 가족들이 모인 자리에서 이 총장은 자
신의 항복을 실토하고 말았다. 그러나 죄책감도 잠시, 저마다 자
신의 항복을 말했다.

아들놈들은 점심 때 마다 회사로 찾아와 자신이 만들었다며 점심 도시락을 내밀며 애교를 떠는 한영을 이기지 못했다. 며느리들도 살갑게 굴며 시장을 쫓아다니고, 문화강좌도 같이 다니며 '우리 엄마들이 최고' 하는 한영의 입바른 소리에 홀딱 넘어가 버린 것이다. 첫째 손자 한재도 술에 흠뻑 취해 눈물을 떨구는 한영이의 어깨를 두드려 줄 수밖에 없었으며, 막내 한주는 자기만 보면 얼굴을 굳히며 쌀쌀 맞게 대하는 한영에게 무릎 꿇고 싹싹 빌었다.

"어휴~."

식구들은 한숨을 내쉬었다. 그나마 강적이라고 할 수 있는 한성이 아직 남아 있었다.

"다들 실망입니다. 한영이 시집 못 보낸다고 일주일 전에 그렇게 철썩같이 말씀하셨으면서."

한성의 냉랭한 말에 모두들 입을 다물었다. 하지만 가족 모두의 눈동자에는 이렇게 쓰여 있었다.

'너도 이번엔 한영이를 이길 수 없어.'

그 시각 2층 방에서 홀로 앉아 있던 한영이 미소를 지었다.

'가족 모두를 내 편으로 만들었다. 히히히…… 아니지, 아직 강적이 남아 있었지.'

한성은 법을 공부해서 그런지 웬만큼 해서는 잘 넘어오지 않았다. 대학교 1학년 때 친구들이랑 배낭여행을 가려다가 못 간 것도 한성 때문이었다. 다른 사람들은 다 한영의 애교에 넘어갔지만 한성만큼은 어림도 없었던 것이다. 한영은 그때의 실패를 되새기며 벌떡 일어나 의지를 불태웠다.

핑글.

갑자기 일어나서 그런지 머리가 어지러웠다. 한영은 희미하게 웃었다 사실 이틀 동안 물 이외에는 아무 것도 먹지 않았다. 대망의 술수는 한성이라는 큰 벽을 넘기 위해 남겨 두었던 것이다. 이틀 후 모든 것이 판가름 날 것이다.

"꼬르륵."

배에서 꼬르륵 소리가 나자 한영은 배고픔을 참기 위해 침대에 누워 이불을 뒤집어썼다. 지금 잠시 괴로움을 참으면 그 남자가 내 손바닥에 떨어진다.

꿈에서 보는 그 남자는 더욱 잘생겨 보였다.

한성은 집안에서 믿을 건 자신뿐이라며 마음을 다잡았다. 이제 슬슬 꼬맹이의 공격이 시작될 것이다. 어제 저녁식사를 하기 위해 모였을 때 꼬맹이의 모습이 보이지 않았다는 것이 마음에 걸렸지만 대의를 위해 소의는 잠시 접어 둬야 하는 법. 한성이 주먹을 쥐며 의기충전하고 있을 때였다.

"변호사님. 한영 양한테서 전화인데요."

드디어 왔군!

"네. 돌려주세요."

"여보세요. 오빠?"

수화기를 통해 한영의 목소리가 들려 왔다. 이 녀석 목소리가 왜 이래? 피죽도 못 얻어먹은 사람처럼······.

"나. 지금 오빠네 사무실 근처로 가고 있거든? 바쁘지 않으면 잠시 만나지 않을래?"

"그래. 너 어디야?"

"지하철역이야. 10분이면 도착해. 1층 커피숍에서 봐."

한성과의 전화를 끊으며 한영은 콧노래를 불렀다. 꼬박 사흘을 굶다시피 해 지금 머리가 핑핑 돌고 있다.

한성은 10분이면 도착한다는 애가 30분이 넘도록 오지 않자 안절부절못했다. 핸드폰 연락도 되지 않았다. 정말 사고라도 난 것인지 속이 바짝바짝 타 들어갔다. 안 되겠다. 찾아봐야지 하는 생각에 몸을 일으키려는 순간 딸랑 소리와 함께 커피숍 문이 열렸다. 하얀색 원피스를 입은 한영이 보였다. 그리고 그 원피스보다 더욱 창백한 한영의 얼굴도. 한성을 발견한 한영의 입에 희미한 미소가 걸리는 듯했다.

"오…… 빠……."

그 순간 한영이 스르르 쓰러져 버렸다.

한성은 쓰러지는 한영을 보고 놀라 소리지르며 일어났다.

"한영아! 왜이래? 꼬맹아, 정신차려 봐! 누…… 누가 앰뷸런스 좀!"

링겔을 맞고 누워 있는 한영이 너무 가냘파 보였다. 이 조그만 것이 그렇게 마음고생을 할 줄이야. 집에 한영이 있는 병원을 알린 후 한성은 조용히 한영을 바라보았다. 눈이 파르르 떨린다 싶더니 한영이 눈을 떴다.

"정신이 드니 한영아?"

"오, 오빠. 어…… 떻……게 된……거야?"

"임마! 영양실조래. 너 밥도 안 먹고 살아?"

속상한 마음에 한성이 버럭 소리를 질렀다.

"미…… 미안해."

한영이 몸을 일으키려 하자 한성은 얼른 등에 베개를 대 주었다. 그때 또르르 한영의 눈물이 한성의 손등으로 떨어졌다. 한성은 눈을 질끈 감았다.

이번에는 도저히 이길 수 없다. 이한영을!

가족들이 한차례 들이닥쳤다 빠져나간 후, 혼자 누워 있던 한영의 입가에 환한 미소가 걸렸다. 4일을 굶은 것으로도 불안해 20분을 땡볕아래서 돌아다녔더니 아주 적절한 타이밍에 적절한 모습으로 쓰려졌던 것이다.

후후후, 얼굴은 좀 탔겠지만 그래도 효과가 있어 다행이었다.

희미해지는 정신을 붙잡고 가까스로 커피숍 문을 열던 때가 생각났다. 동시에 놀라서 커진 눈으로 자신을 보던 한성의 얼굴도.

가족들에게 걱정을 끼친 것은 정말 잘못한 일이지만 한성 오빠까지 넘어간 마당에 한영과 시원의 사이를 가로막는 것은 아무 것도 없었다.

"호호호."

얼굴 가득 띤 미소로도 모자라 벌어진 입술 사이로 웃음소리가 새어 나왔다.

정말 무서운 여자였다. 한영재단의 불여우라는 말이 증명되는 순간이었다.

2

“사장님. 이한영 씨 오셨습니다.”

“네.”

시원은 비서의 말에 자리에서 일어났다.

잠시 후 문이 열리고 그의 기억보다 훨씬 어려보이는 한영이 들어왔다. 그의 미간이 찌푸려졌다.

살짝 옆으로 돌려쓴 하얀 선캡에 흰색 레글런 소매의 하늘색 야구점퍼, 무릎이 살짝 보이는 청플레어 스커트, 하얀 루즈삭스 그리고 하늘색 스니커즈. 대롱대롱 인형이 매달려 있는 앙증맞은 배낭. 그동안 보아 오던 한영의 모습이 아니었다.

“앉으라는 말씀도 안 하세요?”

‘흠, 미소는 똑같군.’

한영의 채근에도 시원은 엉뚱한 생각을 하고 있었다. 계속해서 시원이 말이 없자 한영은 소파에 털썩 앉았다. 그제야 시원은 책상을 돌아 나와 섰다.

빙긋. 한영의 웃음에 시원도 덩달아 웃었다.

"음…… 뭐랄까, 못 본 사이에 많이 젊어진 것 같습니다."

시원은 한영의 옷차림에 대해 뭐라고 말하기 좀 그래 빙글빙글 돌려서 말했다. 그동안 약혼식을 포함하여 고작 다섯 번밖에 보지 못했지만 그때마다 굉장히 어른스럽고 여성스러운 옷차림이었기에 한영과의 나이 차이를 별반 느끼지 못하고 있었다. 그런데 오늘 한영을 보니 아홉 살은 너무 많지 않은가 싶었다. 하긴 친구들도 자신을 보고 도둑놈이라 놀려댔으니 말이다.

오늘따라 한영의 옷차림은 잡지에서 막 뛰쳐나온 사람처럼 보였다. 이제야 제 나이처럼 보이는, 아니 제 나이보다 더 어려 보였다. 이제 막 고등학교를 졸업한 것처럼 보였다. 뭔가 불편한 감정이 들었다.

'맙소사. 남들이 보면 원조교제인 줄 알 거야.'

"에이, 여기서 더 젊어졌다 간 사람들이 우릴 보면 원조교제인 줄 알 거예요."

시원은 흠칫 놀랐다. 저 여자가 내 생각을 읽었나? 시원은 괜스레 찔리는 듯한 느낌이었다.

"그리고 이제 저한테 말씀 놓으세요. 약혼도 했고 또 나이도 아홉 살이나 적은데 시원 씨한테서 꼬박꼬박 존댓말 듣는 거 불편해요."

"그…… 럴까…… 요?"

"또 존댓말 하기예요?"

한영이 귀엽게 눈을 흘기며 말했다.

'한영은 시원의 머릿속이 훤하게 들여다보였다.'

'흠, 내 옷차림에 당황하고 있군. 하긴, 내내 정장만 입었었으니.

크크크 짜샤. 나처럼 귀엽고 깜찍한 약혼녀가 어디 흔한 줄 알아?
약혼녀하고 여동생은 등급이 틀리단 말야!'

한영은 당황한 기색이 역력한 시원의 얼굴을 보며 환한 웃음을
지었다.

'자기가 포커페이슨 줄 알겠지. 흐흐흐, 하지만 귀신은 속여도
내 눈은 못 속인다.'

다년간 아니, 태어나서부터 지금까지 온갖 사랑을 받아 온 한
영으로선 상대방 눈빛만 봐도 그가 무슨 생각을 하는지 훤히 다
보였다. 어릴 적부터 자신의 웃음 한 번, 손짓 한 번에 방방 뛰는
사람들 틈에서 자라다 보면 저절로 영악해지고 여우가 되어 간다.

그렇게 20여 년 동안 한영은 친구들과 가족 모두가 인정하는
여우 중에 여우였다.

그런 그녀의 날카로운(?) 눈이 시원은 곰과(科)라고 말하고 있었
다. 사나운 늑대가 되기엔 지나치게 마음이 고운…… 그래서 더욱
마음에 드는 남자, 윤시원.

때문에 한 번은 용서해 주기로 했다. 기억에 남을 약혼식 날
동생을 바라보는 눈빛으로 극악무도한 잘못을 저지른 자신의 철
없는 약혼자를 말이다.

그때였다.

"쾅!"

잠시 바깥이 소란스럽다라는 생각이 들자마자 커다란 사장실의
문이 활짝 열렸다. 그리고 한 여자가 쏜살같이 쳐들어왔다.

"자기! 어쩌면 내가 여행간 사이 나한테 한마디 말도 없이 약
혼 할 수가 있어?"

'뭐? 자아기?'

한영은 자신의 눈앞에서 펼쳐지는 일을 멍하니 바라보았다.

'지금 저 여자가 내 남자한테 자기라고 한 거 맞아? 이런

쓰……'

간만에 한영의 승부욕을 돋구는 장면이었다.

요란스레 들어온 여자는 어느새 시원의 팔에 매달려 있었다. 눈앞에 불이 번쩍 하는 순간이었다. 그 막무가내의 여자는 자신의 감정에 정신이 팔려서인지 한영을 보지 못하고 있었다.

화를 가라앉히려 크게 심호흡한 한영은 주위를 둘러보았다. 시원이 무료한 표정으로 팔에 매달린 여자를 쳐다보고 있었고, 활짝 열려진 사장실 문 앞에는 비서실장과 세 명의 비서들이 시원과 한영을 번갈아 보며 안절부절못하고 있었다.

우선 상황을 정리하기로 마음을 먹은 한영은 벌떡 일어나 문을 향해 걸어갔다. 그녀의 움직임에 그제야 시원과 여자가 한영에게 시선을 돌렸다.

그것도 한영의 마음에 들지 않았다. 조강지처가 옆에 있는데 다른 여자에게 눈길을 돌려? 당황하나 안 하고? 부글부글 끓는 속을 거듭 달래며 한영은 환한 미소를 지었다. 사촌 오빠들과 친구들이 '불여시 웃음'이라고 명명해 준 ― 동그랗던 눈이 반달모양이 되고 입꼬리 사랑스럽게 올라가는 ― 꿀이라도 흐를 것처럼 달콤한 미소였다.

불시에 그녀의 미소를 받게 된 비서진들은 자기도 모르게 미소로 답했다. 고집으로 똘똘 뭉친 한성까지 한번에 가는 미소에, 면역이 되어 있을 리 없는 비서들이 넘어가는 것은 당연지사였다.

"죄송한데, 문 좀 닫아도 될까요?"

목소리마저 달콤한 그녀의 말에 비서들은 멍하니 뒷걸음질했다. 문을 닫으면서도 끝까지 미소를 보내는 한영이었다.

갑자기 주현이 들어왔을 때 시원은 깜짝 놀랐다. 그와 동시에 그녀를 막지 못한 비서들에게 욕설을 퍼붓고 싶었다. 자신의 팔에 매달려 콧소리로 앵앵거리는 그녀를 아무 느낌 없이 쳐다보았다.

주현과 자신 사이에는 아무런 약속도, 암시도 없었다.

Give and Take.

자신과 주현 사이에는 오직 그것만 있을 뿐이다. 그런데 왜 자신의 일을 시시콜콜 이야기해야 한다는 말인가?

시원은 여자들의 웃지 못할 소유욕에 코웃음치며 무표정한 얼굴로 주현을 바라보았다. 그뿐이었다. 그때 갑자기 소파에서 한영이 일어났다.

'이런, 저 애가 있었지. 휴…… 할아버지한테 한소리 듣겠군.'

시원은 잠시나마 약혼녀의 존재를 잊어버렸던 자신의 머리를 탓하며 그녀를 쳐다보았다. 벌떡 일어난 자신의 약혼녀가 씩씩한 걸음으로 문을 향해 걸어가자 시원은 잠시 고민했다.

'그녀를 잡아야 할까? 아니면 우선 주현을 돌려보내고 집으로 찾아갈까? 둘 다 귀찮군.'

하지만 자신의 약혼녀는 비서진에게 말을 건네며 살며시 문을 닫았다.

'어라? 예상 밖인데.'

그가 잠시 어리둥절해 하는 순간 그의 약혼녀는 설탕보다 더 달콤한 미소를 지으며 그를 쳐다보았다.

"두근두근."

그의 심장이 자기도 모르게 두근거렸다. 자신의 심장소리를 주현이 들었을까?

괜스레 걱정이 되는 시원이었다.

하지만 주현은 그의 심장에 신경을 쓸 겨를이 없었다. 직감적으로 저 미소의 주인공이 자신의 연적이라는 걸 느끼는 순간부터 사나운 암고양이처럼 으르렁거렸다. 그녀는 처음 들어왔을 때처럼 자신 있는 걸음걸이로 성큼성큼 한영을 향해 걸어갔다.

그리고 시원이 아차 하는 순간!

"철썩!"

날카로운 소리가 사무실을 가로질렀다. 불시에 공격을 받은 한영은 빨갛게 손자국이 남은 왼쪽 뺨을 어루만졌다. 머리까지 울리는 대단한 힘이었다.

"이게 무슨 짓이야?"

시원은 넘어진 한영을 일으켜 세우면서 주현을 쏘아보았다. 한영의 뺨은 빨갛게 부어 올랐고, 온몸은 사시나무 떨 듯 떨리고 있었다.

시원이 생각하기에도 한영의 입장에서는 한밤중의 홍두깨였다. 약혼자의 사무실에 처음 왔는데 오자마자 누군지도 모르는 여자한테 따귀라니! 아무 말 못하고 눈물만 그렁그렁한 한영을 조심스레 소파에 앉히고 주현을 돌아다 봤다.

주현은 날카로운 시원의 시선에 저절로 뒷걸음쳤다.

"뭐야? 우리 사이에 뭔가가 있었나? 뜨거운 밤에 대한 값은 이미 치른 걸로 아는데?"

시원은 노골적으로 주현이 한 목걸이를 손가락으로 잡아당기며 말했다. 그건 명백한 모욕이었다. 하지만 주현에게는 그런 비아냥거림이 귀에 들어오지 않았다.

"사랑했잖아. 응? 시원 씨…… 우리 사랑했잖아? 아니 지금도 사랑하잖아? 응?"

"뭐? 하하하, 사랑? 정신차려, 정주현. 우리는 사랑한 것이 아니라 서로의 욕정을 푼 것뿐이라고. 사랑이라니…… 하하하, 당신이 한 농담 중에 가장 좋았어. 하하하."

주현은 갑자기 무서워졌다. 미친 듯 웃고 있는 시원의 눈동자가 그 어느 때보다 차가웠기 때문이다.

"난 사랑이란 걸 하지 않아. 그러니 내가 당신을 사랑했다는 것에 대한 오해가 풀렸다면 그만 돌아갔으면 좋겠는데."

갑작스레 웃음을 끊은 시원이 냉정한 눈빛으로 자신을 쳐다보자 주현은 더 이상 있어 봤자 소용이 없다는 것을 깨달았다. 홧김에 시원의 약혼녀에게 따귀를 날렸지만, 빠르게 한영을 향해 달려가 그녀를 일으키는 시원의 뒷모습이 마냥 낯설어 보였다. 주현은 떨리는 입술을 깨물며 뒤돌아 섰다.

"잠깐."

시원의 부름에 주현이 희망을 담은 눈동자로 뒤돌아보았다.

"내 약혼녀에게 사과는 하고 가야지."

차갑다, 차가워. 주현은 침대에서 불같이 뜨거웠던 그가 맞는지, 덜덜 떨리는 입술로 미안하다는 말을 웅얼거리며 사과를 하고 잽싸게 밖으로 나갔다.

주현이 나가고 나자 넓은 사무실에 적막만이 남았다.

눈물을 흘릴까, 입술을 꼭 깨물고 있는 한영을 보자 시원은 안절부절못했다. 갑작스런 주현의 방문은 자기가 의도한 것이 아니라고 해 봤자 의미 없는 일이었다.

사건은 벌어졌고 난데없이 한영이 가장 큰 피해자가 되어 버렸다. 한영의 가냘픈 어깨가 흔들리자 시원은 자기도 모르게 곁에 앉아 그녀를 안아 주었다. 163센티미터의 한영이 181센티미터 시원의 품에 쏙 들어왔다.

한영과 시원의 첫포옹이었다.

"……."

자기도 모르게 한영을 향해 손을 내밀었지만 막상 그녀가 아기 고양이처럼 안겨 오자 예상 밖의 만족감이 느껴졌다. 달갑지 않은 감정이라고 생각했지만 곰곰이 따져 보면 한영과 그는 어차피 결혼해 살을 부딪치며 살아가야 할 사이였다.

목석보다야 낫겠지.

스스로의 감정을 합리화시키며 있을 때 그의 자그마한 약혼녀
가 품 안에서 뭐라고 웅얼거렸다.

와이셔츠와 양복재킷으로 가로막혀 있었지만 그녀의 뜨거운 입
김을 느끼기에는 충분했다.

익숙한 욕구가 시원의 몸을 훑고 지나갔다.

자신의 반응에 당황한 시원은 얼른 자신의 품에서 한영을 떼어
내며 물었다.

"응? 뭐라고?"

"……."

"조금만 더 크게."

"저…… 정말 사랑하지 않냐고…… 요?"

"뭐? 아아…… 그런 꼴을 보여서 미안해. 하지만 앞으로 그런
일은 없을 거야."

'이 남자가 웬 동문서답?!'

온몸이 떨릴 정도로 불쾌한 경험 — 사실 그렁그렁한 눈물도
떨리는 어깨도, 한 대 맞고 때려 주지 못한 분함에서 나온 것이
었다 — 이었지만 자신을 안고 있는 시원의 품이 너무 좋아 조금
전에 있었던 일은 그냥 묻어 둘까 하는 생각이 들었다. 하지만
머릿속을 떠나지 않는 건 그 불쾌한 여자가 아니라 미친 듯이 웃
으며 사랑 같은 건 하지 않는다는 시원의 말이었다.

그건 정말 안 될 말씀이다. 앞으로 나만을 바라보고 나만을 사
랑하며 순종(?)해야 할 남자의 입에서 나온 말치고는 너무 부적절
했다.

'어휴, 이 남자 어릴 때 부모님 사이가 안 좋았다더니. 사랑하
는 법까지 가르쳐야 하나? 앞날이 깜깜하군. 역시 먼저 반하는
사람이 손해야.'

한영은 그에게 물었다. 정말 사랑하지 않느냐고, 사랑 같은 걸

하지 않느냐고 말이다. 그런데 시원은 그 불쾌한 여자를 사랑하지 않느냐는 뜻으로 알아들었나 보다.

'이렇게 머리가 나쁘니 사랑을 못하지.'

한영은 속으로 혀를 쯧쯧 찼다.

"아니요. 정말 사랑 같은 걸 하지 않느냐고요?"

한영의 당돌한 물음에 시원은 그녀의 얼굴을 쳐다보았다. 그렁그렁했던 눈물은 어디로 갔는지 총명한 눈빛으로 자신을 똑바로 응시하고 있었다.

"아마도 아까 주현에게 한 말을 듣고 하는 말이겠지."

시원은 잠시 주현을 떼어 내기 위해 한 말이라고 거짓말을 할까 하다 이미 못 볼 꼴도 다 보여 줬는데 사실을 말하는 게 낫다는 생각이 들었다.

시원은 소파에서 일어나 책상으로 걸어갔다. 책상 한구석에 놓여 있는 케이스에서 담배를 꺼내 물었다.

"우선, 미안하다는 말을 하고 싶군. 주현이 때문에 벌어진 일은 말야."

"……."

"그것말고도 또 한가지 미안한 게 있는데, 아쉽게도 주현에게 한 말은 사실이야. 사랑이란 잠시 동안 일어나는 감정의 충동질이지. 그리고 그런 충동질에 빠지기에는 난 이미 나이가 너무 많잖아?"

시원은 아무 일도 아니라는 듯 어깨를 으쓱였다. 하지만 무심해 보이는 그의 눈동자는 약혼녀를 예민하게 살피고 있었다.

이제 스물두 살밖에 안 된 여자 애한테 너무 심하게 말하는 것 같지만 그래도 어쩔 수 없었다. 보아하니 눈치가 꽤 빠른 것 같아 유야무야 넘어가려 해도 안 될 것이다. 그럴 바에야 차라리 솔직하게 말하고 타협점을 찾는 것이 훨씬 합리적이다.

합리적. 그가 좋아하는 말 중에 하나이다. 그들의 결혼은 합리적이다. 그리고 원만한 타협점을 찾는다면 결혼생활 또한 합리적이 될 수 있을 것이다.

"우리가 만난지 이제 겨우 두 달이 되어 간다고, 그 사이에 만난 건 손가락으로 꼽을 수 있을 정도고 말이야. 그런 상태에서 사랑 운운하는 게 더 웃기다고 봐. 당신도 알 거라고 생각해. 내가 이 약혼에 응한 건 할아버지가 당신을 좋아하기 때문이야. 그 외의 이유는 없어."

"!"

"하지만 우리가 적절한 타협점……."

아무리 그래도 이건 심했다. 계속해서 시원이 뭐라고 떠드는 것 같았지만 한영의 귀에는 들어오지 않았다. 사실 그가 할아버지 때문에 자신과 약혼했다는 것쯤은 알고 있었다. 하지만 알고 있는 것과 그것을 상대의 입을 통해 직접 듣는 것은 천지차이이다. 게다가 배려라는 걸 도통 모르는 행동이라니!

이제 약혼한지 3일 밖에 되지 않는 약혼녀에게 이런 직접적인 말은 너무했다. 저 남자의 정신 상태를 한번 의심해 봐야겠다. 어찌된 일인지 고칠 것이 점점 늘어나고 있었다.

하지만!

물고 있던 담배에 불을 붙이는 그는 너무 잘생겼다. 다들 한 인물 하는 사촌 오빠들 사이에서 자라다 보니 눈이 꽤 높았는데도 이 빌어먹을 남자는 정말 잘생겼다.

한영은 자신이 화가 났다는 사실도 잊어버린 채 멍하니 그를 쳐다보았다. 담배 피는 모습이 저렇게 멋있는 남자는 『카사블랑카』의 험프리 보가트를 빼곤 처음이었다. 한영은 그의 행동과 말이 괘씸했지만 험프리 보가트를 생각해 시원에 대한 점수를 조금 올려 줬다.

　지금 시원의 점수는 객관적으로 25점. 이건 순전히 외모와 목소리 때문에 얻은 점수였다. 한영의 '윤시원 개조 프로젝트'가 끝나고 점수가 100점이 되었을 때가 그들의 결혼식 날일 것이다. 100점이 되기 위해 노력도 만만치 않겠지만 분명 승산이 있는 게임이다.

　한영의 영리한 머릿속이 활발히 돌아가고 있었다.

　자기가 늑대인 줄 알고 있는 곰과(科)의 이 남자는 승부욕이 강하다. 윤할아버지나 오빠들에게서 얻은 정보를 종합해 보면 한마디로 남에게 지고는 못사는 스타일. 그러므로 그의 승부욕을 자극하는 것이 가장 좋은 방법이다.

　머릿속에 대강의 시나리오를 짠 한영이 그를 바라보았다.

　두 사람의 시선이 허공에서 부딪쳤다. 그것은 마치 영역 다툼을 하는 호랑이들의 눈빛과 같았다. 한 치의 양보도 없는. 둘 다 본능적으로 알고 있었다. 지금 이 순간이 두 사람 관계에 지대한 영향을 미칠 것이라는 것을 말이다.

　영원히 멈춰 있을 것 같던 두 사람 중에서 먼저 움직인 것은 한영이었다. 한영은 나른한 눈빛으로 시원을 쳐다보면서 소파 깊숙이 기대앉아 다리를 꼬며 말했다.

　"우리 내기할까요?"

　당돌한 약혼녀가 바람처럼 사라지고 시원 홀로 사무실에 앉아 있었다. 좀 전의 모습 그대로 책상에 기대앉아 있던 시원은 피우던 담배를 마저 한 모금 빨아들인 후 거칠게 비벼서 껐다. 왠지 목 안이 칼칼한 느낌이 들었지만 무시하고 의자에 앉아 그의 사인을 기다리고 있는 많은 서류들에 정신을 집중하기 시작했다.

　현재 국내에서 1, 2위를 다투는 굴지의 대명그룹이라고 해도 세계시장에 비하면 작은 그룹이나 마찬가지였다. 넓은 지구상에 많고 많은 것이 대명그룹만 한 기업들이었다. 때문에 세계에서 몇 안 되는 톱클래스가 되는 것이 시원의 목표였다.

시원의 부모님은 항상 여행을 다니느라 중학교 시절까지 시원을 거의 내팽개치다시피 했다. 그나마 윤민원이 보살피면서 자연스레 윤민원의 사업에 흥미를 가지게 되었다. 윤민원은 아들이 그림을 그린답시고 회사에서 제 발로 걸어나간 후, 한동안 의기소침해 있었지만 손자녀석이 사업에 뛰어난 감각이 있다는 것을 알아채고는 후계자로서의 교육에 힘썼다.

아들이 전혀 사업적 기질이 없었던 반면 시원은 타고난 사업가였다. 무슨 사업이건 손을 댔다 하면 최고라는 소리를 듣지 않고서는 못 배기는 승부근성까지 갖추고 있었다. 하루하루 발전해 가는 손자를 보는 것이 윤민원의 기쁨이자 낙이었다.

다행이 시원은 그런 윤민원의 바람에 따라 대명을 세계에서 손꼽히는 기업으로 키우기 위해 노력을 다했다. 시원이 몇 년 동안 공을 들여 키워 온 대명그룹의 연구소가 그 노력의 일환이었다. 대명그룹의 연구소에서는 많은 새로운 기술들이 쏟아져 나왔다. 아낌없는 투자와 배려가 IT분야에서 연일 뛰어난 결과를 가져왔다. 회사 내에서도 핵심이사 몇몇만 알고 있는 회사 기밀사항인 대명IT연구소는 분명 세계 최고의 기술력을 보유하고 있었다.

시원은 그런 최고의 기술력을 가지고 단순히 국내를 상대로만 장사할 생각은 없었다. 그 기술력을 바탕으로 세계시장을 좌지우지하는 대명그룹이 되는 것이 시원이 생각하는 대명의 미래였다. 처음 사장이라는 직함을 받은 그 순간부터 시원의 마음속에서 은밀히 시작되었던 대명의 글로벌프로젝트의 시작이 바로 코앞으로 다가왔다.

그런 중요한 프로젝트를 앞두고 약혼녀와의 시시한 감정 싸움은 절대 불필요한 일이였다. 시원은 그저 약혼녀가 졸업할 때까지 열심히 일하며 기다리고 있다가 그녀의 졸업식을 즈음해서 날을 잡고 결혼해 버리면 그만인 것이다.

지금 시원에게 중요한 것은 당돌한 약혼녀가 아니라 세심하게 들여다보고 신중히 판단해야 하는 글로벌프로젝트에 관한 서류들이었다. 고개를 숙이고 서류를 검토하던 시원은 목이 뻣뻣해 오자 가볍게 스트레칭을 하며 시계로 시선을 돌렸다. 얼마 안 지난 것 같았는데 시계바늘은 벌써 퇴근 시간을 한참 넘기고 있었다. 인터폰을 눌러 비서진에게 퇴근을 알린 시원은 보던 서류들을 대충 챙겨 가방에 넣고 양복재킷을 걸쳤다.

저녁을 같이 하자는 할아버지의 전화가 있었기 때문에 오늘은 할아버지 댁으로 가야 했다. 퇴근 시간을 넘겨서인지 차는 별로 막히지 않았다. 회사에서 출발한지 1시간도 되지 않아 집 앞에 도착한 시원은 직접 차를 몰고 왔기 때문에 주차를 위해 지하로 내려갔다.

몇 주 만에 온 할아버지 댁이지만 변한 것은 아무 것도 없었다. 똑같은 곳에 서 있는 할아버지의 차들, 똑같은 곳에 쌓아져 있는 상자들.

'새사람이 들어오면 이곳도 조금은 달라지지 않을까?'

잠깐 어린 약혼녀를 떠올린 시원은 마당으로 이어지는 계단을 오르기 시작했다. 계단의 끝무렵에 다다랐을 때쯤 시원의 귀에 작은 웃음소리 같은 것이 들렸다. 혹시 자기가 잘못 들은 것은 아닌가 싶어 뒤돌아 계단의 끝을 내려다보았지만 캄캄한 그곳에서는 적막만 흐를 뿐이었다. 고개를 갸우뚱거리던 시원은 마저 계단을 올라갔다.

그때 다시 한 번 맑은 웃음소리가 공기를 가르며 시원의 귓가를 파고들었다. 분명 어린 약혼녀의 웃음소리였다. 그제야 웃음소리가 마당 한구석에서 들린다는 사실을 깨달은 시원은 성큼성큼

걸음을 옮겼다.

뒷마당 한켠에는 윤민원이 햇볕이 좋은 날에 차를 마시거나 글을 읽는 작은 정자가 있었는데, 그곳에서 윤민원과 한영이 앉아 웃고 있었다. 활짝 웃는 윤민원의 얼굴에 시원은 잠시 걸음을 멈칫했다. 저렇게 박장대소하는 윤민원의 모습은 좀처럼 보지 못했기 때문이었다.

자신과 함께 있을 때는 딱딱한 경제 이야기나 회사에 관한 이야기뿐이었기에 저런 웃음을 보이신 적이 없었다. 시원은 담벼락에 기대 담배를 꺼내 물었다. 실로 오랜만에 활짝 웃는 할아버지를 보는 느낌이었다.

할아버지께 저런 웃음을 짓게 만드는 사람이 한영이라고 생각하자 왠지 명치끝이 간질간질해 오는 것 같았다. 할아버지의 뜻대로 한영과 약혼하기를 정말 잘했다는 생각이 들었다. 할아버지가 저렇게 즐거워하시는데 이 보다 더 현명한 선택은 없을 것 같았다.

단 한 가지 마음 속 깊은 곳, 본능이 한영이 만만치 않은 상대라고 속삭이는 것만 빼면.

"내기라……."

작게 웅얼거리던 시원은 피우던 담배를 발로 비벼 끈 후, 윤민원과 한영을 향해 걸어갔다.

"흠. 일찍 왔구나."

윤민원이 먼저 손자를 아는 척 했다. 시원이 도착했다는 이야기는 벌써 들어 알고 있었다.

"또 뵙네요."

한영이 아직 웃음기가 남은 얼굴로 시원에게 말을 건넸다.

"음. 그러네."

아직은 한영을 자신의 집에서 보는 것이 어색한 시원은 짧게 대답했다. 시원이 편한 말투로 한영을 대하는 것을 보고 윤민원이 흐뭇한 미소를 지었다.

한영과의 약혼에 별다른 말없이 순순히 응한 손자를 보고 잠시 자신의 욕심 때문에 손자의 마음을 헤아리지 못한 것이 아닐까 고민했었기 때문이다. 그런데 한결 친해진 두 사람을 보자 괜한 걱정을 했다는 마음이 들었다.

"두 사람이 많이 친해진 모양이구나."

"네, 할아버님. 시원 씨가 얼마나 편하게 해 주시는지 몰라요."

"오? 그러냐? 무뚝뚝한 시원이 놈도 한영이 앞에서는 어쩔 수 없는 모양이구나."

"헤헤헤. 정말 그렇게 생각하세요?"

"그럼. 그렇고 말고. 우리 한영이 만한 손자며느리 감이 대한민국에 또 있을라고?"

"호호호."

시원은 마치 친손녀와 친할아버지처럼 살갑게 굴며 웃고 있는 두 사람을 그저 묵묵히 바라만 보았다. 왠지 껄끄러운 마음에 그의 시선이 한영의 얼굴을 살폈다. 밝게 웃고 있는 한영의 얼굴은 마치 약혼식 날처럼 행복해 보였다. 그러다가 시원의 눈빛이 한영의 왼쪽 볼에 머물렀다. 언뜻 보면 모르지만 자세히 보면 약간 붉은기와 함께 살짝 부어 있었다. 순간 시원의 이마가 미세하게 찌푸려졌다. 주현의 매서운 손이 한영의 볼을 때리던 순간이 떠올랐다. 정말 순식간에 일어난 일이라 시원이 손을 쓸 겨를도 없었다.

시원은 그때 자신의 어린 약혼녀가 어떻게 했는지 곰곰이 생각해 보았다. 그 여자가 누구인지, 내가 왜 맞아야 하는지 펄쩍 뛰며 묻지 않았다. 그저 정말 시원이 사랑이라는 것을 하지 않느냐고 물었을 뿐. 그리고 그 물음은 엉뚱하게 한영이 자신을 사랑하게 만든다는 내기로 이어졌었다.

그때는 한영의 당돌한 내기에 정신이 팔려 한영의 심정을 생각해 볼 겨를이 없었지만, 시간이 흐른 지금 한영을 바라보고 있자니, 펄쩍 뛰며 주현이 누구냐고 소리질렀을 상황을 엉뚱하게 넘어간 약혼녀가 새롭게 보였다. 확실히 자신이 알고 있던 여자들과는 달랐다.

지금 한영의 얼굴은 약혼한지 3일 만에 약혼자에게서 사랑할 마음 같은 건 눈곱만치도 없다는 말을 들은 얼굴이 아니었다. 더구나 한영의 얼굴에서는 그녀가 운운했던 '내기'의 흔적은 조금도 찾아볼 수 없었다. 시원은 자신이 한 말을 충분히 알아들은 모양이라고 생각했다. 그 순간에야 발끈하는 마음에 내기라는 말을 꺼냈을 테지만, 아마 한영 스스로도 자신들의 결혼이 정략결혼이라는 것을 알았을 것이다.

사실 집안과 집안의 혼사라는 것은 다 그런 것이었다. 사랑을 바탕으로 이루어지는 혼사는 찾아보기 힘들었다. 아마 한영도 그러한 사실을 깨닫게 된 것이 분명했다. 시원은 속으로 빙그레 미소를 지었다. 똘똘해 보였는데 역시 머리 회전이 빠른 모양이었다. 한영이 시원의 말뜻을 알아차렸으니 이제 사업에만 매진할 수 있을 것이다. 기분이 홀가분해진 시원은 농담 섞인 말로 윤민원과 한영의 대화에 끼어들었다.

"두 분 저만 빼놓고 너무 친하게 지내시는 것 아닙니까?"

"왜? 한영이가 나하고 더 친해서 부러운 게냐?"

"어차피 제 사람이 될 거라 부럽지는 않습니다만, 사실은 할아버님께서 부러우신 것 아닙니까? 뭐, 아직 늦지 않았습니다. 새로 연애라도 하심이……."

"뭐? 이놈 봐라."

"저도 좋은 생각 같은데요, 할아버님."

"어어어……. 한영이 너도 이 할아비를 놀리는 게냐?"

"헤헤헤."

"시원이 너 나한테 고마워해야 한다. 네 신붓감은 내가 구해 온 것 아니냐? 능력 없는 놈. 요즘 것들은 연애도……."

"……."

화기애애한 분위기에 휩쓸려 이야기하던 윤민원은 성급히 말을 잘랐다. 그리고는 손자의 얼굴을 곁눈질로 살폈다. 시원의 얼굴이 딱딱하게 굳어 있었다. 입에 본드라도 바른 양 입을 꽉 다물었다. 한영은 갑작스레 달라진 시원을 보며 자신이 모르는 뭔가가 있다고 짐작했다.

"저, 시원 씨 이것 좀 드셔 보겠어요? 제가 집에서 만들어 온 한과인데 맛이 어떨지 모르겠네요. 할아버님은 제가 하는 건 뭐든 예뻐해 주셔서 객관적인 평가가 부족해요."

차가워진 분위기를 바꾸어 보려고 한영이 접시에 담긴 한과를 들어 시원의 입가에 가져갔다. 자신과 할아버지를 번갈아 쳐다보는 시원의 어색한 눈빛을 무시하며 그에게 먹어 보기를 재촉했다. 결국 딱딱하게 굳어 있던 입매가 풀리며 마지못해 한과를 입에 무는 시원이었다.

"어때요? 맛있나요?"

한영이 눈에 빛을 내며 그의 평가를 기다리고 있었다.

"흠…… 흠…… 맛있는데."

시원은 한영의 눈빛을 피하며 말했다. 할아버지 앞에서 입을 벌리고 여자가 먹여 주는 음식을 먹어 보기는 처음이었다. 어색한 기분에 한과가 맛있는 줄도 몰랐다. 그저 목 안으로 넘기기 급급했다.

"할아버지, 까다로운 시원 씨가 맛있다고 하는 거 보면 역시 전 음식을 잘하는 가 봐요?"

“어…… 어? 그래, 이 할아비가 뭐랬냐? 이래봬도 객관적이고 공정한 사람이란다. 허허허.”

“호호호.”

한영이 밉지 않은 잘난 척을 하자 굳었던 분위기가 순식간에 부드러워졌다. 한과를 다 먹은 시원은 한영을 뚫어지게 쳐다보았다. 우연이었는지 아니면 의도적이었는지 한영으로 인해 냉랭했던 분위기가 순식간에 다시 화기애애해졌다. 시원은 할아버지와 이야기를 나누고 있는 한영이 다르게 보였다.

알 듯 모를 듯 난해한 여자였다. 시원이 계속 쳐다보자 그의 시선이 느껴졌는지 한영이 고개를 돌려 그를 쳐다봤다. 두 사람의 눈이 마주쳤다. 잠시 가만히 있던 한영이 그를 보며 살포시 웃자 뜨끔한 시원이 고개를 돌려 버렸다.

세 사람은 단란한 저녁시간을 함께 보냈다. 음식은 맛있었고 계속되는 즐거운 화젯거리에 화기애애한 분위기였다. 한영은 식사를 마친 후, 커피까지 마시고 자리에서 일어났다.

“여기엔 어쩐 일이야?”

시원은 한영을 집으로 데려다 주는 차에 오르며 물었다. 옆 좌석에 앉아 안전벨트를 매던 한영이 시원을 돌아다보며 반문했다.

“무슨 일이라니요?”

“아니, 할아버지 댁에는 어쩐 일이야?”

시원의 물음에 한영이 묘한 표정을 지었다.

“할아버님이 말씀 안 하시던가요?”

“뭘?”

“…….”

한영은 약혼을 하기로 한 다음부터 일주일에 두세 번은 꼭꼭 윤민원의 집에 들려 그와 담소를 나누곤 했다. 가끔은 이한영 총장과 함께 오기도 했었다.

경영 일선에서 물러난 윤민원은 집에서 운신하며 하루하루를 보냈다. 이한영 총장 외에 가깝게 지내는 친구도 별로 없거니와 골프니 뭐니 하는 사교계 일에도 도통 취미가 없었기 때문이다. 그런 윤민원의 생활을 이한영 총장이 한영에게 지나가듯 얘기를 한 뒤, 한영이 자주 찾아가 이야기 상대가 되어 한참을 놀다가 곤 했었다. 그렇게 거의 한 달이 넘도록 가깝게 왕래를 해 왔는데 시원이 모르고 있다는 것이 조금 의외였다.

한영이 아무 말도 없자 궁금해진 시원이 그녀에게 대답을 재촉했다.

"뭘 말이야?"

"아무 것도 아니에요."

한영은 윤민원이 시원에게 말하지 않은 것을 굳이 자신이 할 필요는 없다고 생각했다. 현명한 분이시니 시원에게 말하지 않은 다른 이유가 있을지도 모를 일이었다. 아무 것도 아니라고 얼버무리는 한영을 보자 뭔가 미심쩍은 구석이 느껴졌지만 시원은 구태여 캐묻지 않았다. 뭐, 그다지 궁금한 것도 아니었다.

저녁이 되어서 그런지 열어 놓은 창으로 들어오는 공기가 선선했다. 차가운 저녁 공기가 퍽 마음에 들었는지 한영이 활짝 미소를 지으며 말했다.

"와! 놀러 가고 싶다. 이제 곧 방학인데 우리 어디로 놀러 가요!"

어린아이 같은 한영의 말에 시원은 자신도 모르게 살짝 미소를 지었다.

"작년에 친구들이랑 배낭여행을 갈려고 했는데 둘째 오빠 때문에 못 갔거든요."

"둘째 오빠라면 J&G 로펌의……."

"예. 맞아요. 깍쟁이 이한성 변호사."

마음에 안 든다는 식으로 입술을 삐쭉거리는 한영은 너무 귀여 웠다. 고등학생처럼 보이는 그녀의 행동에 시원은 피식 웃었다.

"가족들이랑 가는 여행 빼고는 가 본 적이 없어요. 다들 어찌 나 간섭들이 심한지……."

속상한 듯 말하는 한영이었지만 가족들 이야기를 하는 그녀의 음조 속에는 가족들에 대한 사랑이 듬뿍 배어 있었다. 누가 들어 도 그 안에 녹아 있는 가족애를 눈치챌 수 있었다. 시원은 한영 의 목소리를 들으며 나중에 그들이 결혼한 뒤에도 한영이 자신과 할아버지를 이런 식으로 얘기할 건지 궁금해졌다.

"아! 학교에서 간 MT도 여행이라고 할 수 있나? 그거라면……. 참! 시원 씨 학교 다닐 때도 박지원 교수님은 술 취하시면 그렇 게 귀여우셨어요?"

한영이 MT 갔을 때는 회상하며 시원을 향해 물었다.

"응?"

"박지원 교수님이요. 왜 경제학개론 강의하시는……."

"어, 알고 있는데……."

시원이 어리버리한 대답을 하자 한영이 의심스럽다는 눈빛으로 그를 쳐다보았다.

"시원 씨 한영대 경영학과 졸업생 아니에요?"

"어 맞는데. 그걸 어떻게 알았어?"

"동문회 수첩에 시원 씨 이름이 있던데요."

"뭐? 그럼 너 경영학과 다녀?"

시원은 정말 깜짝 놀랐다. 할아버지가 한영대 총장이니 당연히 한영대인 것은 알았지만 경영학과일 줄은 꿈에도 몰랐다. 시원의 외침에 한영의 고운 이마가 살짝 찌푸려졌다.

"그럼 제가 무슨 과인 줄도 몰랐단 말이에요?"

시원은 자신의 혀를 깨물고 싶은 심정이었다. 자신을 향해 서

운하다는 눈빛을 팍팍 보내는 한영의 시선에 시원은 고개를 돌리
고 말았다.

　사실 자신이 봐도 한심했다. 아무리 집안끼리의 결합이라고 해
도 자신이 너무 무관심했다. 할아버지가 말하는 사람이니 믿고
가벼운 인적조사도 해 보지 않았다. 뭐 사실 할아버지의 죽마고
우인 이한영 총장의 손녀라는 말에 필요한 것은 다 아는 셈이라
고 생각했었다. 하지만 지금 생각해 보니 그러한 것들은 전부 표
면적인 것이지 한영에 대한 실질적인 것은 하나도 없었다. 예를
들어 그녀의 휴대폰 번호라든지, 그녀가 전공하고 있는 과라든
지……. 미리 알아볼 것을 하고 후회를 했지만 이미 너무 늦은 후
회였다.

　"하긴, 사랑하지도 않을 약혼녀인데 그런게 뭐 대수겠어요?"

　한영의 냉소적인 말이 시원의 귓가를 때렸다.

　"뭐?"

　지레 뜨끔한 시원이 반문했다. 한영은 시원을 똑바로 쳐다보며
다시 한 번 말했다.

　"못 들었어요? 사랑도 하지 않을 약혼녀인데 그깟 과 모르는
게 대수냐고 말했어요."

　미소짓는 얼굴은 녹을 듯이 달콤했지만 목소리는 냉랭했다.

　"……."

　불시에 의외의 말은 들은 시원은 아무 말도 할 수 없었다.

　한영은 어안이 벙벙한 시원의 얼굴을 보며 속으로 미소를 지었
다. 아마 전혀 예상치 못했던 말일 것이다. 한 달이 넘는 긴 시간
동안 윤민원과 이야기를 나누면서 한영은 시원에 대해 많은 이야
기를 들었다. 사이가 나쁜 그의 부모님 이야기부터 어린 시절과
그의 심성에 대해. 시원에 관한 얘기를 할 때마다 윤민원은 한영
의 손을 붙잡고 시원을 잘 부탁한다는 얘기를 했다. 감정 표현에

서투른 그를 한영이 넓은 마음으로 잘 보듬어 주었으면 좋겠다고 말이다. 약혼식을 올리고 시원의 사무실에서 그를 처음 본 날 한영은 윤민원이 그토록 당부를 했던 것이 무엇인지 알 것 같았다.

사랑을 믿지 않는다는 시원의 말을 듣는 순간부터 한영은 그에게 모든 마음을 주기로 결심했다. 사랑을 불신하고 의심하는 그의 마음에 자신에 대한 사랑의 싹을 틔우고 멋진 꽃을 피우리라고 다짐했다. 아무리 오랜 시간이 걸려도 반드시 시원의 사랑을 차지할 것이다. 한영은 시원에게서 사랑의 고백을 받는 그날을 상상하며 살짝 미소를 지었다.

하지만 그 전에 할 일이 있었다. 우선은 어색한 얼굴로 자신이 던진 말에 고민하고 있는 시원을 구제해 주는 일 말이다.

"뭘 그렇게 고민해요?"

"어…… 어?"

"시원 씨는 사랑 같은 거 안 한다면서요?"

"그래."

"근데 왜 그렇게 멍한 표정이냐고요? 치, 웃겨!"

한영이 코웃음쳤다. 시원은 여전히 어리벙벙한 표정이었다. 그런 그를 보며 한영은 작게 소리 내 웃었다.

"푸후후. 지금 시원 씨 표정 무지하게 웃긴 것 알아요?"

시원은 한영의 웃음소리를 들으며 자신이 한영의 페이스에 끌려가고 있다고 생각했다. 정말 자신이 생각하는 것과는 정반대로 가는 한영이었다. 냉소적인 목소리로 차갑게 말할 때는 언제고 지금은 말괄량이 어린아이 마냥 높은 목소리로 밝게 얘기하고 있었다. 이리저리 빠르게 바뀌는 한영의 말에 마땅한 대답을 하기가 어려웠다.

"시원 씨는 취미가 뭐예요?"

이번에는 대답하기 쉬운 질문이었다.

“영화 보기.”

“와, 나도 영화 보는 거 좋아하는데.”

“그래?”

“네. 고전부터 시작해서 최근 개봉 영화까지! 장르를 불문하고 다 좋아해요.”

크게 손짓까지 해 가며 말하는 한영을 보고 시원은 그제야 편안한 얼굴을 지었다. 취미생활에 관한 이야기를 하며 한영의 집으로 가는 차 안이 시종일관 부드러운 분위기였다. 차가 한영의 집 앞에 도착했다. 약혼하기 전 딱 한 번 와 보고 처음 와 보는 길이었지만 제대로 찾아왔다.

차가 완전히 멈춰 섰는데도 한영은 내릴 기미를 보이지 않았다. 오히려 새침하게 앉아서 시원이 차 문을 열어 주길 기다리고 있었다. 그런 한영의 모습에 피식 웃고만 시원은 모처럼 기사도 정신을 발휘했다. 시원의 에스코트를 받으며 차에서 내린 한영은 공주처럼 도도한 표정으로 말했다.

“제가 바쁘긴 하지만 그래도 시간을 만들어 볼게요. 내일 같이 영화 보러 갈 테니 정확히 저녁 7시에 우리 집으로 데리러 와요.”

시원은 한영의 말에 어이없다는 표정으로 응수했다.

“왜 그런 표정으로 봐요? 남자가 매력적인 여자한테서 데이트 신청을 받았으면 뛸 듯이 기뻐하지는 못할 망정, 꼭 뭐 밟은 것 같은 표정은 뭐냐고요.”

“크크크. 내가 기꺼이 데이트 신청을 하고 싶을 만큼 스스로가 멋진 여자라고 생각해?”

결국 웃음을 터뜨린 시원은 한영에게 장난스런 눈빛을 보냈다. 그것은 한영이 시원을 알게 된 후로 처음 보는 진솔한 표정이었다. 딱딱하고 거만한 표정을 벗어 던진 시원은 정말 매력적이었다. 처음 그를 보았을 때의 마음이 다시 되살아나면서 한영의 가

숨이 설레 왔다.

한영은 아무 말도 못하고 그저 가볍게 목례를 한 뒤, 차에 오르는 시원의 모습을 멍하니 바라보았다. 시원을 태운 차가 시야에서 사라진 후에도 한참을 밖에 서 있던 한영은 만족스러운 한숨을 쉬며 왼쪽 가슴을 지긋이 눌렀다. 주인의 말도 듣지 않는 제멋대로의 심장이 여전히 쿵쾅거리고 있었다.

자신의 방으로 올라온 한영은 멋진 미소를 짓고 돌아선 시원을 생각하며 침대에 풀썩 누웠다. 시원의 미소가 머릿속에서 떠나지 않았다. 정말이지 내 남자라는 사실이 자랑스러운 남자였다. 어두컴컴한 방에 누워 시원을 생각하던 한영은 갑자기 벌떡 일어나 앉았다. 삶의 재미라고는 도통 모르는 시원에게 뭔가 특별한 것을 선물해야겠다는 생각이 번쩍 들은 것이다.

'다른 사람하고는 전혀 다른, 나만의 특별한 뭔가를 해 주고 싶은데……'

한참을 골똘히 생각하던 한영의 입가에 의미심장한 미소가 지어졌다. 한쪽 눈썹도 살짝 올라간 것이 뭔가 기가 막힌 생각을 해낸 것이다. 그것이 시원에게도 만족스러운 결과를 줄지는 아무도 모르는 일이지만 말이다.

"저…… 사장님."

정유희는 회의실 문을 열고 들어와 조심스럽게 시원을 불렀다.

"무슨 일입니까? 지금 중요한 회의라는 거 모릅니까?"

보안유지를 철저히 하는 프로젝트인지라 비서가 회의 중간에 들어오자 시원이 날카롭게 말했다.

사장의 어조에 유희는 움찔했지만 지금 밖에 사장의 약혼녀로부터 온 상자가 있었기 때문에 계속 시원을 바라볼 수밖에 없었다. 웬만한 일이면 이렇게 중요한 회의가 끊기지 않도록 자신의 재량껏 해결하겠지만 시원의 약혼녀는 자신의 재량 밖이었다. 게다가 회장님께서 한영과 관계된 일이라면 뭐든지 그녀의 편을 들어주라고 시원 모르게 명을 내리신 터였다.

시원은 계속 곤란한 표정으로 자신을 쳐다보고 있는 비서를 향해 어서 오라는 손짓을 했다. 시원의 승낙이 떨어지자마자 유희는 작은 상자를 들고 그의 앞으로 걸어갔다.

"이게 뭡니까?"

"약혼녀께서 보내 오신 상자입니다. 상자를 가져다주신 기사분께서 이한영 양이 꼭 사장님께 전해지는 것을 보고 오랬다고 막무가내이신지라……. 게다가 받는 즉시 꺼내지 않으면 엄청난 일이 일어날 거라고 말씀하셨답니다."

A4용지만 한 상자였지만 무게가 제법 나갔다. 상자를 들어 흔들어 보던 시원은 이상한 느낌을 받았다. 안에 있는 무언가가 흔드는 방향대로 왔다 갔다 했다. 회의가 끝난 후에나 상자를 열어 보려던 시원은 호기심에 그냥 상자를 열어 보기로 결심했다. 더구나 받는 즉시 꺼내 보라는 한영의 말이 있었으니 지금 여는 것이 나을 것 같았다.

회의가 잠시 중단되었다. 중역들은 회의실 한쪽에 마련되어 있는 작은 바에 가서 음료를 나눠 마셨다. 다들 서로 이야기하는 척했지만 그들의 신경은 사장 앞으로 온 작은 상자에 쏠려 있었다. 일에 관해서는 완벽주의자인 사장이 회의를 중단시키고 열어 볼 만큼 중요한 저 상자 안에는 뭐가 들어 있는지 그들도 궁금했다.

중역진들과 비서진들이 주시하고 있다는 사실도 잊은 채 시원은 상자를 서류가 가득한 회의탁자 위에 올려놓았다. 비서실장이 시원이 내민 손에 나이프를 쥐어 주었다. 시원은 단단히 봉해진 상자를 칼로 조심스럽게 열었다. 그 순간 상자에서 뭔가가 번쩍 하고 튀어나오는 바람에 시원이 벌러덩 뒤로 넘어졌다.

"으~악!"

"꺄악~!"

시원과 비서의 비명이 회의실에서 울려 퍼졌다.

상자 안에서 뛰쳐나온 것은 다름 아닌 강아지였다. 탁자 위에
서서 꼬리를 살랑살랑 움직이고 있는 강아지는 시원의 팔뚝만 한
크기의 시베리안 허스키였다.

"사장님, 괜찮으세요?"

비서실장의 부축을 받으며 일어선 시원은 어안이 벙벙한 얼굴
로 강아지를 쳐다보았다. 아니 시원뿐만 아니라 시원을 부축하고
있는 비서실장도, 탁자 가까이에 엉거주춤 서 있는 정유희도, 그
리고 바 곁에 삼삼오오 모여 있던 중역들까지도, 회의탁자 위에
떡 버티고 서 있는 강아지를 멍하니 쳐다보고 있었다.

상자 안에는 한영의 작은 메모도 들어 있었다.

　　Surpise! 깜짝 놀랬죠?
　　좀 늦었지만 우리의 약혼선물이에요. 이름은 시우인데요.
사나운 승냥이라는 뜻이에요. 아마 이름대로 좀 사나울걸요?

"꺄악!"

시원이 한영의 메모를 다 읽기가 무섭게 다시 한 번 정유희의
비명이 울렸다. 메모에서 고개를 들어 강아지를 쳐다보니 서류로
가득한 회의 탁자 위를 무서운 속도로 오가는 것이 아닌가. 중역
들이 놀라서 달려와 서류를 잡으려 했지만 허사였다. 3개월이나
공들여 준비한 서류들이 사방으로 날라 다니다 강아지의 날카로
운 송곳니에 찢겨 나갔다.

탁자 위를 전쟁터처럼 만든 강아지는 폴짝하고 바닥으로 뛰어

내렸다. 강아지의 행동에 소스라치게 놀란 정유희가 뒷걸음치자 그것이 재미있었는지 이번에는 그녀의 주위를 돌기 시작했다. 불안한 눈으로 강아지의 움직임을 뒤쫓던 정유희는 주춤주춤 움직이기 시작했다. 그러자 강아지가 돌던 것을 멈추고 으르렁 소리를 냈다. 그 소리에 깜짝 놀란 그녀가 움직임을 멈추고 주위 사람들을 쳐다보며 구원의 눈길을 보냈다. 하지만 저마다 찢겨지고 흐트러진 서류를 정리하느라 정신이 없었다. 미친 듯 주위를 둘러보던 유희의 눈동자가 시원과 마주쳤다.

"저…… 저…… 사장님…… 제가 개를…… 좀…… 무서……."

하지만 정유희는 말을 끝맺지 못했다. 강아지가 날름하고 그녀의 종아리를 핥았기 때문이다.

"꺄악!"

짧은 비명이 울리고 정유희가 강아지를 피해 달리기 시작했다. 그녀는 회의실을 나갈 요량으로 문을 향해 달려갔다. 그리고 그 뒤를 강아지가 맹렬하게 뒤따랐다.

"회의실 문 닫아!"

시원은 큰 소리로 외쳤다. 강아지가 빌딩 안을 돌아다니게 되면 분명 소란은 더 커질 것이 분명했다. 다행히 문 밖에 서 있던 직원이 재빨리 문을 닫았고, 탈출로가 막힌 정유희는 제정신이 아니었다. 그녀는 강아지를 피해서 회의실 안을 뛰어다녔고, 강아지는 신이 났는지 큰 소리로 짖으며 뒤따랐다. 쫓고 쫓기는 추격전이 계속되자 그녀는 거의 울음을 터뜨리기 직전이었다. 그제야 정신을 차린 중역들은 강아지를 잡기 위해 추격전에 합세했다. 중역들이 강아지를 불러 댔고 비서실장은 유희를 잡아 자신의 뒤에 숨겼다. 유희의 얼굴에는 줄줄 눈물이 흘러내리고 있었다.

회의실 안은 그야말로 아수라장이었다. 시원은 일어섰던 자세 그대로 서 있었다. 머리가 지끈거렸다. 3개월이나 준비한 회의였다. 잠도 자지 못하고, 친구들도 만나지 못하며 준비한 회의였다. 앞으로의 대명그룹의 미래를 시작하는 회의!

머리끝까지 화가 뻗쳤다. 시원은 어느새 한 중역의 품에 안겨 있는 강아지의 목덜미를 획 낚아챘다. 갑자기 공격을 당한 강아지가 마구 움직이며 낑낑거렸지만 시원에게는 아무런 영향도 미치지 못했다.

"회의는 잠시 중단하기로 하죠."

얼음장 같은 시원의 목소리에 어수선하게 서 있던 중역들과 비서들이 고개를 끄덕였다. 그는 어금니를 꽉 깨물었다. 한영에 대한 화가 자꾸 몽실몽실 피어오르기 시작했다. 처음부터 너무 봐주었다. 할아버지가 끔찍이 좋아하셔서 그대로도 좋다고 생각한 것이 오산이었다.

가만히 두지 않을 테다. 이한영!

"회의는 내일 아침에 다시 시작하기로 하죠. 죄송하지만 오늘 밤을 새워서라도 다시 회의 준비를 부탁드립니다. 오늘 일은 제 약혼녀를 대신해 제가 사과 드리지요. 어렵게 준비하셨는데 죄송합니다. 그리고 비서실장님. 오늘 저녁 약속은 취소 부탁드립니다. 갑자기 할 일이 생겨서요."

강아지를 흔들며 시원이 덧붙였다.

"아. 네 알겠습니다."

시원은 비서실장의 말을 듣자마자 획 돌아서 회의실을 빠져나갔다. 그런 그의 뒷모습을 보며 중역들이 한숨을 내쉬었다. 망쳐진 회의도 회의였지만, 시원의 불 같은 화를 받을 약혼녀를 생각하니 걱정스런 마음이 들었다.

뭐, 약혼녀가 조금 심하긴 심했지만…….

중역들은 엉망이 된 사무실을 둘러보다 눈이 마주치자 웃음을 터뜨렸다. 다들 한 가지 생각을 하고 있는 것이 분명했다. 뒤로 벌러덩 넘어진 채 강아지를 보며 어리벙벙한 표정을 짓고 있던 사장. 어린 사장을 모신지도 벌써 몇 해. 처음의 우려를 몰아내듯 불도저 같은 기획력과 경영력으로 대명을 잘 이끌어 왔던 사장이었다. 하지만 그런 사장의 인간적인 모습을 보기는 처음이었다. 중역들은 사장도 자신들과 다름없는 인간이라는 생각을 했다. 한 동안 엉망이 된 회의실에서 중역들의 호탕한 웃음소리가 계속 흘러나왔다.

운전기사가 회사 로비 앞에 차를 세웠다. 시원은 도어맨이 문을 열어 주기도 전에 자신이 벌컥 뒷좌석의 문을 열고 들어갔다. 그의 한 손에는 여전히 꼼지락거리는 시베리안 허스키가 붙들려 있었다.

사장실로 돌아와 한영에게 따지려 전화기를 들었지만 그녀의 휴대폰 번호를 모른다는 사실을 깨닫고 거칠게 욕을 내뱉었다. 약혼녀의 휴대폰 번호도 모르는 자신이 스스로 생각해도 한심했다. 할아버지께 전화해서 물어본다면 알 수도 있었지만 그와 동시에 무지막지한 잔소리도 들어야 할 것이다. 그 잔소리를 듣고 있기에는 화가 너무 나 있었다.

하는 수 없이 시원은 차를 대기시키라고 일렀다. 사장실 안에 강아지를 풀어 둘 수도 없는 노릇이었다. 그렇다고 자신의 오피스텔에서 강아지를 키운다는 것도 불가능했다. 고민 끝에 마당이 넓은 할아버지의 집으로 강아지를 데려가는 것이 가장 현명한 방법이라는 결론을 내렸다.

차가 윤민원의 집으로 달려가는 내내 시원은 한영을 생각하며 이를 갈았다. 얼토당토않은 약혼선물로 3개월이나 준비한 회의를 망쳐 버린 대가를 톡톡히 치르게 해 주겠다는 생각만이 들었다. 그 외중에도 건강한 강아지는 그의 비싼 수제화를 물어뜯고 있었다.

발로는 강아지와 씨름하고 머릿속으로는 한영을 잡아 흔드는 상상을 하는 동안 어느새 차는 윤민원의 집 앞에 도착하고 있었다.

차가 커다란 대문 앞에 서기가 무섭게 시원은 강아지를 들고 내렸다. 지하 주차장으로 들어가는 시간조차 참을 수 없었다. 지금 이 망할 강아지를 마당에 던져 놓고 단숨에 한영의 집으로 달려갈 생각이었다. 기사로부터 시원이 도착했다는 전갈을 받았는지 시원이 초인종을 누르기도 전에 문이 덜커덩 열렸다. 그리고 대문이 열리면서 한영과 시원이 맞부딪쳤다.

"어머, 시원 씨!"

"너. 이한영!"

한영은 시원을 보며 뒤로 주춤주춤 뒷걸음질을 쳤다. 이미 비서실에 전화해 상황을 보고 받은 후였다. 강아지를 받고 나서 시원이 어떻게 반응을 했는지 살펴보자는 가벼운 마음에 강아지를 보냈었는데, 그동안 고생해서 준비한 회의를 망쳤다는 말과 지금 회장님 댁으로 가셨다는 말을 들었다. 그래서 그가 집에 도착하기 전에 먼저 도망가려고 서둘러 나오는 참이었다.

한영은 비서실에 미리 전화를 해 알아보지 않았어도 한눈에 시원이 머리끝까지 화가 났다는 것을 알 수 있었다. 벌겋게 핏대가 오른 시원이 낑낑대는 강아지의 목덜미를 꽉 쥐고 그보다 더 꽉 어금니를 물고 있었다.

그런 시원의 모습을 본 한영의 본능이 어서 빨리 도망치라고 신호를 보내 왔다. 지금 걸리면 국물도 안 남는다고, 우선은 자리를 벗어나는 게 최고의 방법이라고. 하지만 얼어 붙은 한영의 다리가 움직여지지 않았다. 시원이 으르렁거리며 한 발자국 다가오면 뒤로 조금, 아주 조금 주춤거리는 것이 고작이었다.

폭풍의 전야처럼 고요한 순간, 시원의 우악스런 손아귀에 잡혀 있던 강아지가 답답했는지 발광을 하며 그의 손에서 벗어났다.

바닥에 나동그라진 허스키는 곧바로 몸을 곧추세우고 위풍당당하
게도 시원을 향해 요란스레 짖어 대기 시작했다. 그리고 강아지
의 울음소리가 신호라도 되는 양, 한영의 굳어 있던 다리가 일시
에 풀렸다.

두 사람의 눈이 허공에서 부딪쳤다. 시원이 뭐라고 입을 떼려
는 찰나, 한영이가 재빠르게 몸을 돌려 달아나기 시작했다. 자신
의 편이 되어 줄 윤민원을 애타게 부르며.

"할아버지, 할아버지."

시원은 자신의 화를 피해 달아나는 한영의 뒤통수를 쳐다보며
그녀의 뒤를 따라 성큼성큼 걷기 시작했다. 어디로 가는지는 너
무도 똑똑히 잘 알고 있었다. 시원이 윤민원의 방에 도착해 보니
한영은 그의 무릎에 얼굴을 묻고 눈물바람을 날리고 있었다. 하
지만 아무리 그래도 이번 강아지 사건은 한영이 지나쳤다. 그냥
넘어가선 안 될 일이다.

"이한영. 그만 일어나시지."

시원은 고압적인 목소리로 말했다. 살짝 고개를 들어 시원의
눈치를 살피던 한영은 그대로 다시 고개를 숙이고 흑흑 울음소리
를 냈다.

"하…… 할아버지…… 저는요, 그냥 시원 씨한테요…… 흑흑,
특별한 걸 해 주고…… 흑흑. 싶었는데요."

자신은 아랑곳하지 않고 구구절절 사연을 늘어놓으며 윤민원에
게 매달려 있는 한영을 보자 시원은 난생 처음으로 여자를 때려
주고 싶다는 충동을 느꼈다. 어찌나 얄미운지 저절로 이가 갈릴
정도였다. 그 이 가는 소리가 한영의 귀에도 들릴 지경이었다. 움
찔한 한영은 아예 윤민원의 뒤로 숨어 버렸다.

"허…… 참. 시원이 넌 애한테 어떻게 했기에 이렇게 겁을 먹은
게냐?"

윤민원이 한영의 여우짓에 넘어간 것이 분명했다. 노기를 띠며 말하는 윤민원은 누가 한영의 머리카락만 건들어도 가만있지 않을 태세였다.

"할아버지가 참견하실 일이 아닙니다."

하지만 적당히 넘어가기에는 시원도 너무너무 화가 나 있었다. 얼음장 같은 목소리에 잔뜩 겁을 먹은 한영은 윤민원에게 더욱 매달렸다. 한영이 그러거나 말거나 시원은 한영을 보며 소리쳤다.

"이리 안 나와?"

"할…… 할아버지."

"이놈의 자식! 지금 할아비 앞에서 무슨 짓이냐?"

시원은 한영에게, 한영은 윤민원에게, 윤민원은 손자 시원에게 세 사람의 대화가 꼬리를 물고 이어졌다.

"좋은 말로 할 때 나와."

"저는요, 특별한 약혼선물을 해 주고 싶었거든요."

"새아기가 네 놈 생각해서 해 준 일을 이렇게 걸고 넘어져? 얼마나 기특한 일이냐?"

윤민원이 계속 한영의 편을 들어주자 시원은 그를 향해 발끈 화를 냈다.

"3개월 간 준비한 회의를 망쳐 놓은 게 기특한 겁니까?"

"어어어……, 이 할아비를 한 대 칠 기세로구나, 이놈! 아직은 내 회사다. 내 회사 일이면 내가 화를 내야되는 거 아니냐? 내가 괜찮다는데 왜 네놈이 한영이한테 화를 내!"

"할아버지!"

"됐다. 이제 그만해. 약혼녀가 자기 생각해서 한 행동이면 실수를 했다 해도 잘 보듬어 줄줄 알아야지. 그깟 일이 무어가 그렇게 대수라고. 너 앞으로 이 일로 한영이한테 뭐라고 한마디만 더 하면 나한테 혼날 줄 알아라."

윤민원이 더 이상 듣지 않겠으니 나가 보라고 손사래를 쳤다.
여전히 한영은 윤민원의 뒤에 숨어 있었다. 윤민원의 단호한 말
에 반박할 수 없었던 시원은 이를 갈며 일어섰다. 이 일은 다음
에 꼭 복수를 할 터였다. 미닫이 방문을 열고 나가던 시원은 다
시 한 번 한영을 뒤돌아보았다. 순간 한영과 눈이 마주쳤다. 겁에
벌벌 떨고 있던 한영은 그를 보자 방그레 웃으며 혀를 날름거렸
다. 이제 자신은 완벽하게 안전하니 어디 해 보려면 더 해 보라
는 식이었다.

기가 막힌 시원은 다시 머리끝에 화르르 불이 붙는 것을 느꼈
지만 돌아서는 수밖에 없었다. 시원은 아무리 잘못된 일이라도 저
렇게 정색을 하고 말하는 윤민원의 앞에서는 속수무책이라는 것
을 너무나 잘 알고 있었다. 화가나 쿵쾅거리는 발걸음으로 자신의
방을 찾아간 시원은 양복재킷을 벗어 바닥에 내던졌다. 그리고는
미친 사람처럼 발로 마구 밟아 대기 시작했다. 그 양복 위로 한영
의 얼굴이 겹치는 것은 자명한 일이었다. 비싼 베르사체 양복이
엉망이 되자 조금은 화가 풀리는 듯했다. 정말 골치 아픈 약혼녀
였다. 커다란 침대 위에 팔베개를 하고 벌러덩 누운 시원의 눈앞
에 할아버지 뒤에 숨어 혀를 날름거리던 한영이 그려졌다.

"피식."

어느 정도 화가 가라앉자 자기도 모르게 웃음이 나왔다. 골치
는 아프지만 왠지 밉지 않은 여자였다.

자신의 어린 약혼녀는 화사한 프리지어 같은 여자였다. 노오란
꽃잎과 달콤한 향이 너무나 잘 어울려 더욱 돋보이는 꽃. 너무나
예뻐서 사랑하지 않고서는 못 배기는 그런 꽃 말이다.

'한영재단의 꽃'이라는 말이 실감났다. 그쪽 집안에서 보물 다
루듯이 고이고이 키웠다는 말이 사실이었나 보다. 자신이 사랑
받고 있구나 하는 자신감 없이는 사람이 저렇게 밝게 빛나지 못

하는 법이었다. 게다가 자신의 편이 누구인지 정확히 알고 있는 처세술까지.

한영에 대해 생각하면 생각할수록 웃음이 나왔다.

자신의 얼굴이 웃고 있다는 것도 모른 채 시원은 그저 한영이 곁에 있다면 최소한 심심하지는 않겠지 하는 생각을 했다.

3

"삐리리리."

지난 밤 맞춰 놓은 알람이 요란하게 울리기 시작했다. 오늘은 오후 수업인지라 마음 편하게 늦잠을 자도 되지만 한영은 어제 벌어진 자신의 예기치 않았던 실수를 만회하기 위해 일찍 일어났다.

"쳇, 그러니까 왜 상자를 중요한 회의 때 열어 보냐고?"

자신의 깜짝 선물이 제대로 먹혔다는 것은 흡족했지만 그 정도까지 성공할 줄은 몰랐다. 3개월 간의 고충이 물거품이 됐다며 자신을 향해 펄펄 뛰던 시원이 떠오르자 한숨이 포르르 나왔다. 잘 보이려고 했던 일이었는데 그렇게 중요한 일을 망칠지 누가 알았겠는가?

늦잠자기로 대한민국에서 둘째가라면 서러워할 한영이 꼭두새

벽부터 일어나 주방으로 내려오자 미현은 깜짝 놀랐다.

"한영아, 오늘 오후 수업 있다고 하지 않았니?"

"네. 맞아요. 아함……."

"그런데 왜 벌써 일어났어?"

"시원 씨 도시락 싸다 줄려고요."

"뭐?!"

새벽 운동을 마치고 물을 마시던 한주는 하마터면 물이 코로 들어갈 뻔했다. 입가로 흘러내린 물을 닦으며 믿기 어렵다는 눈빛을 지었다.

"뭐라고? 니가 도시락을 준비한다고?"

"왜? 나는 못할 거 같아?"

한주의 어이없다는 반응에 약간 샐쭉해진 한영이 눈을 가늘게 치켜 떴다.

"야, 입은 삐뚤어져도 말은 바로 하라고 했다. 솔직히 네가 주방하고 친한 건 아니잖아?"

"흥. 왜 이러셔. 어젯밤 오라버니가 드신 한과가 내가 만든 거라는 엄마 말씀 못 들었어?"

"엄마가 거의 만드셨다고 하는 게 옳겠지."

정곡을 콕콕 찌르는 한주의 말에 한영이 파르르 떨며 톡 쏘아붙였다.

"칫. 두고 봐! 내가 얼마나 맛있게 도시락을 만드는지 보라고!"

한주를 뒤로 하고 조리대 앞에선 한영은 사실 막막했다. 아예 식탁 의자에 앉아 자신을 쳐다보는 한주의 시선에 뒤통수가 따끔거렸다. 하지만 한주에게 본때를 보여 주는 것보다 더 시급한 문제가 있었다.

사랑이 듬뿍 담긴 도시락으로 잃었던 점수를 만회하리라 마음은 먹었지만 어떤 음식을 준비해야 할지 깜깜했던 것이었다. 앞에 놓여진 도마를 뚫어지게 쳐다보던 한영은 가장 간단하고 그럴 듯한 김밥을 도시락의 주메뉴로 삼기로 마음먹었다. 그러나 김밥 만들기도 쉬운 일이 아니었다. 가볍게 그저 김밥 몇 줄이면 되겠지 생각했지만 한 번도 만들어 본 적 없으니 뭐부터 시작해야 되는지 감이 잡히지 않았다.

한주의 옆에 서서 하는 일 없이 부산한 한영의 뒷모습을 가만히 바라보고 있던 미현은 왠지 가슴이 뭉클했다. 한영이 자신의 품을 떠날 준비를 한다고 생각하니 벌써부터 콧날이 찡해 왔다. 한편으론 대견스러웠다. 품 안의 딸인 줄만 알았는데 벌써 이렇게 컸다니 부모로서의 기특함이 마음 한구석을 채웠다.

"뭐 할거야? 엄마랑 같이 하자!"

"정말 도와줄 거야?"

"어머니, 그건 반칙이에요. 한영이가 혼자 해야지."

한주가 중간에 끼어 들며 말했지만 두 모녀의 귀에는 들리지 않았다.

"그럼. 사위 사랑은 장모라지 않니!"

"헤헤헤. 역시 우리 엄마야! 김밥, 김밥 만들 거예요."

미현이 도와준다는 말에 신이 난 한영은 한주의 놀림에도 끄덕없이 방긋거리며 김밥 준비를 해 나갔다. 그런 한영을 미소 띤 얼굴로 바라보던 한주는 고개를 설레설레 저으며 주방 밖으로 나갔다. 정말 자신의 사촌 여동생이 사랑이라는 걸 하는 모양이었다. 도시락 하나 싸는 게 뭐 그리 좋다고 저렇게 행복하게 웃는지?

그날 아침 내내, 주방은 그릇 깨지는 소리와 깔깔거리는 여자들의 웃음소리로 가득했다. 그렇게 두어 시간이 지난 후, 한영재단의 남자들이 아침이라고 먹은 것은 울퉁불퉁하고 옆구리까지 터진 김밥 쪼가리가 전부였다.

"사장님 안에 계신가요?"

작게 속삭이듯 말하는 여자의 목소리에 정유희는 하던 일을 멈추고 고개를 들었다. 눈앞에 서 있는 여자는 사장의 약혼녀였다.

"안녕하세요?"

"네. 또 뵙네요."

지난번 주현에게 빰을 맞은 날 이후, 처음 오는 시원의 사무실이었다. 그렇다고 해 봐야 고작 3일이 지난 후였지만 말이다. 그때 열려진 사장실 문 밖에서 엉거주춤 서 있던 비서 중 한 사람이었다. 한영은 그녀를 향해 접대용 미소를 활짝 지어 보였다.

유희는 한영의 미소에 자기도 모르게 스르르 벌어지는 입가를 제자리로 돌리려 노력했다. 아직도 한영이 보낸 강아지만 생각하면 벌렁벌렁 뛰는 심장이었다. 어제 어찌나 놀랐던지 한밤중에도 악몽에 시달려 지금도 기분이 썩 좋지 않았다. 엄밀히 말하자면 한영의 잘못은 아니었지만 어쨌건 한영이 발단인 것은 사실이었다. 앞뒤 가리지 못하고 회사에 동물을 보내는 걸 보니, 과연 있는 집안의 철없는 자제는 어쩔 수 없다는 생각이 들었다.

유희는 사장의 약혼녀에게 대놓고 화를 내지는 못하고 속으로 혀를 차며 한영을 한심하게 보았다. 그런 유희의 마음을 한영은 전혀 알 턱이 없었다.

"잠시만 기다려 주십시오. 손님이 아직 안에 계십니다."

차가운 유희의 말투에도 한영은 전혀 기분 나쁜 기색 없이 손님용 소파에 앉아 시원을 기다리기 시작했다. 사실 한영이 왔다고 인터폰을 통해 알리면 대충 마무리될 손님이었지만 너도 한번 당해 보라는 심정으로 유희는 사장에게 한영의 방문을 알리지 않았던 것이다. 하지만 한영이 기다리는 시간이 점점 길어지고 이제 와서 사장에게 알리자니 혼날 것 같아 난감한 입장이 되자 유희는 안절부절못했다. 옆에 있던 동료도 자꾸 유희의 옆구리를 콕콕 찔렀다. 덩달아 사장한테 혼날까 봐 겁이 난 것이다. 이럴 때 비서실장님이라도 계시면 좋을 텐데.

"저기요."

"넷?!"

유희는 한영이 다가와 자신을 부르자 깜짝 놀랐다.

"배고프지 않으세요?"

한영의 물음에 시계를 쳐다보자 벌써 12시가 훨씬 지난 시간이었다. 한영이 기다린지 벌써 30분이 지난 것이다. 멈추지 않고 움직이는 시계바늘을 보며 유희는 울고 싶은 심정이었다.

"이거 제가 만들어 본 건데요, 요기라도 좀 하세요. 점심시간까지 부하직원을 부려먹는 사장은 제가 처리할게요."

장난인지 진심인지 모를 미소를 지으며 한영이 유희에게 작은 찬합을 내밀었다. 그 안에는 정성스럽게 싼 모양도 예쁜 김밥이 있었다.

"저……."

"헤헤헤. 맛은 괜찮을 것예요. 그럼……."

살포시 고개를 끄덕이고 씩씩하게 사장실 문을 향해 걸어가는 한영의 뒷모습을 보며 유희는 자신이 저렇게 좋은 사람을 괜히 오해했다는 생각을 했다. 유희는 앞으론 무슨 일이 있어도 한영의 편이 되리라 생각하며 김밥 하나를 입에 물었다.

"사장님. 약혼녀 분께서 오셨는데요."

마케팅실장이 가져온 서류에 정신을 집중하느라 사장실 문이 열린 줄도 모르고 있던 시원은 처음 듣는 비서의 목소리에 고개를 들었다. 그리고 그가 본 것은 쇼핑백을 흔들며 웃고 있는 한영이었다.

"헤헤헤."

"할아버지도 없이 여긴 웬일이야?"

시원이 어제 일을 회상하며 다소 차갑게 말했다. 그런 그의 말투에도 한영은 계속 살살 웃으며 다가왔다.

"시원 씨는 밥도 안 먹어요? 점심시간까지 부하직원을 잡고 있으면 나쁜 사장이라고 욕먹는 거 몰라요?"

그제야 시계를 쳐다본 시원은 점심시간이 훌쩍 지난 것을 알았다. 대충 하던 일을 마무리하고 마케팅실장을 내보낸 시원은 느긋하게 의자에 기대앉았다.

"그래서 지금 밥 사 달라고 온 거야? 할아버지한테 가 보지 그랬어. 상다리가 휘어지도록 차려 주실 텐데……."

"헤헤헤. 아직도 삐졌어요?"

"뭐? 삐지긴 누가 삐졌……!"

발끈해서 의자에서 몸을 일으키던 시원은 큰 심호흡과 함께 도로 의자에 앉았다. 어떻게 된 일인지 한영과 관계된 일이면 이성을 잃고 말았다. 이제 약혼한지 겨우 일주일이 되어 가는데 볼 때마다 다른 한영의 모습에 정신을 차릴 수가 없었다.

할아버지의 소개로 만나게 된 자신의 어린 약혼녀는 처음의 새침데기 요조숙녀 같던 모습은 온데간데없고 말썽꾸러기에 골치 아픈 존재로 변해 있었다. 자신을 만나 온 한 달 동안 내숭을 떨었던 것이 분명했다. 한영이 이렇게 골치 아픈 존재로 변할 줄 알았다면 아무리 할아버지가 마음에 들어 하셔도 이렇게 섣불리 약혼하지는 않았을 것이다. 하지만 이미 엎질러진 물이었다.

천사처럼 방긋방긋 웃고 있는 한영을 보아도 한숨만 푹푹 나왔다. 약혼기간이 끝나 결혼을 하게 되면 그때에도 이렇게 한영의 돌출적인 사고방식에 자신의 삶이 휘둘리지 않을까 걱정되었다.

누구를 막론하고 타인에 의해 자신의 삶이 좌지우지되는 것은 한 번의 경험으로 족했다. 물론 결혼을 한 후, 지금과 똑같은 생활을 하지 못한다는 것은 시원도 알고 있었다. 게다가 아기라도 태어나면 지금의 삶과는 더더욱 멀어질 거라는 것도 알고 있었다. 하지만 그런 것들은 모두 시원의 계산 하에 있는 문제였다. 강도 (强度)야 어떨지 모르겠지만 이미 예상하고 있는 문제라면 마음의 준비를 할 수 있게 되고, 대응도 빨라진다.

이렇듯 자신의 삶을 철저하게 계산하여 사는 시원에게 한영의 의외의 행동은 버거웠다. 하지만 1년 반이라는 시간은 짧은 시간 이 아니었다. 아직 시원에게는 한영이 졸업하고 결혼을 하기까지 1년 반이라는 시간이 있었다. 불행 중 다행이라고나 할까? 그동 안 한영은 자신의 위치와 자신이 해야 할 일에 대해 충분히 알게 될 것이다. 한영이 사회적 관습이나 예의를 무시하고 거부한다 해도 자신이 가르치면 될 것이다. 어리지만 똑똑하고 영특하니 시원이 고삐를 늦추지 않고 가르친다면 충분히 합리적인 결혼생 활로 이끌어 갈 수 있을 것이다. 그러니 지금 너무 급하게 서두 르지 않아도 된다.

멀뚱멀뚱 책상 앞에 서 있는 한영을 무시하고 골똘히 생각에 잠겨 있던 시원은 빙긋 미소를 지었다. 이한영이라는 존재를 어 떻게 대해야 할지 감이 잡힌 것이다.

"이제 생각이 다 끝났나요?"

가만히 서 있기 지루했던 한영은 시원의 표정이 밝아지자마자 냉큼 물었다.

"음?"

"시원 씨 미간에 주름이 잡혀있다고요. 시원 씨가 생각에 깊이 빠질 때마다 그런 표정이 지어진다는 거 알아요?"

"아니, 몰랐어. 자, 이제 밥 먹으러 갈까?"

자리에서 힘차게 일어난 시원은 옷걸이를 향해 걸어갔다. 자신 의 어린 약혼녀에 대한 대략적 결론이 나자 발걸음도 홍겨워졌다.

“저…… 시원 씨…….”

한영이 뒤에서 머뭇거리며 시원을 불렀다. 한영을 처음 할아버지 댁에서 본 순간부터 지금까지 통틀어서 저렇게 자신 없는 목소리는 처음이었다. 뭔가 부끄러워하는 듯한 약혼녀의 목소리에 호기심을 느낀 시원은 옷 입는 것을 멈추고 뒤돌아 섰다. 한영이 소파에 앉아서 테이블 위에 종이가방을 내려놓고 있었다.

“저…… 이거…… 제가 좀 만들어 봤는데요…….”

한영이 여전히 자신 없는 목소리로 주섬주섬 테이블 위에 뭔가를 늘어놓았다. 뚜껑을 열어 놓은 찬합 안에는 알록달록 색도 예쁘고 모양도 예쁜 김밥들이 소복하게 담겨져 있었다. 그걸 본 시원이 멈칫거리며 맞은 편 소파에 앉았다.

“이…… 이게…… 뭐야?”

시원도 한영 못지 않게 쑥스러워 하는 말투였다.

“헤헤헤. 도시락이요, 어제 제가 실수를 했잖아요. 사과의 뜻으로 준비한 거예요.”

“…….”

“뭐, 물론 시원 씨야 이것보다 더 맛있는 걸 매일 먹겠지만요, 그래도 제 정성이 들어갔으니까 맛있게 먹어 줘야 해요. 알았죠?”

한영이 애교 있게 말하며 시원의 손에 나무젓가락을 쥐어 줬다.

초등학교 소풍 때조차 집에서 싼 김밥을 들고 가 보지 못했던 시원은 너무나 이상한 기분이었다. 뭔가가 가슴을 두드리는데 무턱대고 문을 열어 줬다가는 왈칵하고 눈물이 나올 것 같은 어색한 기분. 새하얀 턱시도를 입어 좋으면서도 한편으로 더럽힐까 안타까운 기분이었다.

로봇처럼 어색하게 젓가락을 놀려 김밥을 하나 집었지만 차마 먹지 못하고 들고만 있는 시원이었다.

“바보같이 안 먹고 뭐해요?”

한영은 시원의 마음속에서 일고 있는 작은 폭풍을 느끼지 못한 채 물었다.

"나 어렸을 때 말이야. 초등학교에 막 입학한지 얼마 지나지 않아서 선생님이 칠판에다 커다랗게 '소풍'이라고 쓰시는 거야. 그때까지도 소풍이라는 게 뭔지 몰랐는데 선생님께서 김밥이라는 걸 싸 가지고 야외로 놀러 가서 신나게 놀고 오는 게 소풍이라고 하셨어. 얼마나 가슴이 설레던지. 학교가 끝나자마자 집으로 뛰어갔지. 어머니한테 소풍에 꼭 김밥을 싸 달라고 말할 셈이었는데. 근데 결국 어머니의 김밥은 먹지 못했어. 그날 여행을 떠나셨거든. 지중해 크루즈 여행. 석 달 후에나 돌아오시는 긴 여행이었어."

담담하게 남의 이야기하듯 말하는 시원의 말을 듣고 한영은 울컥 나오려는 눈물을 참았다. 아직 얼굴도 한번 보지 못한 시어머니라는 사람에 대한 반감이 들었다. 아무리 남편과 사이가 안 좋아도 그렇지, 그렇게 아들을 내버려두면 안 되는 일이었다.

울그락붉그락 변하는 한영의 얼굴을 보며 시원은 자신이 왜 그런 얘기를 했는지 의아했다. 김밥 하나에 너무 감상적인 모습을 보였다는 사실이 부끄러웠다. 그러나 말은 하지 않고 있었지만 자신 대신 화를 내고 있는 한영을 보자 멍울졌던 마음 한구석이 편안해지는 것을 느꼈다. 시원은 김밥을 입 안에 쏙 넣고 우물거렸다.

"흠. 맛이 괜찮은데."

"정말요?"

"어. 맛있네. 요리 솜씨가 꽤 있나 봐?"

"예……예? 아…… 예에……."

한영은 시원에게 차마 자신의 작품은 죄다 옆구리가 터지는 바람에 식구들 몫이 되었고, 예쁘게 싸진 엄마의 김밥을 먹는 거라고 말할 수 없어서 웅얼거렸다.

"앞으로 결혼하게 되면 밥은 직접 하겠지? 난 집에서 한 밥을 별로 먹어 보지 못해서 말이야. 기대해도 되는 건가?"

시원은 난처한 한영의 마음과 달리 계속 음식 솜씨 얘기만 해댔다. 도시락을 싸 온 것이 퍽 마음에 드는 모양이었다. 조금 찔리긴 했지만 시원이 좋아하니 한영도 부쩍 힘이 났다. 앞으로는 시원이 경험하지 못했던 많은 것들을 자신이 해 주리라 마음먹었다.

싸 온 양이 꽤 많았는데도 시원은 마파람 게 눈 감추듯 싹 먹어 치웠다. 빈 통을 정리하면서 한영은 계속해서 웃었다. TV나 영화에서 남자친구한테 음식을 바리바리 싸다 주는 여자의 마음을 알 것 같았다.

화장실에 들어가 양치를 마치고 나온 시원은 한영이 창가에 서서 혼자 히죽히죽 웃고 있자 물었다.

"뭘 그렇게 혼자 웃고 있어?"

한영은 아닌 척 새초롬하게 시선을 계속 창가에 두고 있었지만 눈동자는 여전히 웃고 있었다. 시원은 뭐가 그렇게 한영의 기분을 좋게 하는지 궁금했다.

"후후. 이제 제법 약혼녀 티가 나지요? 점심 도시락 말이에요."

한영이 창 밖에서 시선을 떼고 그를 올려다보며 말했다. 목소리에는 행복이 역력하게 묻어 있었고, 얼굴에는 복숭아 빛 홍조가 피어 있었다. 시원이 도시락을 잘 먹은 것이 못내 기쁜 듯했다.

자랑하듯이 만족스럽게 말하는 한영이 순간 너무나 예뻐 보였다. 시원은 자기도 모르게 한영을 돌려 세웠다. 그리고는 천천히 고개를 숙였다.

순식간에 몸이 돌려진 한영은 시원의 입술이 다가오는 것을 보고 뒤로 주춤했지만 그녀의 뒤엔 창이 막고 있었다. 한영의 가슴이 두근거리기 시작했다. 시원이 키스를 해 오리라곤 전혀 생각하지 못했지만 그렇다고 촌스럽게 시원을 밀어낼 생각은 추호도 없었다. 아니 솔직히 첫키스에 대한 기대감이 더 컸다. 한영은 스르르 눈을 감은 채 살짝 입술을 앞으로 내밀었다.

시원은 자신의 키스를 기다리고 있는 한영을 보며 자신의 단단한 심장이 살짝 두근거린다는 것을 인정했다. 눈앞에 있는 자신의 어린 약혼녀는 너무나 여리고 가냘파 보였다. 마음가는 대로 힘껏 안았다가는 그대로 부서져 버릴 것 같았다. 그렇지만 지금 이 순간 시원은 한영을 으스러지게 안고 격렬한 키스를 퍼붓고 싶었다.

시원이 한영의 어깨를 꽉 붙잡고 그녀의 입술에 자신의 입술을 밀어붙이려는 찰나 사장실 문이 벌컥 열렸다.

"차 가지고 왔습니…… 앗! 죄송합니다."

소스라치게 놀라 뒤돌아 나가는 비서의 외침에 두 사람의 키스도 그대로 멈춰 버렸다. 코앞에 있는 서로의 얼굴에 깜짝 놀란 두 사람은 부리나케 떨어졌다. 한영과 시원 사이에 조용한 침묵이 흐른 채 누구 하나 섣불리 입을 떼지 못하고 있었다.

"큼큼큼."

시원은 괜히 헛기침만 해댔다. 비서도 비서지만 자신이 한영에게 키스를 하려 했다는 사실이 더 충격적이었다. 원조교제를 하다 걸린 기분이었다. 시원은 자신에게서 멀찌감치 떨어져 어쩔 줄 몰라 하는 한영을 바라봤다. 유행하는 타이포 프린트 티셔츠에 남색 스커트를 입고 스니커즈를 신은 한영은 영락없는 고등학생이었다. 가뜩이나 나이 차이가 나는 두 사람인데 한영이 동안이라서 더 나이 차가 나 보였다. 그런 마당에 이성을 차리고 보니 한영에게 키스를 한다는 게 꼭 원조교제처럼 느껴졌다.

한영은 한영대로 하다가 멈춰진 키스가 민망하기만 했다. 자신이 바라는 듯 입술까지 내밀었는데 그대로 키스에 성공했으면 모를까 실패로 끝난 마당에 시원이 자신을 어떻게 생각하겠는가?
볼이 화끈거리는 것으로도 사람이 말라죽을 수 있다면 지금 한영
이 꼭 그랬다.

시원과 한영은 서로 상대방이 상황을 수습해 주길 바라며 멀뚱
히 서 있었다. 그때 인터폰이 울렸다.

"저…… 사장님. 마케팅실장님께서 오셨는데요……."

말끝을 흐리는 것을 보니 분명 자신들을 보았던 것이 분명했
다. 한영의 볼이 더욱 빨개졌다.

"하하하, 저는 이만 가 볼게요. 오후에 수업도 있고…… 또……
또…… 아무튼 잘 있어요."

한영이 부리나케 쇼핑백을 들고 사장실을 뛰쳐나갔다. 열린 문
틈으로 엉거주춤 비서들에게 인사를 하고 가는 것이 보였다. 그
런 한영의 모습에 빙그레 웃음이 지어졌다.

곧이어 마케팅실장이 들어오고 점심을 먹느라 잠시 중단한 일
을 다시 시작했지만 키스를 바라며 앞으로 내밀어진 한영의 붉은
입술이 시원의 뇌리에서 떠나지 않았다.

"저, 사장님. 약혼녀 분께서……."

'또?'

순간적으로 시원은 생각했다.

'지금은 마음의 준비가 안 되었는데…….'

지난밤 내내 불발로 끝난 키스로 인해 잠을 설쳤다. 어젯밤뿐
만 아니라 하루종일 한영의 붉은 입술이 생각나는 통에 일에 집
중을 하지 못하고 실수연발이었다. 무언가에 쫓기듯 내내 초조한
하루였다. 당장 한영을 찾아가서 못다 한 키스를 하지 않은 것이
용할 정도였다.

오지 않는 잠을 청하려 술잔을 기울였지만 소용없었다. 오히려

불쾌한 기억만 새록새록 날 뿐이었다. 자신의 머릿속에 첫 번째 실패로 기억되는 첫사랑. 시원도 누군가를 열렬히 사랑하던 적이 있었다. 성공을 위해 버려진 기억.

첫사랑의 그녀와 한영의 얼굴이 어지럽게 오버랩 되면서 시원을 괴롭힌 지난밤이었다.

솔직히 말하자면 시원은 비서의 입에서 한영의 이야기가 나오는 것이 두려웠다. 지난 3일 동안 '사장님, 약혼녀 분께서⋯⋯' 라는 말로 시작해 잘된 일이 하나도 없었기 때문이다.

갑자기 주현이 쳐들어와 한영에게 따귀를 날리지 않나, 강아지가 뛰쳐나와 회의실을 난장판으로 만들질 않나. 특히 어제는 정말 아슬아슬할 정도로 위험했었다. 지금도 마음 한구석이 위태로운데 지금 한영을 보게 된다면, 필시 실수를 할 것만 같았다. 하지만 그렇다고 해서 회사까지 찾아온 약혼녀에게 업무를 핑계로 얼굴도 보지 않고 되돌려 보낸다는 것은 예의에 어긋나도 한참 어긋나는 일이기 때문에 한영을 들일 수밖에 없었다. 시원은 그저 자신의 인내심과 자제력이 어제보다 더 늘어났기를 바라며 결의에 찬 눈으로 비서를 보며 고개를 끄덕였다.

그러나 반쯤 열린 문 뒤로 한영은 들어오지 않고 비서만 달랑 들어왔다.

"?"

한영을 찾는 것이 분명한 시원의 표정에 비서가 웃으며 그에게 다가와 작은 봉투 하나를 내려놓았다.

"이게?"

"이한영 씨로부터 온 편지입니다."

"예? 편지요? 달랑 이것 하나만 온 겁니까?"

"네, 방금 관리부에서 올려 보낸 겁니다. 그럼."

인사를 마친 비서가 문 밖으로 나갈 때까지 시원은 책상 위에 놓인 봉투만 쳐다보았다.

고운 분홍색 편지봉투가 마치 시한폭탄이라도 돼 보였다. 한영의 다른 장난이 아닌가 싶어 이리저리 살펴보았지만 역시 편지봉투일 뿐이었다.

시원은 페이퍼나이프를 꺼내 조심스레 봉투를 뜯었다. 그 안에서는 두 장의 편지지 이외에는 아무 것도 나오지 않았다. 시원은 느긋하게 의자에 기대 한영의 편지를 읽었다.

Dear, 시원 씨,

그렇게 시작된 한영의 편지를 읽을수록 시원은 얼굴이 화끈거리는 것을 느꼈다. 한영의 편지는…… 다름이 아니라 러브레터, 그러니까 연애편지였던 것이다.

혼자만 있는 사무실인데도 발갛게 달아오른 자신의 얼굴을 누가 봤을까 두리번거리며 주위를 살펴보는 시원이었다. 약혼녀에게서 연애편지를 받는다는 말은 듣지도 보지도 못했지만 그래도 커다랗게 지어지는 웃음은 막을 수 없었다.

조막조막 쓴 분홍색 편지지에는 소소하게 학교에서 있었던 일과 어제 불발로 끝난 키스가 아쉬웠다는 솔직한 한영의 마음이 고스란히 들어 있었다.

"훗, 귀엽잖아. 이한영."

편지의 마지막 줄까지 모두 읽은 시원의 머릿속에서는 불쾌했던 첫사랑의 그림자가 날아가 버린지 이미 오래였다.

자신의 편지가 시원의 손에 잘 도착했는지 궁금했던 한영은 살짝 비서실에 전화를 해 보았다. 자신을 정유희라고 밝힌 친절한 비서가 사장님이 꽤 즐거워하시는 분위기라고 귀띔을 해 주어 한

우리 내기할까요?   75

영도 뛸 듯이 기뻤다.

침대에 누워 이리 빙글 저리 빙글 돌면서 시원을 생각하던 한영은 자신의 접근에 시원이 별다른 거부반응을 보이지 않아 기분이 고무된 상태였다. 이렇게 가까워지면 시원이 자신을 사랑하게 되는 건 정말 시간 문제라고 생각했다. 어쩌면 지금 호감 이상의 감정을 갖고 있을지도 모를 일이었다.

혼자만의 상상에 빠져서 즐거워하던 한영은 벌떡 일어나 아래층으로 내려갔다.

내일은 일요일이니 아침 일찍 윤민원의 집에 찾아가 볼 셈이었다. 빈손으로 가기는 그러니 유과도 좀 만들어야 할 것 같았다. 한영은 자신이 또 음식을 만들려고 하고 있다고 생각하니 피식 웃음이 나왔다.

사랑이라는 건 정말 생각지도 않은 자신의 모습을 발견하게 하는 것 같았다.

아마 친구들이 알면 다들 기적이라고 소리칠 것이다. 인간 이한영이 요리를 한다는 것을 알면 말이다. 하지만 사랑하는 사람을 위해 무언가 만든다는 것은 생각보다 훨씬 기분 좋은 일이었다. 아주 행복한.

“아~함.”

일요일 아침. 오랜만에 시원은 윤민원의 집에서 일어났다. 어제 한영의 연애편지를 받고 기분이 들떠 있던 차에 집으로 오라는 할아버지의 말씀에 한달음에 달려온 것이다. 그러나 한영이 없는 것을 보고 내심 실망했었다.

불과 며칠 사이에 한영에 대한 감정이 극과 극을 달렸다. 어느 때는 화가 머리끝까지 나서 그녀를 잡아 흔들고 싶다가도, 어느 때는 너무 사랑스러워 꼭 안아 주고 싶었다. 다행인지 불행인지 당장의 스킨십은 피했지만 한번 한영에게 손을 대면 좀처럼 떼지 못 할거라는 예감이 들었다.

꽤 이른 시간에 일어난 시원은 조깅이라도 할 요량으로 가벼운 운동복으로 갈아입었다. 마루 밖으로 나오니, 상쾌한 아침 공기에 머리까지 맑아지는 기분이었다. 확실히 공기는 강북쪽이 나은 것 같았다.

마루에 걸터앉아 신발을 신는데 시우가 다가와 꼬리를 살래살래 흔들었다.

"뭐냐? 너도 따라갈 테냐?"

시원의 말을 알아듣기라도 하는 듯 사우가 꼬리를 막 흔들어 댔다.

"좋다. 같이 가자!"

어느새 사다 놓았는지 마루 한쪽 끝에 놓여 있는 애견용품들 사이에서 산책용 줄을 찾아낸 시원과 시우는 같이 달리기 시작했다.

매일같이 일에 치어서 허리 한번 제대로 펴지 못한 날이 태반이었는데, 이렇게 간만에 움직여 몸을 푸니 개운했다. 시우도 못 보던 길을 다녀서 그런지 신이 나서 열심히 달렸다. 집에서 꽤 멀리까지 달려서였는지 집 대문 앞에 서자 다리가 후들거렸다. 아직 강아지인데도 불구하고 왕성한 행동력으로 자신을 이리저리 끌고 다닌 시우 덕에 짧은 시간에 꽤 많은 거리를 달린 시원이었다. 오랜만의 운동이라 조금 지쳤지만 기분만큼은 좋았다. 시원은 앞으로도 종종 이렇게 기운이 하나도 없이 지칠 때까지 달려야겠다고 생각했다.

팔을 들어 시계를 보니 9시가 막 지난 시간이었다. 이쯤이면 할아버지도 일어나셨을 텐데. 오랜만에 할아버지와 한가로운 일요일을 보낼 생각에 시원은 빙긋 웃었다. 자신이 세상에서 제일 소중하게 생각하는 사람이었다.

시원에게 있어 윤민원은 할아버지요, 아버지이자, 어머니였다.

샤워를 마치고 윤민원의 방으로 간 시원은 방이 텅 비어 있는 것을 보고 미간을 찌푸렸다.

'도대체 어디 계신 거지? 주방에 계신가?'

몸을 돌려 방을 빠져 나오려던 시원은 지난번과 같은 웃음소리에 걸음을 멈췄다. 한영이 와 있는 것이었다. 순간 시원의 심장이 주인은 눈치 채지 못하게 조금씩 빠르게 움직이기 시작했다. 환기를 위해 열어 둔 장지문 사이로 뒷마당의 정자가 보였다. 그 안에 윤민원과 한영의 모습이 보였다. 시원은 빠르게 몸을 돌려 방을 빠져나갔다. 그의 머릿속엔 한영이 이곳에 있다는 생각뿐이었다.

"어, 시원 씨!"

한영이 시원을 먼저 발견하고 반갑게 불렀다.

한여름의 해바라기처럼 밝은 미소로 자기를 반겨 주는 한영을 보자 시원의 가슴이 더 세게 두근거렸다. 아이보리색 마원피스를 입은 한영은 무척 예뻤다.

시원은 한영이 할아버지와 함께 앉아 있는 모습을 보자 그제야 어긋난 퍼즐이 맞춰진 것 같은 느낌이었다. 앞으로 1년 반 후면 항상 이런 모습일 것이다. 넓디넓은 집에 고용인들을 빼고 단 둘밖에 없는 쓸쓸한 이곳을 한영이 미소와 아이들로 가득 채워 줄 것이다. 시원의 눈앞에 한 폭의 그림이 그려졌다. 귀여운 아이들과 아내, 할아버지와 강아지, 그리고 시원 자신. 왠지 모를 안도감이 시원의 몸을 훑고 지나갔다.

벌써 가족이라도 된 듯이 편안하고 유쾌한 점심을 먹고나자 한영이 가방을 들고 일어섰다. 이른 아침부터 와 있었으니 벌써 5시간도 넘게 있었다. 아무래도 한영이 집안의 꽃이다 보니 자기 집에도 신경을 써야 했다. 윤민원에게 양해의 말을 하고 집을 나

섰다. 시원이 어느새 집 앞에 차를 대 놓고 있었다.

"어제 시원 씨 돈 많이 벌었어요?"

뜬금없는 한영의 말에 시원이 한쪽 눈썹을 치켜올렸다.

"왜 이렇게 기분이 좋은 거예요?"

"아, 어제 한 여자한테서 러브레터를 하나 받았거든."

"헤헤헤."

보낼 때야 아무 생각 없이 보냈지만 막상 자신이 낙서하듯 쓴 편지를 시원이 읽었다고 하니 쑥스러웠다. 그렇지만 자신의 편지로 시원이 기분이 좋다고 생각하니 잘 썼다는 생각이 들었다.

"그럼 답장도 있겠네요?"

"어엉? 없는데……."

"칫, 그런게 어딨어요? 편지를 받았으면 뭔가 줘야 하는 거 아니에요?"

두 눈동자 가득 웃음을 담고 농담하는 한영이 막내 여동생처럼 귀여워 자신도 모르게 그녀의 머리를 쓰다듬었다.

"원하는 게 있으면 말해 봐."

"정말이요?"

"응. 대신 꼭 하나만 말해."

"와아! 시원 씨 실수하는 거예요. 내가 주먹만 한 다이아몬드라도 하나 사 달라고 하면 어쩔려고요."

"그까짓 것 못 사줄까?"

"오오…… 세게 나오는데요. 품!"

절묘하게 눈썹을 교차시키며 말하는 시원을 보며 한영이 웃음을 터뜨렸다. 시원은 정말 매력적인 남자였다. 사업에 있어서야 칼도 안 들어가는 냉철한 사람이라고 하지만 실제의 시원은 소탈한데다 의외로 허술한 면이 많은 남자였다. 남들이 볼 수 없는 그런 인간적인 모습의 시원을 한영은 사랑했다. 고집쟁이 시원을 사랑했고, 부모의 정을 목말라 하는 시원을 사랑했다.

"진짜 원하는 거면 들어 줄 거죠?"

"어. 뜸들이지 말고 말해 봐."

"헤헤헤."

한영의 얼굴이 갑자기 빨갛게 변했다. 그걸 보는 순간 시원의 마음 한구석이 덜컹했다.

'도대체 뭘 말하려고……'

"저기…… 지난번에 하다가만 그거…… Kiss."

한영은 얼굴이 사과처럼 빨갛게 달아올랐지만 그래도 꿋꿋이 말했다. 약혼한지 일주일이 넘었는데도 손 한 번 못 잡아 봤다는 건 말이 안 됐다. 게다가 지난번의 키스가 실패로 끝난 후 온종일, 매순간마다 시원의 입술이 생각나 정신이 몽롱했었다. 자신에게 다가오는 시원의 입술이 눈만 감으면 아른거렸다. 첫키스의 설렘. 한영의 나이 이제 스물둘이었다.

시원은 시원 나름대로 난감한 입장이었다. 난관을 어떻게 헤쳐 나가야 할지 방법이 떠오르지 않았다. 한영에게 키스를 하게 되면, 키스를 하게 되면……. 그걸로 끝내지는 못할 것이다. 아직 결혼까지는 1년 반이나 남았는데. 한영이 말하는 의미의 사랑과는 확실히 다른 사랑을 하게 될지도 모를 일이었다. 난감한 상황에 차가 한영의 집 앞에 도착했다.

"앗, 도착했다."

시원은 이 상황을 벗어나게 된 게 반가워 소리쳤다. 하지만 거부하는 것이 명백한 시원의 말에 자존심이 상한 한영은 내리지 않고 꿋꿋이 앉아 있었다. 거절당하는 여자의 입장은 비참했다.

"왜? 이번에도 내가 열어 줄까?"

시원이 농담 가득한 어조로 말했지만 한영은 웃지 않았다. 긴장한 듯 두 손을 끊임없이 움직이던 한영이 큰 숨을 내쉬고 시원

쪽으로 몸을 돌렸다. 조금 성급한 감이 있지만 승부수를 띄우기로 했다. 시원이 자신을 생각하는 마음이 처음과는 분명 다를 것이다.

"어때요? 이제 조금은 나를 사랑하는 것 같나요?"

전혀 예상치 않은 한영의 질문에 시원은 말문이 막혔다.

"……."

"말해 봐요. 지난 며칠 동안 시원 씨 마음에 조금도 들지 않았나요? 날 보면 설레는 마음 같은 거 하나도 안 생겼어요?"

자신의 인생에서 사랑은 한 번이면 족했다. 비록 실패로 끝났지만, 시원은 강아지 같은 눈으로 자신의 대답을 기다리고 있는 한영을 보았다. 뭐라고 대답을 해 줘야 할지 난감했다.

확실히 한영에 대한 호감은 늘었다. 그녀의 입술을 생각하면 설레기도 했다. 하지만 한영이 바라는 것처럼 그녀를 사랑하는 것은 아니었다.

시원에게 있어 사랑이라는 것은 전혀 불필요한 감정이었다. 때문에 한영이 바라는 그런 감정 놀음은 시원에게 중요하지 않았다. 한영이 기분 상하지 않도록 대충 거짓말로 둘러댈 수도 있는 문제였다. 하지만 한영을 기만하고 싶지는 않았다. 더구나 조금의 호감이라도 갖고 있는 마당에 자신이 그녀에게 해 줄 수 있는 최대한의 배려는 솔직하게 자신의 감정을 말하는 것이라는 생각이 들었다.

"난 사랑 같은 거 안 한다고 말했던 것 같은데."

"……."

"그래. 네 말대로 지난 며칠 동안 즐거웠어. 화가 난 적도 있었지만 그에 버금가게 즐겁고 재미있었어. 하지만 그런 일 몇 가지들로 누군가를 사랑하는 마음이 들지는 않아. 게다가 뭐랄까? 한영이한테는 좀 미안한 말이지만, 여자로 느껴지기보다는 마치 여동생 같았어."

시원의 말에 한영의 얼굴이 눈에 띄게 굳어졌다. 약혼식장에서 자신을 여동생 바라보듯 보던 그의 눈빛이 싫었다. 그래서 그렇게 기를 쓰고 시원과 친해지려 노력을 했었다. 하지만 그 노력들이 아무 소용없다니! 정말 기가 막힌 일이었다. 허탈한 마음에 한영은 거듭해서 물었지만 시원의 대답은 한결같았다.

"정말, 정말 조금도 아니에요?"

"Never."

"그 말 후회하게 될걸요? 두고 봐요. 나중에 사랑한다고 울며불며 매달릴 때가 올 테니 두고 봐요!"

문을 박차고 나와 쾅 소리가 온 골목을 울리도록 요란하게 차 문을 닫은 한영은 뒤도 돌아보지 않고 집으로 들어갔다. 딱 잘라 아니라고 말하는 시원에게 이제 오기가 생기는 한영이었다. 반드시 시원이 자신을 사랑하게 만들리라. 그 어떤 방법을 써서라도!

한영의 눈동자가 음모를 꾸밀 때처럼 가늘어졌다. 이렇게 우유부단한 방법으로는 평생 동생이라는 딱지를 떼기 어려울 것 같았다. 좀더 도발적이고, 자극적인 변화가 필요했다. 시원이 한눈에 자신을 다르게 볼 확실한 효과를 가져오는, 그리고 변화라는 단어야말로 한영이 제일 좋아하는 말이었다.

4

"하얀 루즈삭스에 섹시한 포즈라니!"

시원은 일하는 도중 머릿속을 파고드는 그날의 모습에 또 한 번 피식하고 웃었다. 정말 못 말리는 약혼녀라고 생각하며 고개를 가로 저었다.

그때는 그저 당돌한 아이라는 생각밖에 하지 않았었는데, 그의 어린 약혼녀가 본색(?)을 들어낸지도 벌써 일주일이 넘었다.

여우 중에도 그런 여우가 없었다.

할아버지는 이미 그녀의 편이 되어 버렸다.

할아버님 드린다고 자기가 직접 만든 유과라며 자랑하듯 들고 오기도 하고, 보료 머리맡에 앉아 살랑살랑 부채질을 해 드리며 한시를 읽기도 하는 등, 방법도 가지가지였다. 할아버지 입에서 '예쁜 우리 한영이, 우리 한영이'가 떨어지지 않았다.

하지만 자신에게 대하는 걸 보면, 안하무인에다가 버릇없는 것 또한 일품이요, 제멋대로의 성격도 만만치 않았다. 일을 저질러 놓고 그가 화라도 낼라 치면 쪼르르 할아버지에게 달려가 살살 미소지으며 녹여 놓기 일쑤였다. 그럼에도 불구하고 그녀를 보면 자꾸 웃음이 나왔다. 동생으로 밖에 보이지 않는다는 자신의 말에도 상처받지 않고 꿋꿋하게 끊임없이 시원의 성질을 건드는 끈기에는 혀를 내두를 정도였다.

지난주 불시에 한영이 회사에 찾아왔던 일이 떠오르자 갑자기 몸이 뜨거워져 왔다.

약혼녀의 달콤한 입술이 생각났다.

"저…… 사장님. 이한영 씨 오셨는데요?"

"네, 들어 보내요."

"그동안 잘 지냈어요?"

경쾌한 발걸음으로 한영이 사장실 안으로 들어섰다.

"그동안?"

사실 시원은 이제 한영이 자신의 사무실에 찾아오지 않을 거라고 생각했다. 동생으로 보인다고, 사랑하는 마음 같은 것은 조금도 없다고 냉정하게 말하는 그를 보며 난리를 치던 날이 바로 어제였다. 그런데 오랫동안이라도 떨어져 있던 것처럼 구는 한영을 보니 의아심이 들었다. 시원은 살짝 미간을 찌푸렸다.

'이게 무슨 일이지?'

"쯧쯧, 이제 주름도 생각할 나이잖아요, 그렇게 미간을 찌푸리면 인상도 험악해지니 앞으로 자제하도록 하세요."

"!"

"왜요? 내가 너무 당연한 말을 하니까 찔려요?"

한영이 자연스럽게 소파에 기대앉으며 말했다.

"무슨 일이야?"

목소리가 날카롭게 나왔다. 단 하루 만에 달라진 한영이 낯설었다.

"무슨 일이긴요? 약혼자가 또 바람 피는 건 아닌가 감시하러 왔죠."

"뭐?"

"못 들었어요? 감시라고요, 감시. 지켜보는 거."

"감시가 무슨 뜻인지는 나도 알아. 지금 이게 무슨 짓이야?"

"쳇, 약혼한지 4일 만에 당신 옛 여자친구한테 따귀도 맞았던 내가 뭘 더 못하겠어요."

볼 때마다 새록새록 의심이 생겼다. 정말 한영재단의 영양이 맞는 걸까? 어제의 사근사근했던 모습과는 너무도 달라진 한영을 보며 시원은 몸서리를 쳤다. 혹시나 자신이 한 심한 말 때문에 충격을 받아 머리가 잘못된 것은 아닐까? 하지만 한영의 정신상태를 의심하기엔 오늘의 한영은 너무도 상큼해 보였다. 예의 그 총명한 눈빛, 그리고 하늘색과 흰색이 적절히 조화된 옷차림은 하나로 올려 묶은 머리와 잘 어울려 그녀를 더욱 귀여워 보이게 했다.

성큼성큼 한영이 소파에서 일어나 책상을 향해 걸어왔다. 그러더니 책상과 시원 주위를 돌기 시작했다. 한쪽만 살짝 올라간 눈썹이 귀여웠다.

"흠…… 흠."

앙증맞은 입술에 손가락을 대고 뭔가 생각하는 표정을 지으며 한영이 시원의 주위를 맴돌자 냉철한 시원도 당황하기 시작했다. 그녀가 돌 때마다 비누 향이 그의 코를 통해 들어왔다. 그 향이 그의 욕구를 자극했다. 여자 없이 지낸지 2주나 되었다. 주현이 여행을 가기 전에 관계를 맺고 마지막이었으니 좀 오래되었다.

처음 동정을 뗀 후부터 여자 없이 지낸 적이라곤 군대 빼곤 없었다. 친구 창섭이 하는 클럽에라도 가야 할 것 같았다.

"일어서 봐요."

"왜?"

"하여튼 일어서 보라고요."

억지로 그를 일으켜 세운 한영이 그를 이리저리 살펴보자 시원은 뭐 하는 거냐고 말하려 했다. 하지만 그보다 먼저 한영이 선수를 쳤다.

"뭐, 다른 여자의 흔적은 안 느껴지는군요."

"뭐?"

'지금 내가 뭐하고 있는 거야? 꼭두각시처럼 가만히 서서 바람 피웠나 안 피웠나 검사를 당한 거란 말야? 약혼한지 일주일도 안 됐는데.'

시원은 한영의 의외의 행동에 정신을 차릴 수 없었다. 약혼하기 전 한 달 간 만날 때는 전혀 낌새도 채지 못했다. 그의 약혼녀가 이렇게 엉뚱할 줄은 말이다. 예전에 그녀가 어땠는지 생각해 보려 해도 기억이 나지 않을 만큼 조용했었던 것 같은데 약혼 후의 그녀는 정말이지 종잡을 수가 없었다.

"마킹이라는 거 알아요?"

"?"

또 무슨 말을 하려는 걸까?

한영이 시원의 코앞에서 고개를 들며 말했다.

"마킹이요. 동물이 자신의 영역을 표시하는 행위 있잖아요."

한영이 마킹에 대해 이야기하더니 난데없이 그의 양복 깃을 움켜잡았다. 그리고 앞으로 끌어당긴다 싶더니, 보드라운 입술로 키스를 하기 시작했다.

갑작스런 키스에 어리둥절해하던 시원은 한영이 양복 깃을 놓고 목을 감싸며 깊숙이 안겨 오자 그녀를 거칠게 껴안았다. 시원은 그녀의 입술을 열렬히 환영하며 그녀의 조그마한 입술을 갈랐다. 자신의 혀에 그녀의 자그마한 혀가 느껴졌다. 상큼한 박하 향이 났다. 몸에 확 불이 붙는 것 같았다. 다리가 후들거렸다. 어딘가에 기대야 할 것 같았다. 뒷걸음질치던 그의 다리에 의자가 부딪혔다. 시원은 한영을 안은 채 의자에 앉았다. 졸지에 한영이 그의 무릎에 걸터앉은 꼴이 되었다.

자세가 안정이 되자 키스가 더욱 깊어졌다. 한영의 등을 어루만지던 손이 점점 아래로 내려가 히프를 쓰다듬었다. 다른 한 손으로는 끊임없이 머리카락을 흐트러뜨렸다.

목을 감싸고 있던 한영의 손이 살짝 그의 가슴으로 내려왔다. 심장이 거세게 두근거렸다. 입술을 뗀 한영이 시원의 눈동자를 보며 미소짓자 가슴이 덜커덩 내려앉는 것 같았다. 한영의 가느다란 손가락이 양복 깃을 젖히고 와이셔츠 위로 가슴을 매만졌다. 한영의 눈동자가 떨린다 싶었는데 순간 능숙하게 넥타이를 풀기 시작했다.

시원은 한영의 대범한 손길에 놀라는 것도 잠시, 의자에 기대 깊숙이 앉으며 그녀를 끌어안았다.

다시 입술과 입술이 만나고 한영의 입에서 저절로 신음이 흘러나왔다. 어느새 풀어 헤쳐진 가슴으로 그녀의 봉긋한 가슴이 느껴졌다. 그의 몸이 더욱 흥분하기 시작했다. 조금만 더하면 이 자리에서 한영을 갖게 될 것 같았다. 시원은 어렵사리 입술을 떼어내고 한영의 어깨를 붙들어 거리를 두었다. 그녀의 단정했던 머리카락이 헝클어져 있었고, 입술은 앵두빛으로 빛나고 있었다. 두 사람의 호흡이 매우 거칠어졌다. 다시 맛보고 싶었다.

"우…… 우리."

"쉿!"

한영이 그의 말을 막으며 고개를 숙였다. 따뜻한 그녀의 입김이 목덜미에 느껴지자 시원은 눈을 질끈 감았다. 목덜미에 와 닿는 그녀의 감촉에 정신을 잃을 것 같았다. 아무래도 참을 수 없을 것 같았다. 그가 생각을 멈췄을 때 축축이 젖은 목덜미에서 입술을 뗀 그녀가 귓가에 속삭였다.

"이게…… 표시라고요."

냉큼 시원의 무릎에서 뛰어내린 한영이 머리를 매만지면서 뒤돌아 섰다. 그런 한영에게서 좀 전의 열정이라고는 전혀 찾아볼 수 없었다.

"그럼 나는 이만 가요."

"딸칵."

멍하니 앉아 있던 시원은 문이 닫히는 소리에 정신이 들었다. 그리곤 문을 향해 부리나케 뛰어갔다.

"쾅!"

하지만 약혼녀의 모습은 보이지 않았다.

이런 제길!

"저…… 저 사장님."

비서실장이 쭈뼛거리며 다가왔다.

"무슨 일인가?"

"저…… 들어가셔서 옷차림을 살피시는 게……."

끝을 맺지 못하고 웅얼거리는 말에 힐끗 옷차림을 내려본 시원의 입에서 신음이 흘러나왔다.

넥타이는 풀려서 아슬아슬 하게 매달려 있었고, 와이셔츠는 반쯤 풀려서 구겨져 있었다. 획 돌아서 사장실로 들어간 시원은 사장실에 딸려 있는 화장실로 들어가 거울 앞에 섰다. 그리고 그의 신음소리는 더욱 커졌다.

머리는 헝클어져 있었고, 그의 풀어 헤쳐진 와이셔츠 사이로 왼쪽 목덜미에 진하게 찍혀 있는 키스 마크!

"으윽, 죽었어. 이한영!"

분한 시원이 화장실에서 방방 뛰었지만 이미 그녀는 사라지고 난 후였다.

100점이었다! 그의 성격은 25점도 안 되지만 키스만큼은 백만 불짜리였다.

대명그룹 1층 손님용 화장실 거울 앞에 서 있던 한영은 흥분을 가라앉힐 수 없었다. 작정을 하고 갔지만 막상 그의 입술이 닿자 그 감촉에 정신을 잃어 본분을 잊어버릴 뻔했다.

그동안 몇 번 경험했던 풋키스에 비할 바가 아니었다. 로맨스 소설에서 읽었던 온몸이 녹아 내리는 듯한 키스였다. 잠시 그의 점수를 조금만 올려 줄까 하는 생각이 들었다.

한영은 거울 속의 자신을 쳐다보았다.

흥분한 눈동자, 빨갛게 부풀어 오른 입술, 상기된 볼. 한영은 살짝 미소지었다.

"그렇지, 이래야 내 남편 감이라고 할 수 있지!"

환한 6월의 햇살 속으로 나가는 한영의 뒷모습이 경쾌했다. 앞으로 그가 어떻게 나올지 눈에 선하게 그려졌다. 왠지 이 남자를 개조시키는 일이 매우 즐거울 것 같았다.

"띠리리리."

핸드폰 벨소리가 울리자 시원은 발신자도 확인하지 않고 습관적으로 전화를 받았다. 그의 핸드폰으로 전화를 할 사람이라고 해 봤자 비서진과 할아버지 그리고 창섭을 포함한 몇몇 친구뿐이었다.

"나다."

“어, 창섭이냐?”

“어…… 일이 많이 바쁘냐?”

“그저 그렇지 뭐. 항상 하는 일이야.”

“저, 그…… 그럼…… 몇 시쯤 끝날 것…… 같으냐?”

뻔뻔한 인간의 표상이라고 할 수 있는 창섭이 말을 더듬으며 묻자 이상한 느낌이 든 시원이 물었다.

“임마, 너 무슨 일 있냐? 왜 갑자기 말을 더듬고 그래? 클럽에 일 생겼어?”

“아니, 그게 아리송해서 말이다. 네 약혼녀가 찾아왔는데 그런 것 같기도 하고 아닌 것 같기도 한 게 나 지금 무지 헷갈린다. 시원아.”

“뭐? 한영이가 거기에 있다고?”

“어…… 과 친구들이라면서 사람을 왕창 끌고 와서 우리 집 술을 다 마신다. 네가 대신 술값을 치를 거라고 돈은 걱정하지 말라는데?”

“어째 며칠 조용하다고 했어!”

하던 일을 덮어 놓고 옷걸이에서 재킷을 벗겨 내며 시계를 보니 이제 7시가 막 지난 시간이었다. 초저녁부터 술이라니, 게다가 이제 스물두 살 밖에 안 된 여자가 말이다. 정말 어떻게 하면 사람이 머리끝까지 화가 나는지 알고 있는 여자였다. 그의 약혼녀는 말이다.

퇴근 시간이라 길이 많이 막혔다. 차라리 내려서 뛰어가고 싶을 만큼 천천히 움직이는 차들 사이에서 시원은 계속 핸들을 주먹으로 내리쳤다. 도로의 가장자리만 되어도 미련 없이 내려 지하철을 택했을 것이다. 하지만 빌어먹게도 그의 차는 중앙선 바로 옆 차선에 있었다. 미친 듯 클랙션을 울리며 도로를 질주한 그가 창섭의 클럽에 도착했을 때는 9시를 훌쩍 넘긴 시간이었다.

"왔나?"

"어…… 그래. 어디 있어?"

"골드룸에 있다. 근데 네 약혼녀 맞아? 너무 어리던데?"

"가서 보면 알겠지."

웨이터가 안내해 준 룸으로 들어가 보니 정말 말 그대로 난장판이었다. 양주병과 맥주병들이 커다란 테이블과 바닥에 뒹굴러 다녔고, 여남은 명의 사람들이 여전히 부어라 마셔라를 하고 있는 중이었다. 그의 피앙세는 가운데에 앉아 한 청년과 이야기하며 고고하게 양주잔을 입에 대고 있었다.

"으…… 이한영."

"맞구나? 맞지?"

시원의 어깨 너머로 방을 들여다보던 창섭이 즐거운 목소리로 말했다. 시원의 약혼녀가 방을 초토화시키며 술을 마시고 있었다.

"가서 사람 수대로 택시 불러."

"왜? 벌써 가게?"

장난기가 역력하게 묻어 나는 창섭의 목소리에 시원이 소리 없이 째려봤다. 눈빛에 찔끔한 창섭이 알았다는 손짓을 하며 밖으로 나가자 시원의 힘에서 한숨이 절로 나왔다.

한영에게 다가가 술잔을 빼앗아 든 시원이 날카로운 눈빛으로 좌중을 둘러보자 주위가 조용해졌다.

"어라? 우리 자기 왔네? 봐 봐. 내가 약혼했다 그랬잖아."

반쯤 풀린 눈으로 비틀거리며 일어난 한영이 그의 팔에 매달리며 사람들에게 말했다. 그러자 순간 조용했던 침묵이 깨지며 서로들 떠들어 대기 시작했다.

"왜 이렇게 늦게 왔어요? 내가 얼마나 기다렸는데……."

한영은 입에서 브랜디 냄새를 폴폴 풍기며 그에게 안겨 왔다. 술에 취해서 그런지 나긋나긋해진 몸이 그에게 밀착되었다. 얇은 옷감을 뚫고 그녀의 부드러운 몸이 그대로 느껴졌다. 그녀와의 첫키스가 생각났다.

그의 몸과 정신을 흔들어 놨던 그 키스.

"도대체 얼마나 마신 거야?"

시원이 미간을 찌푸리며 말했다.

"또, 또, 찌푸린다. 도대체 얼마나 마신 거야?"

한영이 시원의 목소리를 흉내내며 말했다. 콧등과 이마에 살짝 주름이 잡힌 모습이 깨물어 주고 싶을 만큼 귀여웠다. 클럽까지 차를 몰고 오면서 머리끝까지 차올랐던 화가 한순간에 사라졌다.

"음냐, 졸립네. 조금 아주 조금 마셨어요……."

시원의 눈 바로 앞에서 엄지와 검지를 조금 벌리던 한영이 풀썩 그에게 기대 쓰러졌다.

"한영아, 한영아, 정신차려 봐! 이런……."

취한 한영이 그의 품에 쓰러지자 놀란 시원이 그녀의 뺨을 가볍게 두드려 봤지만 도통 정신을 못 차렸다. 한숨을 내쉰 시원이 그녀를 안아 들었을 때 맑은 눈빛을 가진 사내가 그 앞에 다가와 섰다. 술냄새 가득한 룸과는 어울리지 않는 맑은 눈빛이었다. 이 젊은 청년에게선 술냄새도 나지 않았다.

"정말입니까? 정말 약혼하신 거 맞습니까?"

"……."

"전 한영대 3학년 권혁수라고 합니다. 한영이와 같은 과에 다니고 있습니다."

"누가 자네에게 물어 봤나?"

정말 무례한 어조였다. 젊은 청년의 안색이 단박에 창백해졌다. 하지만 고집이 있는지 계속 물고 늘어졌다.

"정말로 한영이와 약혼하신 건지 알고 싶습니다."

"내가 그걸 왜 자네에게 시시콜콜 이야기해야 하지?"

시원은 혁수가 이유 없이 싫었다. 한영의 옆에 딱 붙어 그녀를 보살피는 눈빛을 지은 것부터 마음에 들지 않았다.

"간단합니다. 제가 한영이를 좋아하니까요."

두 남자의 강한 시선이 얽혀 들었다. 그때 창섭이 문을 열고 들어왔다.

"야. 택시 잡아 놨다. 얼른 애들 데리고 가라. 우리도 이제 장사 해야지."

창섭의 말이 끝나기가 무섭게 웨이터들이 우르르 들어오더니 사람들을 데리고 나갔다.

조용해진 방 안에는 시원과 한영, 그리고 혁수만이 남았다. 두 남자는 서로에게서 눈을 떼지 못했다.

"선배, 왜 내 말을 공으로 들어요. 나 이 남자 것 맞다니까 요……."

적막을 가르며 한영의 웅얼거리는 소리가 들려 왔다. 작은 소 리지만 분명히 알아들을 정도는 되었다.

한영의 말에 두 남자의 얼굴에는 희비가 교차했다.

"내가 굳이 대답하지 않아도 될 것 같은데. 그렇지 않은가?"

시원이 혁수를 향해 얇은 ― 비웃는 것이 분명한 ― 미소를 지 으며 돌아섰다.

한영을 조심스레 조수석에 앉힌 뒤, 시원은 운전석에 앉았다. 시원이 의자를 조절해 편안한 자세를 잡아 주자 한영의 입에서 만족스런 한숨이 나왔다. 한영은 잠이 든 것 같았다. 조용한 차 안은 한영의 고른 숨소리만 가득했다.

무슨 꿈을 꾸는지 행복해 보이는 얼굴로 잠이 들어 있는 한영 을 보며 시원은 고민하기 시작했다. 이제 막 지난 10시가 자신에 게는 매우 이른 시간이었지만 한영의 집에서는 그렇지 않을 수

있었다. 게다가 이렇게 술에 잔뜩 취한 채 집으로 돌려보냈다가
는 부모님께 눈물이 쏙 빠지게 혼날지도 모를 일이었다. 그는 잠
들어 있는 한영을 깨우는 것이 내키지 않았지만 어떻게 해야 할
지 몰랐기 때문에 한영을 가볍게 흔들었다.

"이봐, 이한영. 일어나 봐."

"……."

"이한영. 일어나라고."

"으음…… 누…… 구…… 야?"

시원이 좀더 세게 흔들자 한영이 서서히 깨어났다. 눈을 비비
며 일어나 앉은 한영은 여전히 반쯤 술에 취한 상태였다.

"어떻게? 집으로 데려다 주면 되는 건가?"

"아함. 몰라요. 졸립단 말이야…… 근데 지금 몇 시예요?"

"10시 15분 정도 됐어."

"하아…… 나 술냄새 나요?"

한영이 시원의 얼굴에 바짝 대고 입김을 불었다. 술냄새가 지
독했다.

"쳇. 얼마나 마신 거야? 아직도 술냄새가 진동해."

"흠…… 나 술 마시고 들어가면 우리 엄마한테 맞아 죽어요."

한영은 어지러운지 눈을 감고 시트에 기댄 채 말했다. 그러더
니 정신을 차리려는 듯 눈에 힘을 주고 시원을 바라보았다.

"저…… 잠깐 시원 씨네 집에서 자고 가면 안 되요? 두 시간
정도만……."

"뭐? 우리 집?"

시원은 깜짝 놀라 반문했다.

"응. 시원 씨 따로 오피스텔 있잖아요. 아…… 어지러워."

한영이 한 손을 머리에 얹은 채 말했다.

"그렇긴 하지만…… 늦는다고 어른들이 걱정하지 않으시겠어?"

하지만 이미 다시 잠든 한영은 대답하지 않았다. 그런 그녀를 바라보며 잠시 생각에 잠겼던 시원은 시동을 걸고 자신의 오피스텔을 향해 달리기 시작했다.

시원이 차를 오피스텔을 향해 몬다는 게 확실해지자 잠든 척 눈을 감고 있던 한영은 뒤척이는 척 고개를 창 쪽으로 돌리고 시원이 보지 못하게 살짝 미소를 지었다.

한영은 고등학교 시절부터 자기보다 세 살 많은 한주의 뒤를 무던히도 많이 쫓아다녔다. 처음엔 남자들만의 세계에 끼어든다고 많이 도망 다녔지만, 몇 달을 매일같이 쫓아다니자 어느새 한영은 한주네 그룹의 마스코트가 되어 버렸다.

물론 데이트를 하러 다닐 때는 눈치 채지 못하게 자기들만의 모임을 가졌지만 한주부터 시작해 다른 모든 남자애들도 한영의 여우짓에 모조리 넘어가 버렸다.

혈기왕성한 청년들과 어울려 다니자 당연히 늘어나는 건 술뿐이었다. 주변의 모든 친구들이 한영을 친여동생처럼 여겨 늑대로부터 자신의 몸을 보호하려면 술을 잘 마셔야 한다며 술을 가르쳤기 때문이었다.

그러기를 몇 년, 한영은 웬만한 술 가지고는 간에 기별도 가지 않았다. 양주를 병째 마셔도 취하지 않았다.

하지만 문제는 시원이 그런 한영의 주량을 알 리가 만무하다는 것이었다.

한 발 한 발 착실히 한영이 쳐놓은 그물 안으로 걸어가고 있다는 걸 시원은 알지 못하고 있었다. 영악한 머리로 오늘의 모든 시나리오를 짠 한영만 회심의 미소를 짓고 있을 뿐.

'오늘 넌 완벽히 내 것이라는 도장을 찍게 될 거야. 윤시원. 각오하라고, 흐흐흐.'

웃음을 짓던 한영은 차창으로 자신의 음흉한 얼굴이 보이자 얼른 눈을 감고 자는 척을 했다.

시원의 차가 고급스러운 오피스텔 지하 주차장으로 매끄럽게 굴러갔다. 차에서 내린 시원은 반대편으로 돌아 나와 한영을 안았다. 한영은 깊은 잠에 빠졌는지 차가 멈춰도 깨어날 줄 몰랐다.
가볍게 숨을 뱉은 한영이 얼굴을 그의 가슴에 슬슬 문지르며 품으로 파고들었다. 비누 향과 브랜디 향이 섞여 그의 코로 스며들었다. 한영을 처음 안았을 때부터 들었던 욕구에 다시 불이 지펴지기 시작했다.
엘리베이터를 향해 걸으며 시원은 이게 정말 잘하는 짓인지 다시 한 번 심각하게 고민을 했다.
다사다난한 밤이 될 것 같았다.

시원의 방은 남색과 검은색이 조화를 이루는 남성적인 방이었다. 한쪽 벽면이 온통 유리로 되어 있어 야경이 한눈에 들어왔고, 한쪽 벽은 책장으로 가득했다. 경제분야 책에서부터 셰익스피어 원서까지 없는 책이 없었다. 그리고 완벽하게 구비되어 있는 AV 시스템도 있었다.
하지만 시원의 품에 안겨 실눈을 뜨고 방을 훔쳐보는 한영의 눈에는 오직 방 한가운데 자리잡고 있는 크고 널찍한 침대밖에 들어오지 않았다. 눈처럼 하얀 시트와 남색 시트가 기가 막히게 어울리는 더블킹사이즈 침대였다. 자신의 첫 경험에 어울리는 침대였다.
시원이 조심스레 한영을 침대 위에 내려놓았다. 잠자리가 바뀌자 불편한지 한영이 뒤척거렸다. 그 바람에 그렇지 않아도 짧은 그녀의 스커트가 올라갔다.

올라간 스커트 사이로 새하얀 허벅지가 드러나자 시원은 자기도 모르게 숨을 들이마셨다. 조금만 올라가면 속옷까지 보일 참이었다. 시원은 서둘러 이불을 덮어 주었다. 하지만 그것도 잠시 한영이 이불을 차내어 옷차림은 더욱 흐트러졌다.

"아…… 더워……."

넋을 잃고 한영의 새하얀 허벅지를 쳐다보던 시원은 깜짝 놀랐다. 시원의 눈이 화등잔만해졌다. 덥다고 신음하던 한영이 자신의 남방 단추를 풀기 시작했기 때문이었다. 한영을 깨워 그녀의 행동을 멈춰야 했지만 꼼짝할 수 없었다. 뭐에 홀린 것 같았다.

단추를 풀던 한영의 손이 풀썩 침대위로 떨어졌다. 하지만 이미 벌어질 대로 벌어진 앞 남방 사이로 그녀의 가슴 계곡과 흰색 브래지어가 보였다.

한영이 숨쉴 때마다 가슴이 오르락거렸다. 그에 맞춰 시원의 앞섶도 부풀어오르기 시작했다.

시원은 자신이 마치 도색잡지를 몰래 훔쳐보던 중학생 같다는 생각을 하며 초인적인 힘을 발휘해 몸을 돌렸다. 아무래도 찬물로 샤워를 해야 할 것 같았다. 아니면 러닝머신 위에서 땀이라도 흘리던지. 아니 둘 다 하는 게 좋을 것 같았다.

옷을 갈아입기 위해 거칠게 넥타이를 잡아당겼다.

"시…… 원 씨…… 나 물…… 좀……."

한영의 힘없는 목소리가 들려 왔다. 서둘러 그녀에게 다가간 시원은 한영을 가슴에 받쳐 안고 입에 물컵을 대 주었다. 그러다가 두 모금쯤 물을 마시던 한영이 갑자기 팔을 올려 물컵을 치는 바람에 차가운 물이 그의 와이셔츠를 적셨다.

"이런……."

시원이 난감해 하며 물컵을 침대 옆 테이블에 내려놓는 순간 한영이 그의 팔을 확 잡아당겼다. 불시에 공격(?)을 당한 시원은 철퍼덕 침대에 가로눕게 되었다. 무슨 일인지 어리둥절한 시원의 눈에 멀쩡한, 아니 오히려 평소보다 더 초롱초롱한 한영의 눈빛이 들어왔다.

그 순간 그의 몸 위에 올라탄 한영이 장난스러운 목소리로 말했다.

"어쩌나…… 옷이 젖었으니 벗어야겠죠?"

시원은 자신의 와이셔츠를 잡아당기는 한영을 믿을 수 없다는 듯 바라보았다. 아직도 상황이 이해가 되질 않았다. 낑낑거리며 자신의 오른쪽 팔에서 와이셔츠를 빼내는 한영을 보며 무슨 말인가를 해야 한다고 생각했지만 아무 것도 생각나지 않았다.

"속은 괜찮아?"

'이런 바보, 이게 아니잖아!'

눈을 동그랗게 뜨고 쳐다보던 한영이 빙긋 웃었다.

"물론 괜찮아요. 나 안 취했으니까!"

"뭐? 안 취해? 그럼 취한 척 한 거란 말야?"

시원이 발딱 몸을 일으키며 소리쳤다. 그와 동시에 팔로 한영을 안았다. 그의 위에 앉아 있던 한영이 뒤로 떨어질 뻔했기 때문이었다. 두 사람이 자연스럽게 안은 형상이 되었다.

"취한 척 한 거면 어쩔 건데요?"

"진짜 네 정체가 뭐야?"

무척이나 오붓한 자세였지만 시원의 눈빛은 사람을 죽이고도 남았다. 하지만 한영은 그런 눈빛에도 아랑곳하지 않고 생글생글 웃는 얼굴로 여전히 그의 와이셔츠를 끌어당기기만 했다. 맨가슴에 한영의 손길이 닿자 그제야 자신의 와이셔츠가 벗겨지고 있다는 걸 알아 챈 시원은 한영의 두 손을 꼭 붙들었다.

그러나 이성보다 몸이 먼저 반응을 하고 있었다. 눈앞의 여자를 가지라고. 하루에 열두 번도 더 속을 뒤집어 놓았지만 그래도 미워할 수 없는 이 여자의 몸에 자신의 흔적을 남기라고.

시원은 한영의 두 눈동자를 바라보았다.

"무슨 이유에서 취한 척을 했는지는 묻지 않겠어. 하지만 자꾸 이런 짓을 하면 내 인내심이 언제 바닥날지 몰라."

시원은 진지한 목소리로 말했다. 한영도 그와 똑같이 진지한 어투로, 하지만 유혹을 가득 담은 목소리로 말했다.

"안아 줘요. 내가 당신의 여자라는 흔적을 남겨 줘요."

한영의 그 한마디에 시원은 자신의 머릿속에서 뚝 하고 자제심이 끊어지는 소리를 들은 것 같았다.

순식간에 자세가 바뀌었다. 어느새 한영이 시원의 밑에 깔렸다. 몸 전체에 그의 무게가 느껴졌다. 무겁고 답답하지만 왠지 안정되고 편안해지는 기분이었다.

시원은 물끄러미 한영을 내려다보았다. 그의 거침없는 눈빛에 한영의 볼이 빨갛게 달아올랐다. 유혹을 시작한 것은 한영이었지만 상대는 경험에 능숙한 사람이었다. 갑자기 한영은 두려움을 느꼈다. 처음 경험하는 미지의 세계에 대한 두려움 같은.

"멈추려면 지금 뿐이야."

한영의 흔들리는 눈빛에서 그녀의 두려움을 읽은 시원이 무뚝뚝하게 말했다. 온몸의 신경세포 하나하나가 그렇게는 못한다고 외치고 있었지만 한영은 그가 배려해야 할 어린 약혼녀인 것이다.

한영은 한 번 크게 숨을 쉬고는 고개를 가로 저었다.

"저도 지금뿐이에요."

한영의 승낙이 떨어지자 시원의 입술이 내려왔다. 한영의 입술은 시원이 기억하고 있는 것보다 훨씬 부드러웠다. 벌어진 입 속에서 두 사람의 혀가 얽혀 들었다. 시원의 혀가 한영의 입 속을 거침없이 넘나들었다.

“흐음…… 아…….”

키스가 깊어지고 한영의 입에서 나오는 신음소리도 점점 커져 갔다. 시원의 손이 몇 개 안 남은 한영의 옷단추를 풀어내려 갔다. 그리고 능숙하게 브래지어를 풀어냈다. 한영의 가슴이 고스란히 그의 눈에 들어왔다.

시원의 심장이 미친 듯이 두근거렸다.

난생 처음 자신의 젖가슴을 남자에게 보여 주는 거지만 한영은 부끄럽다는 생각이 전혀 들지 않았다. 누가 가르쳐 준 것도 아닌데 그저 자연스럽게 시원의 머리를 가슴으로 안았다. 가슴에 그의 혀가 느껴지자 온몸에 불이 붙은 듯 뜨거워졌다.

“시원 씨…… 나…… 난.”

“쉿!”

이번에는 시원이 그녀의 말을 막았다. 그리고 천천히 그녀의 가슴을 애무하기 시작했다. 애무의 농도가 깊어지자 신음소리가 방안을 가득 채웠다.

무언가 몸 속에서 끊임없이 갈구하는 욕구가 한영을 재촉했다.

“시원 씨 나…… 뭔지 모르겠지만 못 참겠어요. 당장 어떡해 좀 해 보라고요!”

정말 당돌한 약혼녀가 아닐 수 없었다. 처녀주제에 당당히 요구하는 꼴이라니……. 하지만 그런 모습까지 예뻐 보인다면 자신의 정신상태에 문제가 있는 것이 아닐까 하는 생각이 시원의 머리를 스쳐 지나갔다.

시원은 그녀의 분홍빛 유두를 입에 문 채 빙그레 미소를 지었다. 고개를 든 시원은 단숨에 그녀의 스커트와 속옷을 벗겨 내었다. 그리고 번개보다 더 빠르게 자신의 옷도 모조리 다 벗어 버렸다.

그의 남성이 빨리 욕구를 채워 달라며 아우성쳤다.

한영의 눈이 휘둥그래졌다. 실제로 보기는 처음이었다. 순수한 호기심에 손을 대어 보았다. 그러자 시원의 입에서 저절로 신음 소리가 나왔다. 순진한 약혼녀의 손짓 하나에 당장이라도 욕구를 풀어 버릴 것 같았다. 시원은 한영의 위로 무너지듯 내려왔다.

한영은 아무 것도 걸치지 않은 두 몸과 몸이 만나자 굉장히 에로틱한 기분이 들었다.

"조금 아플지도 몰라."

한영은 고개를 끄덕였다.

"하지만 나만 잘 따라오면 돼."

시원의 손이 아래로 내려갔다. 그리고 한영의 그곳에 손을 대었다. 화들짝 놀란 한영이 두 다리를 꼭 붙였다. 한영이 심호흡을 하며 긴장을 풀려 애썼지만 두 다리가 좀처럼 떨어지려 하지 않았다.

마음은 활짝 열린 상태인데 몸이 따라 주지 않았다. 한영의 딜레마를 눈치 챈 시원은 그녀의 민감한 귓불을 자극하기 시작했다. 한 손으로 봉긋한 가슴을 감싸고 조심스레 자극했다. 그러자 다시 한영의 몸이 뜨거워지며 긴장이 풀리기 시작했다. 스르르 그녀의 두 다리도 풀렸다.

그때를 놓치지 않고 그녀의 속으로 손가락을 밀어 넣었다. 낯선 침입에 놀라 꽉 죄어 오는 그녀의 몸짓에 시원은 숨이 가빠지는 걸 느꼈다. 지금 당장 그녀의 몸 안으로 들어가지 않으면 미칠 것만 같았다. 자신의 침대 위에 누워 있는 한영을 볼 때부터 흥분한 몸이었다.

"시…… 시원 씨……."

한영이 시원의 이름을 부른 것과 동시에 시원의 강인한 그것이 그녀의 몸을 갈랐다. 머뭇거림도 없이 한 번에 그녀 속으로 들어갔다.

"앗…… 아……."

짤막한 고통이 그녀를 스치고 갔다. 하지만 한영은 그를 밀치지 않고 더 꼭 껴안을 뿐이었다.

"천천히 움직여 볼게."

한영의 아픔을 최소화시키고자 한 번에 들어갔지만 그녀의 눈가에 맺힌 눈물이 시원의 가슴 한구석을 찌르는 것 같았다. 한영이 깨지기 쉬운 유리인형처럼 느껴졌다. 시원은 그녀의 약혼녀에게 잊지 못할 첫 경험을 선사하고 싶다는 생각이 들었다.

"시…… 시원 씨…… 나……."

아픔 속에 작은 불꽃이 피어오르기 시작했다. 그녀의 뜻을 알아챈 시원은 천천히 움직이기 시작했다. 한영도 조심스레 그와 함께 몸짓을 시작했다. 한번 움직이기 시작하자 자신도 모르게 속도가 빨라졌다. 한영에게 황홀한 경험을 선사해야 하는데 오히려 자신이 황홀경에 빠져 제어할 수가 없었다. 제어를 해야 하는데 그게 되질 않았다.

한영도 그의 빠른 몸짓에 정신을 잃어 가고 있었다.

"아…… 시원 씨…… 조금만…… 아…… 아앗……."

두 사람이 동시에 절정에 다다랐다. 그녀의 여린 몸 속에 자신의 씨앗으로 흔적을 남긴 시원이 한영의 몸 위로 무너졌다. 거친 숨소리만이 존재했다.

숨을 고른 시원이 한영의 몸에서 내려와 팔로 몸을 받치고 옆으로 누워 그의 약혼녀를 내려다보았다.

한영이 눈을 꼭 감고 있었다. 이마부터 콧등을 지나 입술까지 천천히 손가락으로 선을 그었다. 그의 손짓에 한영이 눈을 감은 채 미소를 지었다. 살며시 눈을 뜨자 시원의 눈동자와 마주쳤다. 불현듯 창피하단 생각이 들어 더듬더듬 시트를 찾아 몸을 가렸다.

다시 한 번 눈동자가 마주치자 한영은 참지 못하고 물어보았다.

“어때요? 나 괜찮았어요?”

역시 대단한 여자다.

처음 경험하는 거면서 저리 뻔뻔스러울 수 있다니. 게다가 온몸을 빨갛게 물들이고서 말이다.

시원의 입꼬리가 살짝 올라갔다. 사실, 시원이 경험한 그 어떤 관계보다 다급하고 절실했으며, 까무러칠 정도로 황홀했지만 그대로 말해 주자니 괜히 심술이 났다. 한영에게 팔베개를 해 주며 말했다.

“나쁘진 않았어?”

“뭐라고요? 고작 그거예요?”

한영이 벌떡 일어나 앉았다. 시트로 몸을 감은 채 베개를 무릎에 놓고 팡팡 쳐 댔다.

“쳇, 스물두 살 꽃다운 여인의 순결한 몸을 갖고도 고작 나쁘지 않았어?”

흥분한 한영이 큰 소리로 외쳤다.

헝클어진 머리와 드러난 어깨가 아름다웠다. 침대 헤드보드에 몸을 기댄 시원은 자신의 아랫도리가 다시 신호를 보내는 걸 느꼈다.

“왜 그런 거야?”

시원은 아랫도리의 신호를 무시하고 나른한 어조로 물었다.

“?”

“왜 날 유혹하기로 작정한 거냐고?”

“아아……. 뭐 그런 당연한 걸 물어요? 내 몸을 무기 삼아 당신을 후리려고 한 거지.”

한영이 아주 당연하지 않느냐는 어조로 맞받아 쳤다. 시원은 솔직하다 못해 적나라하기까지 한 한영의 말에 입을 딱 벌렸다. 이제 처음인 주제에 10여 년 간 여자의 몸에 길들여질 대로 길들여진 나를 몸으로 후리겠다고? 정말 기가 막혔다.

"그런데 나쁘지 않았다는 게 전부라니! 어디 가서 과외라도 받고 와야겠어요."

분명 한영의 의도는 농담이었다. 그러나 멍한 표정으로 자신을 바라보고 있는 시원이 너무 귀여워 이 친밀한 감정을 좀더 지속시키고 싶었다. 시원 또한 한영의 말이 농담이라는 걸 알고 있었지만 그녀의 웃음 섞인 말에 울컥 화가 치밀었다. 그래서 자신도 모르게 험한 말이 나오고 말았다.

"이 망할 것. 어디 가서 과외 하기만 해 봐. 가만 안 두겠어."

난폭한 시원의 어조에 순식간에 한영의 기분도 나빠졌다. 유머 감각이라고는 눈을 씻고도 찾아 볼 수 없는 인간 같으니라고!

창피함도 모른 채 나신으로 침대를 벗어난 한영이 옷을 찾아 들고 욕실로 향했다. 빠른 속도로 샤워를 마친 한영은 옷을 입고 욕실을 나왔다. 여전히 침대에 기대 자신을 쳐다보는 시원을 본 척도 하지 않으며 한영은 가방을 들고 문을 향해 걸어갔다. 그제야 급히 몸을 일으킨 시원이 허리춤에 시트를 감고 한영을 뒤따라 나왔다.

"뭐하는 거야?"

"보면 몰라요? 집에 가는 거지."

"이렇게 막무가내로 가면 난 어쩌란 거야?"

"상대방의 기분조차 배려하지 않는 사람한테 내가 왜 신경을 써야 하죠?"

시원은 마땅히 대꾸할 말이 생각나지 않았다. 욕실에서 들려오는 물소리를 멍하니 들으며 자신의 행동에 대해 생각해 보았지만 아무리 생각해 봐도 자신이 왜 그렇게 흥분을 했는지 이유를 찾을 수 없었다. 그저 다른 남자의 품에 안긴 한영을 생각하자 갑자기 기분이 나빠졌다는 것 밖에 없었다.

농담이라는 것을 알면서도 자신도 모르게 말이 험악하게 나왔다.

시원은 사과를 해야 한다고 생각했지만 30여 년을 살아오는 동안 미안하다는 말을 해 본 적이 거의 없는 그로서는 좀처럼 입이 떨어지지 않았다.

"어서 하라고요!"

한영이 성마르게 재촉했다.

"뭐…… 뭘……."

"안 하면 나 이대로 가고요."

"미…… 미안…… 하다고."

"좋아요!"

금방이라도 나갈 것처럼 문손잡이를 잡고 있던 한영이 휙 돌아서 시원의 품으로 파고들었다.

"황홀한 경험을 하고 나쁜 기분으로 집에 가고 싶지 않았는데 사과해 줘서 고마워요."

자신의 약혼녀는 정말 솔직하다. 시원은 한영의 포옹을 기꺼이 받아 들였다. 한영에게서 상큼한 비누 향이 났다. 자신이 쓰는 것과 똑같은 향이 나자 기분이 묘해지며 몸이 반응하기 시작했다. 그의 몸의 변화를 눈치챈 한영이 몸을 뒤로 젖히며 그를 쳐다보았다.

"사실은 무지 좋았죠? 그러니까 또 이러지, 큭큭큭."

장난기 가득한 눈동자에 웃음이 가득 차올랐다. 그의 심장을 두근거리게 했던 그 미소였다. 한영의 미소를 보자 시원은 그녀의 몸 속으로 들어가고 싶어졌다. 시원은 한영의 팔을 잡아 침대로 이끌었다. 하지만 두어 발자국 따르던 한영이 멈춰서 고개를 가로 저었다.

안 된다는 그녀의 말에 울컥 상실감이 들었다.

"나 늦었어요. 집에 가야 해요."

한영의 말에 시계를 보니 벌써 새벽 1시가 지나 있었다.

"10분만 기다려. 데려다 줄게."

시원은 몸 속 가득 차오르는 실망감을 진정시키며 욕실로 향했다.

부리나케 샤워를 마치자 그제야 입을 옷가지를 가지고 들어오지 않았다는 것을 알았다. 허리춤에 타월을 걸치고 나가자 기다렸다는 듯이 한영이 다가왔다. 그녀의 손에는 속옷과 가벼운 실내복이 가지런히 접혀 있었다. 묘한 기분이었다. 한영의 몸에서 자신이 쓰는 비누 향을 맡았을 때와 같은 느낌.

"어…… 고마워."

"뭘요. 얼른 가자고요!"

열어 놓은 차창 사이로 시원한 6월의 밤바람이 들어왔다. 밤이라 그런지 자동차는 나는 듯 달렸다. 한영은 차가운 밤 공기를 얼굴로 맞다가 손을 차창 밖으로 내밀었다. 위험하다는 시원의 말에도 아랑곳하지 않고 살짝 벌어진 손가락 사이로 빠져나가는 바람의 감촉을 음미했다. 지금 시원이 이 바람과 같았다. 손으로 꽉 쥐면 아예 흔적도 없이 도망가지만 살짝 느슨하게 쥐고 있으면 바람의 부드러운 감촉을 느낄 수 있었다. 지금 성급하게 몰아붙여 자신을 사랑하라고 말하면 시원은 더 빠져나가려고 할 것이다. 가랑비에 옷이 젖듯 천천히 시원이 자신에게 물들어 가기를 기다려야 했다.

몸을 젖히고 손가락 사이로 빠져나가는 바람을 느끼며 한영은 자기만의 생각에 빠져 있었다.

어느새 차가 한영의 집 앞에 도착했다.

"와…… 벌써 다 왔네. 그럼 나 들어가요."

"응. 조심해서 들어가."

"내 걱정은 말고 시원 씨나 운전 조심해서 돌아가세요."

　뒤도 돌아보지 않고 집으로 쏙 들어가는 한영의 뒷모습을 보자 시원은 괜스레 서운한 마음이 들었다. 밤에 운전해서 데려다 줬으면 고맙다는 인사와 함께 키스라도 한 번 해 줘야 하는 거 아닌가? 한영에 대해 원망스러운 마음까지 들었다.
　"아직도 졸업하려면 1년 반이나 남았는데, 약혼기간이 너무 긴 거 아닌가?"
　시원이 차를 돌리며 중얼거렸다.
　하지만 시원은 자신이 본인의 입으로 그런 말을 했는지 의식도 못하고 있었다.
　그저 고맙다는 말도, 잘 자라는 키스도 안 해 준 한영을 계속 원망할 뿐이었다.

5

5, 4, 3, 2, 1. 땡!

"자 퇴근합시다. 전 이만 먼저……."

6시가 되기 무섭게 사무실을 빠져나가는 사장을 보면서 비서실 사람들은 또 한 번 두려움에 몸을 떨었다. 벌써 한 달째 사장은 퇴근 시간만 되면 바람처럼 사라졌다. 사무실에서 먹고 자는 것이 아닐까 의심할 정도로 일찍 나오고 그 누구보다 늦게 퇴근하던 사장이었다. 그런데 무슨 바람이 불어서인지 한 달 전 어느 날부터 6시 정각만 되면 퇴근하기 시작했다.

매일같이 계속되는 야근에 지쳐 있던 비서진들은 처음에 좋구나 하고 반겼지만 3일이 넘어가자 슬슬 불안해지기 시작했다. 특히 요즘은 그 불안이 최고조에 달해 있었다.

그러한 비서진의 불안을 아는지 모르는지 시원은 오지 않는 엘리베이터를 기다리며 연신 버튼을 누르고 있었다.

한영과 사랑을 나눈 다음 날. 계속된 업무로 피곤한 몸을 이끌고 오피스텔로 돌아온 시원은 놀라서 기절초풍했다. 그의 침대 위에 떡 하니 한영이 누워 잠자고 있었기 때문이다.

"한영아, 이한영."

깊이 잠들었는지 그가 들어오는 소리에도 깨지 않고 계속 쌔근거리며 잠들어 있는 한영을 흔들어 깨웠다.

"아함, 누구야?"

"네가 왜 여기 있어?"

시원은 한영이 그의 침대에 누워 있는 것이 낯설기도 하고, 살갗이 간질간질 거리는 게 기분이 이상했다. 한영이 잠에 취해 어리벙벙한 표정을 짓는 모습이 무척이나 귀여웠다.

"어? 언제 왔어요?"

"너야말로 언제 들어온거야? 주인 없는 집에 이렇게 막 들어와도 돼?"

그의 말에 한영이 살포시 미소지으며 말했다.

"시원 씨 것은 내 것이나 마찬가진 걸요, 뭐. 그런 것 따지지 말고 그냥 좀 안아 주면 안 돼요?"

한영이 말과 동시에 그의 품으로 달려들었다. 말랑말랑하고 따뜻한 한영의 몸이 느껴지자 어깻죽지를 짓눌렀던 피곤이 한번에 사라지는 것 같았다. 시원은 팔을 들어 한영을 단단히 감싼 뒤 침대 헤드보드에 몸을 기댔다. 그 자세가 마음에 들었는지 한영이 참새처럼 지저귀기 시작했다.

"아, 시원 씨. 나 어제 한숨도 못 잔 거 있죠! 가슴이 막 설레고 실실 웃음이 나오면서 도통 잠이 안 오는 거예요. 헤헤헤."

한영의 말을 들으면서 시원은 그녀가 눈치채지 못하게 작게 웃었다. 왜냐하면 자신도 어젯밤 한영과 같았기 때문이다. 한영처럼 웃음이 나오진 않았지만 눈만 감으면 한영의 반달 같은 눈동자가 끊임없이 떠올라 그의 수면을 방해했었다.

"그래서 있지요. 오늘 아침에 시원 씨가 너무 보고 싶은 거예요. 내친 김에 한달음에 뛰어왔는데, 시원 씨 무지 일찍 출근했나 봐요?"

그랬다. 밤새도록 시달린 한영의 환영 때문에 새벽녘에 잠에서 깼었다. 다시 자기도 그래서 일어난 김에 일찍 출근을 했었다. 하지만 시원은 잠자코 한영의 말을 들었다. 자신이 밤새 그녀의 생각을 했다는 말을 하면 어린 약혼녀는 시원이 자신을 사랑하게 됐을지도 모른다고 착각할 게 분명했다.

'만약 아닌 걸 알면 상처받겠지.'

시원은 자신이 어린 약혼녀를 걱정하고 있다는 생각에 자조적인 웃음을 지었다. 자신이 언제부터 이렇게 상대방을 배려했는지. 지난번만 하더라도 단칼에 한영의 마음을 거부했었다. 그런데 며칠 지나지도 않았는데 어느새 한영이 상처받을까 봐 전전긍긍하고 있는 것이다. 첫경험을 한 한영이 아픔을 참으며 자신을 꼭 끌어안던 기억이 아직도 선명했다. 그때 한영이 얼마나 사랑스러웠던지.

점점 한영에게로 흐르는 마음이 커져 가고 있었지만, 그것은 어린 약혼녀에 대한 당연한 예의라고 시원은 생각했다. 아니면 어차피 결혼할 상대에 대한 호감이라든지. 설명할 수 없는 감정을 억지로 정의 내리자 불안한 마음이 가라앉는 것 같았다.

'맞아. 약혼녀에게 호감을 갖는 건 당연한 일이지.'

시원의 고개가 저절로 끄덕여졌다.

한영은 그것을 자신의 이야기에 대한 동조로 알았는지 더 신이 나서 얘기를 했다.

“문 앞에서 무작정 기다릴 수도 없어서 시원 씨한테 전화를 하려고 했는데, 글쎄, 시원 씨 핸드폰 번호를 모르는 거 있죠! 에휴, 우리 약혼한 거 맞아요?”

약혼자에 대해 하나도 모른다는 것이 멋쩍었는지 한영이 웃으며 계속 말했다.

“그래서 경비 아저씨한테 말해서 열어 달라고 했어요. 나 잘했죠?”

학교에 갓 입학한 어린이가 100점 맞은 시험지를 엄마에게 내밀며 칭찬해 줄 것을 기대하는 초롱초롱한 눈빛과 똑같은 눈빛으로 자신을 쳐다보는 한영을 보며 시원은 어색한 미소를 지었다. 주인의 의사도 묻지 않고 덜커덩 문을 열어 준 경비한테 조금은 화가 났지만, 한편으로는 한영이 자신의 집에서, 그의 침대 위에서 그를 기다리고 있는 것이 그리 기분 나쁘지만은 않았기 때문이다.

휴, 시원은 그저 한숨을 내쉴 수밖에 없었다.

그의 품에 안겨 만족스런 숨을 내뱉던 한영이 갑자기 벌떡 일어나 자세를 바로 했다.

“참, 생각난 김에 시원 씨 오피스텔 보조열쇠 있죠? 그거 나 줘요. 그리고 비밀번호도. 혼자 사는 남자 집에 훔쳐 갈게 뭐가 있다고 이렇게 꽁꽁 자물쇠를 달아요?”

시원은 눈앞에 들이밀어진 하얀 손바닥을 보며 기가 막히다는 표정을 지었다. 아무리 약혼한 사이라지만 엄연히 따지자면 무단 침입인데 미안한 기색도 없이 열쇠를 내놓으라는 것이다. 달라면 못줄 것도 없지만 너무도 당당한 한영의 태도에 심통이 난 시원이 말했다.

“내가 열쇠를 줘야 하는 이유가 있나?”

말투에 비아냥거리는 기색이 역력한데도 한영은 신경 쓰지 않왔다. 그저 너무나 당연한 일인데 이유를 묻는다는 어조로 반문했을 뿐.

"원래 애인끼리는 집 열쇠도 교환하고 그러던 데요."

"애인? 우리 사이가 애인이라고 할 수 있나?"

"그럼, 남녀가 결혼을 약속하고 몸까지 섞었는데 그게 애인이 아니고 뭐예요?"

시원은 한영의 뻔뻔스러운 말에 놀랐지만 내색하지 않았다. 하여간 자신의 약혼녀는 정말 솔직하다 못해 지나친 여자였다.

"열쇠 안 주면 아예 자물쇠를 통째로 바꿀 테니 그렇게 알아요!"

한영은 짐짓 비장한 말투였다. 하지만 빨간 볼과 빛나는 입술, 자다 깨어 헝클어진 머리 모습 때문에 별로 훌륭한 협박은 아니었다. 시원은 피식 웃으며 침대에서 일어났다. 한영이 귀여운(?) 협박을 실행하기 전에 열쇠를 주는 것이 나을 것 같았다.

한영은 서랍장을 뒤지는 시원의 뒷모습을 보며 속으로 승리의 V자를 그렸다.

처음 만난 아이들이 가장 쉽게 친해지는 법은 같이 대판 싸우는 것이다. 싸우면서 신체적 접촉도 하고 서로를 향해 소리를 지르다 보면 어느새 어색함은 사라지기 때문이다.

하지만 교양인이라고 자부하는 자신이 시원과 머리끄덩이 잡고 싸울 수는 없지 않은가? 그렇다면 그가 나에게 익숙해지도록 같이 있는 시간을 최대한으로 늘리는 수밖에 없다. 사람이 든 자리는 몰라도, 난 자리는 안다고 매일 옆에 있다 떨어지면 나의 소중함을 알게 되겠지.

어젯밤 시원이 바래다준 차 안에서 한 생각을 실천에 옮기는 한영이었다. 이렇게 시원의 가까이에 있다 보면 어느새 그도 한영의 색으로 물들어 있을 것이다. 이제 물에 색을 풀었으니 남은 것은 흰 천에 물이 들기를 기다리는 것뿐이었다.

한영은 생선을 문 고양이처럼 만족스러운 미소를 지었다. 물론 시원이 보지 못하도록 말이다.

그 뒤로 한영은 자신의 의도대로 시도 때도 없이 시원의 오피스텔에 들락날락거리기 시작했다. 주인도 없는 집에서 자신이 주인 행세를 하며 들어오는 길에 아이스크림을 사 와라, 과자를 사 와라 이것저것 잘도 시켰다. 우스운 것은 그런 한영을 향해 궁시렁거리면서도 먹을 것을 사다 나르는 시원이었다.

여름인데도 둘이 꼭 붙어서 사 가지고 온 아이스크림을 먹으며 영화도 보고, 미친 듯 사랑을 나누기도 했다.

삭막했던 시원의 오피스텔에 점점 한영의 향이 배어가기 시작했다. 그리고 여름방학이 되면서 한영은 아예 시원의 오피스텔에서 살다시피 했다. 아침에 새벽같이 시원의 오피스텔로 출근을 해 공부도 하고 한가로이 책을 읽기도 했다.

시원은 그녀를 두고 출근하는 일이 점점 힘들어졌다.

한영이 자신의 오피스텔에 있는 것이 점점 당연한 일이 되어 갔다. 매일 아침 그녀가 오는 것이 기다려졌다. 매일 오던 시간이 되어도 오지 않으면 걱정이 되고 불안했다. 그런 날이면 책을 잔뜩 들고 오피스텔 안으로 들어오는 그녀를 잡아당겨 열성적으로 사랑을 나누기도 했다.

특히 그런 아침은 그대로 한영과 하루를 보내고 싶었다. 한영을 하루종일 품에 안고 싶었다. 하지만 한영은 자신과 있기가 싫은 건지 출근할 것을 독촉해 시원은 하는 수 없이 집을 나서야 했다. 자기 집에서 쫓겨나는 꼴이었다.

평생 동안 요즘처럼 이렇게 퇴근 시간을 기다려 본 적도 없었던 것 같다. 이런 날은 일도 손에 잡히지 않아 하루종일 업무는 제자리걸음이었다. 그러다 퇴근 시간이 되면 끝나기가 무섭게 오 피스텔로 달려가 침대에 엎드려 책을 읽고 있는 한영을 덮쳐 그 녀가 정신을 잃을 때까지 사랑을 나누었다.

"나 왔어."

시원은 집에 들어오는 새신랑처럼 자연스레 인사를 하며 오피 스텔 안으로 들어왔다. 하지만 온통 칠흑 같은 어둠 뿐 한영의 대답은 없었다. 시원은 가만히 서서 어둠이 눈에 익기를 기다렸 다. 어슴푸레 오피스텔 안이 보였다. 두꺼운 검은 커튼이 쳐져 있 었다. 창가로 가 커튼을 활짝 열어 젖히니 여름 해가 쏟아져 들 어왔다. 영화를 봤는지 바닥에 DVD타이틀이 늘어져 있었고, 한 영은 침대 위에 잠들어 있었다.

시원의 입가에 자기도 모르게 미소가 지어졌다. 잠든 한영의 얼굴을 손가락으로 쓸어 보았다. 마치 아기 피부처럼 보드라웠다.

반쯤 벌어진 입술을 손가락으로 만지다 시원은 그녀의 얼굴을 향해 고개를 숙이며 키스를 했다. 그의 키스로 서서히 잠에서 깨어난 한영이 시원의 목을 감더니 잠이 잔뜩 섞인 목소리로 말 했다.

"시원 씨 키스로 잠이 깨는 거 보니 난 잠자는 숲 속의 공주겠 지요?"

한영의 장난스런 말에 시원은 웃음을 터뜨리며 흠뻑 그녀를 껴 안았다.

그녀의 풍만한 가슴이 와 닿자 지난 한 달 간 그녀에게 익숙해 진 시원의 몸이 금세 반응을 보였다. 키스하면서도 그녀가 웃고 있는 것이 느껴졌다. 두 사람의 호흡이 거칠어지기 시작했다. 누 가 먼저라고 할 것도 없이 서로의 옷을 벗기며 상대의 몸에 자신 의 흔적을 남겨 갔다.

짧지만 격렬한 사랑을 나눈 후 잠든 한영을 한쪽 팔로 안고 누워 있던 시원은 멍하니 앞을 바라봤다.

처음 사랑을 나누었을 때 한영이 한 말이 불현듯 떠올랐다.

'내 몸을 무기 삼아 당신을 후리려고 한 거지.'

그때는 그런 한영이 우습게만 보였는데 어느새 그녀에게 중독되고만 시원이었다.

한영은 대단한 요부였다. 처음부터 굉장히 솔직하더니 사랑을 나누는 데에도 무척 솔직했다. 자신이 모르는 것에 관한 순수한 호기심으로 배우는 것에 대해 거부감도 없었다. 그리고 그녀는 응용력이 매우 뛰어났다.

그의 위에 걸터앉아 열성적으로 몸짓하던 한영이 떠오르자 다시금 아랫도리가 부풀어올랐다.

하지만 비단 육체 관계뿐이 아니었다. 그녀와 지내는 순간 순간이 무척 즐거웠다. 함께 밥을 먹을 때나 영화를 볼 때, 어떤 것을 먹고 어떤 영화를 볼지 사소한 것으로 다투는 것조차 모두 즐거웠다.

그의 배경만 보고 달려들던 여자들과는 하지 못했던 보통 평범한 생활의 경험들이 점점 그를 좀더 여유 있고 사람냄새 나는 사람으로 만들어 가고 있었다.

시원은 어느새 하루라도 그녀를 보지 못하면 뭔가 빠진 듯 찜찜한 기분이 들 정도로 한영에게 익숙해져 가고 있었다.

그가 깊은 상념에 빠져 있을 때 잠에서 깨어난 한영이 하품을 하며 욕실로 걸어 들어갔다. 그런 그녀의 뒷모습을 보며 시원의 미간이 찌푸려졌다. 아니나 다를까 시계를 쳐다보니 9시가 넘은 시간이었다. 한영이 집으로 가야 할 시간.

시원은 거칠게 일어나 욕실로 따라 들어갔다.

“뭐예요?”

한영은 욕실 문을 열고 들어오는 시원을 보고 깜짝 놀라 외쳤다.

가늘게 뜬 시원의 눈빛이 빛나고 있었다. 그의 눈동자에 아스라한 한영의 나신이 새겨졌다. 시원은 자신도 샤워기의 물 아래로 들어갔다. 그리고는 한영을 벽으로 밀어붙였다. 놀라 동그랗게 눈을 뜬 한영의 얼굴이 눈에 들어왔지만 개의치 않았다. 한영을 안아 들고 단 한 번의 몸짓으로 그녀의 몸 안으로 들어갔다. 아까 나눈 사랑의 여파로 한영은 여전히 촉촉이 젖어 있었다. 쾌감이 한영의 몸을 휩쓸고 지나갔다. 한영의 놀란 눈동자가 어느새 열정으로 물들어 갔다.

하지만 시원의 일방적인 몰아붙임이 한영을 화나게 했다. 한영은 그를 거절한다는 뜻으로 그의 어깨를 주먹으로 내려쳤지만 시원에겐 간지럽기만 했다.

한영의 거부에도 아랑곳없이 시원은 절정을 향해 치달았다. 동시에 한영의 입에서도 절정을 알리는 신음소리가 흘러나왔다.

잠깐 동안 오르가슴의 여운을 즐기던 시원이 한영을 내려놓았다. 뒤돌아선 한영의 등이 욕실 벽에 부딪혀 빨갛게 부어 있었다. 시원은 그제야 자신이 한 짓을 깨닫고 살며시 그녀의 등을 어루만졌다.

“미…… 미안.”

시원의 풀 죽은 듯한 사과 한 마디에 불같이 일었던 화가 일순간에 자취를 감췄다.

“쳇, 사과만 하면 단 줄 안다니까.”

어린 아이가 무언가 하나를 배우면 그것만 계속 하듯 사과하는 법을 배운 시원은 자신이 어떤 식으로 사과를 하면 한영이 꼼짝 못하는지 눈치를 챈 것 같았다. 한영은 속으로 한숨을 흘렸다. 도대체 무슨 생각으로 이런 건지는 몰라도 저렇게 풀 죽은 목소리로 사과를 하는 시원에게 눈을 흘길 수 없었다.

"이리 와요. 같이 샤워해."

한영이 미소를 지으며 그를 받아들이자 그제야 빙그레 웃는 시원이었다. 두 사람은 서로의 몸에 거품을 바르며 즐거운 샤워를 30분도 넘게 했다. 손가락 끝이 물에 불어 쪼글쪼글해진 뒤에야 욕실에서 나왔다.

시계를 보자 11시가 얼마 남지 않은 시간이었다.

"엄마야! 나 죽었다."

후닥닥 서두르는 한영을 따라 시원도 찌푸린 얼굴로 옷을 입기 시작했다. 마음에 들지 않았다. 오늘따라 한영을 집으로 데려다 주는 게 싫었다.

"한영아. 잠깐 이리 와 봐."

시원은 침대에 걸터앉아 한영을 불렀다.

"응? 지금? 나 가야 되는데?"

어느새 옷을 다 입고 현관을 향하던 한영이 시원의 부름에 뒤돌아보았다. 그의 심각한 표정에 자신도 모르게 스르르 시원의 곁에 앉은 한영이 무슨 일이냐는 눈으로 물어 왔다.

"우리 그만 결혼해."

"싫어요."

시원의 말이 떨어지기 무섭게 한영의 거절의 말이 뒤따랐다.

"뭐야? 한 번 정도 생각해 보고 답하란 말야!"

시원은 전혀 예상치 못했던 한영의 거절에 소리쳤다.

"내가 미쳤냐, 이제 60점짜리 하고 결혼을 하게?"

한 달 전에 비하면 점수가 많이 올랐지만 그래도 100점이 되려면 한참 남았다. 그렇게 황홀하고 멋진 사랑을 나눈 후에 사랑한다는 말 한 마디 없는 이 철딱서니 없는 남자하고는 아직 결혼할 마음이 없었다.

"왜요? 결혼하면 어쩌게요? 또 시원 씨 마음에 안 드는 거 있으면 아까처럼 날 함부로 다루게요? 결혼하면 내가 우리 집에 가지 못하니까 마음놓고 괴롭히려고요?"

한영이 다다다 쏘아 부치자 시원은 아무 말 못하고 고스란히 듣고만 있었다. 자신이 잘못한 게 있어 함부로 입을 놀렸다가 배로 당하기 십상이었기에 그저 죽은 듯 듣고만 있었던 것이다.

"왜 아무 말 안 해요?"

"……."

"쪼잔하게 남자가 말야……."

"뭐? 이게 정말 그냥 참으려고 했더니……."

"지금 누가 참고 있는데 되려 성질이야!"

시원이 폭발해 한마디하자 기다렸다는 듯이 한영이 도끼눈을 뜨고 덤벼들었다. 성급한 자신의 혀를 원망하며 시원은 몸을 획 돌려 주방으로 들어갔다.

시원은 잘못했다고 생각했지만 지금 사과하기에는 자존심이 조금 상했다.

그런 그의 몸짓에 한영은 몰래 미소를 지었다. 사실 시원은 사람을 대하는 게 너무 서툴렀다. 일에 관한 부분에선 칼바람이었지만 자신과 지내는 것을 보면 사람과 사람끼리 부딪히고 친해지는 것에 대해서는 무척 낯설어 했다. 한영은 아마도 형제 없이 홀로 자랐기 때문에 그런 게 아닐까 생각했다. 그래서 결혼도 서둘러 하자는 것 같았다.

하지만 결혼은 서로 사랑하는 마음이 있어야 완성된다. 한 사람의 일방적인 감정소모는 그 사람을 지치게 해 결국 파경에 이르게 하기 때문이다. 시원과 한영 사이엔 그런 일이 없어야 한다. 그렇기에 한영은 시원이 자신을 진정으로 사랑하기를 기다리고 있었다.

무척 더딘 일이긴 하지만 언젠가 그가 자신에게 사랑한다고 말해 줄 날이 올 것이기에 한영은 얼마든지 기다릴 수 있었다.

"나 집에 가야 해요."

"……."

시원이 '나 삐졌소' 하는 표시를 팍팍 내며 주방에서 나오지 않았다. 한영은 피식 웃으며 홀로 현관을 빠져나왔다. 문이 닫히고 엘리베이터에 오르는 순간까지도 시원은 그녀를 뒤쫓아 나오지 않았다.

오피스텔 정문과 좀 떨어진 하지만 로비가 훤하게 보이는 곳에 쭈그리고 앉은 한영은 시계를 쳐다보았다.

시원이 몇 분 만에 나올 건지 속으로 계산해 보았다.

"5분 안에 나오면 점수가 3점 삭감되는 것이고, 10분이면 5점이고, 15분은 10점이고, 30분이면…… 처음부터 다시다!"

그때 3분도 되지 않아서 시원이 오피스텔 로비를 가로질러 오는 것이 보였다.

"그럼 그렇지. 기특한 지고……."

한영이 손을 들어 그를 아는 척 하려는 순간 그는 빠르게 정문을 지나 큰길을 가로지르기 시작했다. 한영의 집과는 반대 방향이었다. 잠시 의아한 생각이 든 한영은 시원의 뒤를 따랐다.

한 5분쯤 걸었을까. 저 앞 커피숍으로 시원이 들어갔다.

전면이 통유리로 된 커피숍에서 따뜻한 백열등의 빛이 흘러나왔다. 그리고 그녀의 약혼자는 창문의 맨 끝 탁자에 앉아 책을 읽고 있는 한 여자에게 다가가 그 앞에 털썩 앉았다.

커피숍 길 건너에서 그 모습을 바라보고 있던 한영의 이마가 시원이 미간을 찌푸릴 때와 똑같이 찌푸려졌다.

누군지 몰라도 밤 11시가 넘은 시간에 거리낌 없이 전화해 남자를 불러내는 여자.

그리고 그 여자의 부름에 지체 없이 달려가는 남자.

예감이 좋지 않았다.

한영은 떨어지지 않는 발을 애써 돌려 집으로 향했다.

사장실의 분위기가 심상치 않았다.

조금은 인간적으로 보이던 사장이 예전의 일 벌레의 모습으로 되돌아간 것이다. 시원은 새벽같이 출근해 우리에 갇힌 사자처럼 오전 내내 사장실 안에서 왔다 갔다 하고 있었다.

비서진들은 사장이 옛 모습으로 돌아온 것을 기뻐해야 할지 슬퍼해야 할지 헷갈렸지만 일단은 본모습으로의 컴백을 환영하는 분위기였다.

"사장님 손님 오셨습니다."

"누구요?"

"J&G 로펌의 이한성 변호사님이세요."

"들여보내요."

시원은 소파에 앉아 한성을 맞았다. 그의 기억이 맞다면 한영 의류 이준성 사장의 외아들이었다. 한영이 둘째 오빠라고 부르는 사람.

"앉으시죠."

시원이 맞은 편 의자를 가리키며 말했다. 그의 말에 한성의 한쪽 눈썹이 절묘하게 올라갔다. 한성은 소파에 앉자마자 가방에서 노란 봉투를 꺼내 테이블 위에 탁하고 던졌다.

"이게 뭡니까?"

한성은 열어 보라는 눈짓을 했다.

시원은 자기보다 세 살이나 어린 한성의 건방진 행동이 거슬렸지만 한영의 오빠라면 손윗사람이 되는지라 분을 삭혔다. 그리고 무엇보다 노란 봉투 안에 무엇이 있는지 궁금했기에 한성의 건방진 행동을 그냥 넘기기로 했다. 그러나 그런 마음도 잠시 노란 봉투 속에서 나온 서류 몇 가지를 훑어보던 시원이 벌떡 일어났다.

"이게 뭐지?"

시원의 목소리는 매우 음산했지만 한성은 코웃음쳤다.

"본인이 더 잘 아실 텐데요?"

"한영재단에선 약혼자의 뒷조사까지 하나?"

"만약 한영이의 약혼자가 당신이 아니었다면 뒷조사도 하지 않았겠지요."

만연에 웃음을 활짝 지은 한성이었지만 목소리만큼은 시원에게 지지 않을 만큼 냉랭했다.

"강정현 씨가 귀국했더군요. 조만간 윤시원 씨를 찾아오지 않을까 싶네요. 그렇게 열렬히 사랑했던 사람들이었으니…… 하하하. 윤시원 씨의 요란했던 연애담은 다들 잘 알고 있습니다. 사교계에 아예 관심이 없었던 한영이만 깜깜이지요. 그럼에도 저희 가족들이 당신과의 약혼을 허락한 건 한영이 때문이지 그 이상도 이하도 아닙니다."

"……."

"명심하십시오. 만약 당신과 그 여자 때문에 우리 한영이가 상처받는 일이 생긴다면 그땐 무슨 일이 있어도 이 약혼을 반대할 겁니다. 저희 가족들은 여전히 이 약혼을 반대한다는 사실을 잊지 마십시오."

"이건 당신이 왈가왈부할 문제가 아닌 것 같은데."

"아니요. 내가 상관할 일이 아니더라도 상관할 겁니다. 가만히 앉아서 우리 한영이가 상처받는 걸 보고만 있진 않을 겁니다."

두 사내의 시선이 부딪쳤다. 서로 한치의 물러섬도 없었다. 시원이 누군가를 죽이고도 남을 만큼 날카로운 시선이라면 한성은 여유만만한 눈빛이었다.

그때 비서실에서 손님이 왔다는 전갈이 들어왔다. 그제야 시선을 돌린 한성은 문을 향해 걸어갔다.

"찰카."

한성이 나가려 문을 여는 것과 동시에 한 여자가 보였다.

"이런…… 말이 떨어지기가 무섭게 이러니 제가 걱정을 안 하게 되겠습니까?"

한성은 날카롭게 굳은 눈동자로 시원을 비웃으며 말했다.

"정말 최악의 타이밍이군."

시원은 마치 대화라도 들은 것처럼 정확한 타이밍에 들어오는 정현을 보았다. 정말이지 최악 중에 최악이었다.

"아직 약혼기간이라는 게 얼마나 다행인지 모릅니다."

한성이 시원을 비웃는 것도 잠시 무섭게 굳은 얼굴로 말했다.

"쾅!"

한성이 문이 부서져라 세게 닫고 나가자 시선을 정현에게 돌렸다.

"여기까지 웬일이야?"

"내가 뭐 못 올 데 왔어?"

정현은 조금 전 시원과 한성의 대화에도 아랑곳없이 소파에 기대앉아 담배를 꺼내 물었다.

"……."

"자기 약혼했나 봐?"

"네가 상관할 일 아니잖아."

"후, 여전하네. 그 싸가지없는 말투는."

"그러니까 무슨 일이냐고?"

시원은 그런 정현을 짜증스런 눈빛으로 바라보며 다시 물었다. 자신을 보며 짜증스런 기색을 숨기지 않는 시원을 지긋이 바라보

던 정현은 물고 있던 담배를 한 모금 빨아들인 뒤 재떨이에 비벼
껐다.

"잘 부탁드립니다. 윤시원 사장님."

시원이 놀란 얼굴로 정현을 쳐다봤다.

"앞으로 홍보실에서 일하게 된 강정현입니다."

"정말이야?"

"응. 다음 주부터 출근이야. 여기서 나 스카우트한 거야. 내가
찾아온 게 아니라. 그러니까 미간에 그 주름 좀 펴. 그 버릇 여전
하네. 후후후."

"공부는 다 끝났나 보지?"

"어. 그래야지. 자기도 버리면서까지 갔는데 죽을 만큼 열심히
했지, 뭐."

"쳇, 강정현이답군."

"왜? 그래서 불만이야? 가자. 점심시간도 됐는데, 부하직원 밥
이나 사 주시죠? 사장님."

정현은 시원의 팔짱을 끼며 장난스레 말했다.

시원은 자신의 팔에 매달려 애교 있는 눈웃음을 짓고 있는 정
현을 어이없는 눈으로 보다 피식 웃어 버렸다. 정말 미워할래야
미워할 수 없는 여자였다. 시원이 알고 있는 강정현이란 여자는.

자동차 안에서 담배를 피우고 있던 한성의 눈에 다정한 연인처
럼 보이는 두 사람이 대명그룹 정문으로 나와 기다리고 있던 차
를 타고 사라지는 모습이 들어오자 그의 눈동자가 살기로 가득
찼다.

잠시 생각에 빠졌던 한성은 무언가 결심을 했는지 차를 돌려
주차장을 거칠게 빠져나갔다.

큰아버지 댁으로 향하는 길은 유난히도 한산했다.

하루종일 그 여자의 얼굴이 눈앞에서 사라지지 않았다. 억지로 미소를 지어 보려고도 하고, 책에 빠져 보려고도 했지만 머릿속은 온통 그 여자와 시원의 얼굴뿐이었다.

"누굴까?"

단발머리에 단정한 정장을 입은 그 여자는 무척이나 세련돼 보였다. 외유내강이라는 단어가 떠오르는 여자였다. 한영은 그 여자가 왜 한밤중에 시원을 찾아왔는지 궁금했고, 그 뒤로 시원에게선 아무런 연락도 없다는 것이 괴로웠다.

아무리 연락을 잘 안 하는 시원이라지만, 어제는 다투고 난 후 혼자 집으로 돌아오지 않았나? 그렇다면 당연히 안부 전화 정도는 해야 하는 것이 아닌가?

한영은 정체 모를 여자의 등장으로 자신감이 한없이 추락되고 있음을 느꼈다. 침대에서 뒹굴며 상념에 빠져 있던 한영은 용기를 되찾은 듯 벌떡 일어나 큰 소리로 외쳤다.

"이한영! 정신차려, 그 여자가 뭐가 된다 해도 지금 시원 씨 곁에 있는 건 나니까 힘내라고. 아자!"

한성은 현관문을 열고 들어오다 한영의 외침을 들었다.

"저 왔어요. 한영이는 집에 있나 보죠?"

"어, 한성이 왔구나. 웬일인지 오늘은 집에 붙어 있네? 한영아 한성이 왔다."

한영을 부른 미현이 웃으며 한성을 반겼다.

한국여대 가정학과를 졸업한 미현은 원래 집안 일을 하는 게 취미였는지 혼자서 일하는 걸 좋아했다. 그래서 보통 일주일에 두 번 정도 대청소나 큰 빨랫감이 있을 때만 도우미 아줌마를 불렀다. 여전히 의욕적으로 사회활동을 하고 있는 진영과는 판이하게 달랐다. 그래서 그런지 한성이 어렸을 적엔 매일 큰집에서 살다시피 했었다. 한영이 큰집에서 살고 있어 매일같이 온 것도 있었지만 엄마가 일하는 동안 큰엄마가 대신 한영을 키워 잔정은 큰엄마한테 더 많았다. 간혹 진영이 그 점에 대해 서운해했지만 한성은 자식은 내팽개치고 일한 엄마 탓이라고 한마디로 일축하곤 했다.

어쨌건 제 집 드나들 듯 하던 곳이라 큰집이라고 해서 어려운 것은 없었다.

"큰 엄마. 저 밥 좀 주세요."

"치…… 오빠 이상하더라. 왜 울 엄마한테 엄마라고 하고, 작은 엄마한테 어머니라고 해?"

한영이 계단을 내려오며 말했다. 아직도 잠옷차림이었다.

"넌 여자가 그게 뭐냐?"

"그래도 예쁘잖아?"

한영이 뽀르르 한성의 곁으로 달려와 말했다. 그런 한영을 보며 잠깐 웃음을 지은 한성이지만 아까 본 시원과 정현의 생각이나 다시 표정이 어두워 졌다.

"한영이 밥 먹고 나랑 얘기 좀 하자."

낮은 한성의 목소리에 한영은 어쩌면 그 여자 애기일지도 모른다는 생각이 들었다. 여우 중에 여우, 눈치만 백 단인 한영이다. 하지만 한성의 목소리에서 낌새를 알아차렸다기보다 여자로서의 육감이 그 여자 애기라고 말하고 있었다.

한영이 모르는 무언가를 한성은 알고 있는 것이다.

한영과 한성은 밥 먹는 내내 서로의 눈치만 살폈다.

손에 커피잔을 들고 한영의 방으로 자리를 옮긴 두 사람은 각자 의자와 침대에 걸쳐 앉았지만 누구도 쉽게 입을 열지 못했다.

한성은 어디서부터 이야기를 시작해야 할지 난감했다. 사랑스런 사촌 동생이 목매는 남자한테 옛 여자가 있다. 그 두 사람은

서로 죽고 못사네 했지만 여자가 성공을 위해 남자를 버리고 갔
다. 그런데 그 여자가 돌아왔다. 아직 아무 일 없지만 앞으로 무
슨 일이 생길지 모른다. 그러니 조심하라고?

정말 어려운 얘기다. 한참 동안 머릿속을 정리하던 한성이 드
디어 입을 열었다.

"한영아."

"응."

"너…… 정말 윤시원이란 사람을 사랑하니?"

"그건 왜?"

"장난하는 거 아니야. 임마."

한성이 심각한 얼굴로 답하자 장난으로 분위기를 밝게 하려던
한영도 진지해졌다.

"오빠…… 나 시원 씨 사랑해. 맨 처음엔 그 사람의 외모, 목소
리에 끌렸지만 이젠 아니야. 나에게 사랑이란 윤시원 그 사람 자
체를 뜻해. 나 그 사람 절대 안 놔 줄 거야."

흔들림 없는 눈동자로 자신을 쳐다보며 말하는 사촌 여동생을
보고 한성은 자신이 설 자리는 없다는 것을 알았다. 세계 부는
바람에 쓰러지는 것도 한영이요, 힘껏 부딪쳐 깨지는 것도 한영
이 해야 할 일이었다.

한성은 나지막이 한숨을 쉬며 커피를 마셨다. 한영이 저렇게
말하는데 다른 이야기를 말해 무엇하리요.

그때 한영이 조용히 한성을 불렀다.

"한성 오빠, 그 여자…… 얘기 해 줘."

"!"

한영의 입에서 나온 예상치 못한 말에 한성은 입안의 커피를
쏟아 낼 뻔했다.

"뭐?"

한영이 시원의 연애담에 대해 알고 있었던가?

"누구 말이야?"

한성은 시침을 뚝 떼며 말했다.

"그 여자. 시원 씨가 한달음에 뛰어나가는 단발머리 여자."

한영이 언제 정현을 보기라도 했단 말인가? 자신이 알기론 어제 오후 비행기로 들어왔는데 말이다. 정현의 외모까지 말할 정도면 어제나 오늘 중에 봤다는 얘기인데. 하지만 오늘 하루종일 집 밖에 나가지 않았다면 어제 본 거로군. 그렇다면 오늘 자신이 찾아가기도 전에 두 사람이 이미 만났다는 얘기다.

한성은 화가 치밀어 올랐다. 아까 그를 한 대 쳐주지 못한 게 한스러웠다.

"난…… 모르……, 에휴."

대충 얼버무리려던 한성은 단호한 눈빛의 한영을 보곤 한숨을 쉬었다.

"대학교 때 만난 걸로 알고 있어. 동기로 만나 차츰 연애로 발전했다고 들었어. 여자 집이 윤시원 씨네 비해 한참 기울어서 시원 씨 어머니가 많이 반대했었어. 윤시원 씨가 결혼까지도 생각했던 여자지만 자신의 성공을 위해 미련 없이 떠난 여자야. 강정현이란 여자는."

시원이 결혼까지 생각했다는 한성의 말에 한영은 눈을 감고 말았다. 한때나마 시원이 마음속에 담았던 여자가 돌아왔다. 자신만 모르고 다들 알고 있던 윤시원의 옛 여자가.

그때 스치듯 지난날의 단편적인 모습이 한영의 뇌리에 떠올랐다. 약혼한지 얼마 안 돼서 시원과 윤민원과 저녁을 했던 날. 그날 분명히 윤민원이 '요즘 젊은 것들은 연애를……' 하다가 말을 멈췄었고, 분위기가 차가워졌던 것이 선명하게 떠올랐다. 그때 시원이 얼마나 냉랭한 표정이었는지도.

아직도 시원의 마음속에는 그 옛 여자가 살아 있는 것이 분명
했다.

정현과의 점심이 생각보다 길어진 탓에 사무실에 돌아오자마자
책상 위에 쌓여 있는 서류더미들을 처리하느라 어떻게 시간이 갔
는지도 몰랐다.

대명그룹의 글로벌 프로젝트에 관한 서류가 많이 들어와 한숨
돌릴 새도 없이 바로 일을 시작해야 했다. 산더미처럼 쌓여 있던
서류가 어느 정도 정리가 되어 가자 시원은 담배를 꺼내 들었다.

시원은 창가에서 내려다보이는 광경을 보며 담배를 피웠다. 지
금 같은 서울 하늘 아래 정현이 있다는 것이 새롭게 다가왔다.

정현이 자신의 프러포즈를 일언지하에 거절하며 성공하겠다고,
기필코 무슨 일이 있어도 잘난 당신 어머니가 후회하게 만들겠다
고 큰소리치며 유학 길에 오르던 때가 생각났다. 그게 벌써 9년
전의 일이었다. 자신이 꼭 한영과 같은 나이에 사랑한다고 믿었
던 여자가 그에게 냉정하게 등을 돌리고 돌아섰던 때가 말이다.

불현듯 한영이 떠올랐다. 시계를 보니 어느새 퇴근 시간이었다.
하루에 열두 번도 더 전화를 하고 특히 점심 때 꼭 전화해 무슨
음식이 맛있다고 이야기했었는데 오늘은 전화가 한 번도 오지 않
았다는 사실이 뇌리를 스치고 지나갔다. 순간 묵직한 것이 자신
의 가슴을 누르는 듯한 느낌이었다.

갑자기 마음이 조급해졌다. 오늘은 한성이 그를 찾아왔었다. 가
족들은 여전히 그와의 약혼을 반대한다며 똑바로 처신하라고 이
야기했었다. 그 뒤 한영에게서는 아무런 연락도 없었다. 퇴근 시
간이 40분 정도 남았지만 시원은 재킷을 들고 부리나케 오피스텔
로 향했다.

아직 퇴근 시간 전이라 차는 수월하게 달렸다.

"그래, 어제 집에 안 데려다 줘서 화가 나 전화를 안 했을 테
지……. 그래서 전화가 없었던 거야. 오피스텔에 있을 거야. 언제
나처럼 있겠지."

　스스로의 마음을 달래며 오피스텔을 향하는 차 안에서 시원은
또 한 번 자신의 잘못을 깨달았다. 어제 그렇게 한영을 보내고
나서 왜 나는 한번도 그녀에게 전화할 생각을 못했을까?

　정현이 다시 돌아와서 일까?

　시원은 자신의 마음을 도통 알 수가 없었다. 한영으로부터 연
락이 없어 마음을 졸이며 오피스텔로 찾아가는 와중에도 머리 한
구석에서는 정현의 생각이 계속 떠올랐다. 그러나 정현을 생각하
면 할수록 한영에게 못할 짓을 하는 것처럼 죄책감이 들었다.

　꼬리에 꼬리를 무는 생각이 계속되는 동안 차는 어느새 오피스
텔 앞에 도착했다.

　시원은 닫힌 문 앞에 서서 크게 심호흡을 했다. 그래도 심장은
진정되지 않고 거세게 두근거렸다. 살짝 손잡이를 돌려보았다.

　한영은 단독주택에 살아서 그런지 가끔 문을 잠그는 걸 잊곤
했다. 위험하다고 아무리 잔소리를 해도 잊어 먹기 일쑤였다. 그
런데 오늘은 문이 잠겨 있는 게 그렇게 야속할 수 없었다. 초인
종을 눌러도 대답이 없자 심장이 더욱 세게 두근거렸다. 주머니
에서 열쇠를 꺼내 문을 열었다. 그의 오피스텔은 어둠으로 꽉 차
있었다.

　어둠 속에서 시원이 빙그레 웃었다. 여름이라 영화를 보기 위
해 두꺼운 커튼을 치지 않은 이상 방 안이 훤히 보일 시간이었다.
그러니 이렇게 어둡다는 건 한영이 영화를 보다 잠들었다는 뜻이
었다. 시원은 키스로 잠들어 있는 한영을 깨워야 겠다는 생각을
하자 긴장감이 일시에 해소되는 것 같았다.

성큼성큼 창가로 가 커튼을 활짝 열었다. 순식간에 빛이 쏟아져 들어오자 눈이 부셨다.

감았던 눈을 뜬 시원은 다시 눈을 감고만 싶었다. 한영이 잠들어 있으리라 믿어 의심치 않았던 그 침대가 텅 비어 있었던 것이다. 비틀거리며 침대로 걸어간 시원이 그 위에 털썩 주저앉았다.

정현이 오자마자 한영이 보이지 않자 좋지 않은 예감이 들었다. 아마도 그를 무섭게 쏘아보던 그 젊은 사돈이 한영에게 말했겠지. 그래서 이제 더는 오지 않는 거겠지.

사업에서나 발휘되던 동물적 육감이 지금 그에게 무슨 일이 일어날 거라고 경고를 하고 있었다.

무슨 일이 벌어진단 말인가? 이한영이 나에게 무엇이라고? 고작해야 할아버님이 정해 준 약혼녀일 뿐 아닌가?

좋은 집안에서 태어나 좋은 것만 먹고, 좋은 옷만 입으며, 세상의 어렵고 힘든 일이라곤 하나도 모르는 그까짓 철부지가 내 인생을 왈가왈부해?

어떤 집안에서 태어났다는 사실 하나가 사람을 좌지우지하고 얼마나 비참하게 하는지 제까짓 게 경험을 해 봤냔 말이다.

시원은 어느새 한영과 정현을 비교하고 있었다. 평범한 보통 집안에서 태어나 부모님, 특히 어머니에게 갖은 모욕을 당하면서도 씩씩했던 정현을 떠올렸다. 하지만 그와 동시에 그 집안에 가장 얽매였던 정현.

그런 정현의 얼굴 위로 밝게 미소짓는 한영의 얼굴이 겹쳐졌다.

"안 되겠어. 전화라도……."

시원이 한영에게 전화를 하려 핸드폰을 들었을 때였다.

"어? 문이 왜 열려 있어요?"

획 고개를 돌려보니 한영이 서 있었다. 벌떡 일어선 시원은 단 네 걸음만에 그녀 앞에 다가섰다. 그리고는 와락 그녀를 가슴으로 끌어당겼다.

"아야! 과자 부스러지는데."

품 안 가득 군것질거리들을 안고 있던 한영은 그의 포옹보다 부서지는 과자의 안전이 더 중요한 것 같았다. 시원은 변함 없는 그녀의 모습을 보며 웃음을 터뜨렸다.

"어…… 이상하네. 시원 씨 뭐 좋은 일 있어요?"

한영이 여느 때와 똑같은 미소를 지으며 그의 옆에 앉자 그제야 답답했던 가슴이 뚫리는 것 같았다.

시원은 한영을 안으며 멍하니 생각에 잠겼다. 한성이 말한 것을 보면 한영은 정현의 존재에 대해 아직 모르고 있는 것 같았다. 하지만 눈치 빠른 그녀가 알게 되는 건 시간 문제였다.

그녀가 아무 것도 모르고 있을 때 내 사람으로 만들어야 한다.

시원은 불안한 마음이 가시지 않았다. 정현에게 다시 마음이 끌리게 될까 봐 두려운 건지, 아니면 한영을 잃게 될까 봐 두려운 건지, 자기 자신조차 스스로의 마음을 몰랐지만 한 가지 분명한 건 그 어떤 경우에도 한영이 자신의 옆에 없다는 건 상상할 수도 없다는 것이었다.

시원은 무슨 일이 있어도 놓치지 않겠다는 듯이 한영을 안고 있는 두 팔에 힘을 꼭 주었다. 그의 눈동자는 먹이를 노리는 매처럼 날카롭게 빛나고 있었다.

"한영아. 일어나 봐."

격정적인 사랑을 나누고 잠이 든 한영을 시원이 흔들어 깨웠다. 시계는 벌써 11시가 지나 있었다.

"아함, 지금 몇 시예요?"

일어나 앉고서도 정신을 못 차리는 한영이 하품을 하며 물었다.

"11시 20분."

"뭐? 정말? 일찍 좀 깨워 주지!"

11시란 말에 번쩍 정신이 든 한영이 시계를 보며 울먹거렸다. 시원은 후닥닥 욕실로 들어가려는 한영을 붙잡았다. 그리고는 그녀의 두 얼굴을 손으로 감싸 자신의 눈을 바라보게 했다.

"한영아. 우리 결혼 좀 서두르자."

"그…… 그건……."

"쉿. 내 말 좀 들어 봐. 우리 지금 모습 좀 봐. 결혼 안 한 거랑 뭐가 틀리니? 잠만 따로 잘 뿐 매일 같이 있잖아. 나 밤마다 너 데려다 주는 일이 싫다. 이런 식으로 1년도 넘게 지내란 말야? 나 그거 못해. 결혼하자. 부모님들도 좋아하실 거야."

한영은 시원의 눈빛을 가만히 들여다보았다. 무언가 갈피를 잡지 못하고 흔들리는 눈빛이었다. 아마도 그 여자 때문이겠지. 사람 사귀는 데 서툴고 사랑을 모르는 남자가 마음을 줬던 여자이니 쉽게 흔들리겠지. 이 남자는 자신이 사랑 따위는 할 수 없다고 말하지만 사실은 너무 넘쳐 나는 남자였다. 한번 마음을 주는 상대에게는. 그건 할아버지께 어떻게 하는지만 봐도 알 수 있었다.

한영은 갑자기 서글픈 기분이 들었다. 목이 메어 왔다. 금방이라도 눈물이 나올 것만 같았다.

계속해서 흔들리는 그의 눈빛을 보고 있자리 눈물이 흐를 것 같아 그의 손에서 빠져 나왔다. 한영은 침대에서 내려와 옷을 걸쳐 입었다. 그리고 사이드 테이블에 놓여 있는 컵을 들어 물을 마셨다.

시원의 시선이 그런 한영의 행동을 뒤좇았다. 한영은 컵에 있던 물을 다 마신 후에야 다시 시원의 앞에 앉았다.

건강하게 탄 피부, 땀에 젖어 있는 까만 머리, 짙은 눈썹. 오뚝한 코. 고집 있어 보이는 입술. 그리고 흔들리는 눈동자.

참았던 눈물이 나올 것만 같았다.

한영은 시원의 손을 잡았다. 그의 손에 가려 한영의 손은 보이지도 않았다. 그러나 큰 만큼 신뢰감을 주는 손이었다.

한영이 시원을 향해 물었다.

"날 사랑하나요?"

"……."

"난 당신 사랑해요. 아주 많이. 하지만 날 사랑하지 않는 사람과 함께 사는 건 괴롭고 힘든 일이에요. 그러니 당신이 날 진정으로 사랑하게 될 그때, 난 당신의 신부가 될 거예요."

철부지인 줄로만 알고 있었던 그의 약혼녀가 고요하고 흔들림 없는 눈빛으로 그에게 사랑을 고백하고 있었다.

한영의 말에 시원은 심장이 터질 것만 같았다. 한영이 자기를 사랑한다니.

결혼하기로 약속까지 한 상대가 서로를 사랑한다는 건 당연한 건데 한영의 예기치 못한 고백은 시원의 얼어 붙은 심장을 녹이고 들어왔다. 기분 좋은 두근거림과 함께 왠지 모를 뿌듯함과 설렘이 가슴 가득 차올랐다. 큰 소리로 웃고 싶은 심정이었다. 창문을 활짝 열고 세상에게 말하고 싶었다. 이한영이 나 윤시원을 사랑한다고 동네방네 소문이라도 내고 싶었다.

그러나 이상한 일이었다. 자신은 사랑이라는 것을 믿지 못한다. 모든 것을 불사할 수 있었던 한 여자가 그보다 성공을 선택하며 떠나갔을 때 그 안에서 사랑은 죽어 버렸다. 그 뒤로 9년이라는 긴 시간 동안 한번도 사랑이란 감정에 대해 진지하게 생각해 본 적이 없었다. 그저 일시적인 감정적 소모일 뿐이라고 생각해 왔을 뿐이었다.

누가 자신을 사랑한다고 말해 오면 그 사람에게 있던 호감마저 없어졌었다. 어차피 서로 하룻밤의 상대로 만난 걸 알고 있는 마당에 사랑 운운하는 게 가식적이고 우습게 보였다.

그러나 한영이 자신을 사랑한다고 말하는 순간 머리끝부터 발끝까지 짜릿한 전류가 흐르는 것 같았다. 온몸이 가볍게 흥분되면서 가슴이 설레어 무언가를 막 말하고 싶다가도 괜스레 실실 웃음이 나왔다. 사랑한다는 말 한마디가 사람을 이렇게 기분 좋게 한다는 것을 예전엔 미처 몰랐었다.

시원은 지금 자신이 어떤 기분이 드는지 어떻게든 한영에게 표현하고 싶었다. 반드시 말해야 했다. 하지만 그것보다 먼저 한영이 말을 이었다.

"그러니까 당신이 정말 날 사랑하게 될 때까지 우리 결혼은 미뤄요."

"하지만……."

"……."

끓어오르는 환희도 잠시 한영이 말없이 고개를 저으며 결혼을 거절하자 두근거렸던 심장이 저 깊은 심연으로 빨려 들어가는 것 같았다.

그의 마음 한 곳에서는 그녀를 잡으라고, 지금 그녀를 자신의 품에서 꼼짝 못하게 하라고 외쳐대고 있었다. 그녀가 그의 사랑을 원한다면 까짓 것 그냥 사랑한다고 말해 주면 될 것이다. 사랑이라는 게 무엇인지 알 수 없지만 어차피 그녀와 살을 섞으며 평생을 살아갈 거라면 그 정도 말은 해도 괜찮을 것이다.

시원이 말을 하려 입을 뗐지만 그의 시선을 피하는 한영의 눈동자가 곧 울음을 터트릴 것만 같아 더 말을 하지 못했다. 그녀의 눈동자가 시원의 가슴을 아프게 조여 왔다. 그녀가 무슨 생각을 하고 있는지 얼굴을 들여다보고 싶었지만 한영이 일어서면서 밝은 목소리로 말했다.

"와, 나 정말 늦었어요. 빨리 가야겠다."

시원은 욕실로 향해 뛰어가는 한영의 뒷모습을 보는 것이 못 견디게 불안했다.

"그래, 한영이가 날 사랑한다잖아……."

그의 약혼녀는 그를 사랑하고 있고, 우리는 어차피 결혼을 하기 위해 만난 사람이다. 시원은 애써 불안한 마음을 달랬다.

6

한영은 불안했다.

그래서 그가 청혼을 했을 때 그러마 하고 대답하고 싶었다. 하지만 시원의 눈동자는 너무도 불안하게 흔들렸다. 자신이 사랑하는 사람이 다른 사랑으로 인해 그렇게 흔들린다는 게 너무나도 자존심 상했다.

한영은 '예스'라고 말할 뻔한 자신의 혀를 깨물고 단호히 '노'를 외쳤다.

"지금 누구하고 약혼을 하고 있는데 감히 딴 여자를 생각해?"

집으로 돌아와 어둠 속에 우두커니 앉아 있던 한영은 다른 방법을 강구해야 할 때가 왔음을 깨달았다. 이제 슬슬 다른 방법을 써야 할 때가 말이다.

여름의 따가운 햇살이 한영대학교의 교정에 내리쬐고 있었다. 대운동장에 마련된 등나무 벤치에는 두 남녀가 앉아 있었다.

"선배가 나 좀 도와줘야겠어요."

"한영아, 나 너 좋아해."

"알아요."

"알아? 알고 있다고?"

"응. 그렇지만 내 마음은 하나뿐이니까 어쩔 수 없잖아요. 그러니까 나를 좋아하는 마음을 봐서라도 나 좀 도와줘요."

"너 무지 잔인하다."

"알아요. 나 선배한테 못할 짓 한다는 거. 하지만 지금은 내가 못 견디겠어요. 내 발등에 불이 떨어지기 일보 직전이에요. 나 욕심 낼 꺼야. 지금보다 더 못되질 거예요. 그러니까 선배가 나 좀 도와줘."

"후. 이한영을 누가 이겨?! 너 이거 나한테 빚지는 거라는 거 잊지마."

"응! 고마워요. 선배!"

한영은 정말 이 방법까지는 쓰고 싶지 않았다. 유치하게 '질투작전'이라니! 시원이 서서히 자신에게 물들어 가기를 바랐던 한영은 그의 사랑을 재촉하지 않았다. 하지만 지금은 극단적인 처방전이 필요했다. 금방 효과를 볼 수 있는 '질투작전'이 조금 아니 많이 유치하긴 했지만 감정표현이 서툰 사람에게는 최고의 방법이었다.

"흥. 이봐, 윤시원 씨. 내가 언제까지고 잘해 줄 줄 알았어? 이번엔 당신이 질투할 차례라고!"

한영은 자신이 시원의 옛 여자를 질투했음을 스스로 시인했다. 시원과 다투고 밖에서 시원을 기다렸던 밤. 자신은 신경도 쓰지 않고 한달음에 그 여자에게 뛰어가던 시원의 뒷모습을 보며 느낀 감정이었다.

한성 앞에서는 괜히 쿨한 척 했지만 적을 알아야 이긴다고 한
영의 눈에 그 여자는 자신이 무찔러야 할 적으로 밖에 인식되지
않았다. 그리고 갈피를 잡지 못하는 시원을 보니 한영은 자신의
생각이 옳았음을 깨달았다. 성급히 결혼을 해 흔들리는 시원을
보며 복장 터지게 사느니 확실히 자기를 완전히 사랑하게 만든
다음 결혼을 하는 것이 좋을 것 같았다. 그렇지 않고서는 자신의
자존심이 용납하지 않았다.

이제 남은 건 시원이 질투할 일 뿐이었다.

"저 작은 머릿속에는 나를 우습게 보는 악마가 들어 있는 게
분명해. 그러니 지금 이따위 행동을 하는 거지."

시원은 자신의 눈앞에서 애정행각 비슷한 것을 펼치고 있는 한
영을 보았다. 남자는 언젠가 창섭의 클럽에서 보았던 그 젊은 사
내였다. 두 눈에 불이 나는 것 같았다.

사업상 저녁 접대를 해야 할 일이 있어 한영이게 전화를 걸었
었다.

"나야."

"아. 시원 씨. 웬일이에요?"

"나 오늘 사업상 미팅이 있어서. 저녁 먹고 들어갈 것 같아."

"아…… 걱정 말아요. 나도 오늘은 약속이 있어서 오피스텔에
못 가요."

"무슨 약속?"

"친구들이랑 놀기로 했거든요."

"친구 누구?"

"누구라고 말하면 시원 씨가 알아요? 나는 사업상 만나는 사람
이 누구냐고 안 물어보잖아요. 그니까 시원 씨도 나한테 묻지 마

요.”

“흠, 또 지난번처럼 술 마시고 난리 피우면 죽을 줄 알아.”

친구라는 말에 미간을 찌푸리던 시원이 지난번에 창섭의 클럽에서 친 난리를 생각하며 덧붙였다. 그날 일을 생각하자 피식 웃음이 나왔다. 동시에 처음 안았던 한영의 몸이 떠오르자 몸 어디에선가 슬며시 반응이 왔다.

“될 수 있는 데로 일찍 끝내고 갈 테니까 너도 친구들 적당히 만나고 오피스텔에 가 있어.”

“오늘 친구들이랑 그동안 못 놀은 거 한꺼번에 다 놀건데.”

“하여튼! 일찍 들어가.”

그렇게 통화를 끝낸 게 불과 2시간 전이었다.

그런데 지금 한영이 친구들은 온데간데없고 한 남자와 함께 붙어 있는 한영이 눈앞에 보이는 것이다 남자의 옆에 찰싹 붙어서 뭐가 그리 좋은지 계속 방긋거리고 있었다. 한영이 한 번 방긋거릴 때마다 혈압이 10mmHg씩 오르는 것 같았다.

테이블로 향하던 시원이 걸음을 멈춘 채 가만히 서 있자 의아한 비서가 시원을 불렀다.

“저 사장님 이쪽 자리입니다.”

“……..”

시원은 사납게 몸을 틀고 예약석에 앉았다. 예약석에 앉자 한영의 모습이 더욱 잘 보였다. 자신이 앉은자리 정면에 자리 잡은 두 사람은 연신 웃으며 즐겁게 얘기하고 있었다.

이제는 제법 친해진 정유희 비서를 통해 시원의 약속 장소를 알아낸 한영은 혁수와 함께 미리 그곳에 갔다. 정통 스위스 레스토랑인 그곳은 혁수가 잘 아는 곳이었다. 그래서 운 좋게 시원의 예약석을 알아내 제일 잘 보이는 곳에 앉았다. 혁수는 자신의 옆

에 바짝 붙어 애기를 하면서도 계속해서 시원을 살펴보는 한영을
재미있다는 눈으로 쳐다 봤다.

"저 사람이 그렇게 좋아?"

난데없는 질문에 잠시 어리둥절했던 한영은 정색을 하며 혁수
를 쳐다보았다.

"응, 선배. 내가 정말 좋아하는 사람이야."

한치의 흔들림도 없이 말하는 한영을 보며 혁수는 가슴아팠다.
한영이 이런 눈빛으로 자신을 봐주기를 얼마나 원했던가? 하지만
이미 정한 한영의 마음속에 자신이 비집고 들어갈 자리는 없었다.
그나마 한영을 향한 감정이 더 깊어지기 전에 제동을 걸게 된 게
다행이라고 생각했다.

정말 이 정직한 눈동자에 한번 빠져들었다면 헤어나지 못했을
것이다.

"쳇, 내가 정말 무슨 짓을 하는지 모르겠다."

장난스런 혁수의 말에 한영이 까르르 웃음을 터뜨렸다. 한영은
혁수가 정말 고마웠다. 그의 마음을 알면서도 부탁할 사람이 혁
수 밖에 없었다. 창섭의 클럽에서 취한 척 하던 날 시원에게 말
하는 혁수의 고백을 고스란히 듣게 됐을 때 깜짝 놀랐었다. 하지
만 취한 척, 그리고 그 뒤로 계속 시원과 지내며 혁수의 감정을
모르는 척 했다.

'천하의 이한영이 지금 남자하나 때문에 의리도 모르는 여자로
전락하는구나.'

스스로가 한심했지만 시원은 그렇게 해서라도 쟁취할 가치가
충분히 있는 남자였다. 그래서 한영은 혁수에게 조금만 더 미안
하기로 했다. 자신의 질투작전을 성공으로 이끌어 줄 사람은 혁
수 밖에 없었다.

그런 한영의 눈에 누군가가 들어왔다. 세련된 단발머리 여자.

시원의 옛 여자가 틀림없었다.

"뭐야? 사업상 저녁이라더니 벌써부터 거짓말을 한다 이거지. 어, 아닌데, 비서언니들이 분명 사업상 미팅이라고 했는데. 비서실장님도 보이고……. 그럼 저 여자가 사업상 파트너가? 성공해서 돌아온 건가?"

정현이 시원의 회사에서 근무한다는 걸 모르는 한영은 고개를 갸우뚱거렸다.

사업이 관계됐건 안 됐건 어쨌든 기분이 나빴다. 시원 곁에 저 여자가 있다는 사실 그 자체가 싫었다. 그래서인지 한영은 더 큰 소리로 웃고, 더 오버하며 혁수에게 달라붙었다. 얼마나 달라붙었던지 혁수가 얼굴을 붉힐 정도였다.

그때였다. 시원이 와당탕 의자를 밀치며 일어선 것은.

한영의 애정행각(?) 농도가 점점 더 깊어지는 것도 모자라 남자를 녹이고도 남을 달콤한 미소를 보내는 것을 보자 제대로 된 사고를 한다는 게 불가능해졌다.

벌떡 일어선 시원이 상대에게 양해의 말도 없이 한영을 향해 걸어왔다. 그러더니 다짜고짜 한영의 팔을 붙잡고 사납게 일으켜 세웠다.

"아얏!"

시원에게 잡힌 팔이 아팠다. 하지만 속으로 회심의 미소를 지었다. 무서운 표정으로 자신을 내려다보는 시원을 보아하니 '질투작전'의 효과가 200퍼센트인 것 같았다. 한영은 자신이 너무 심하게 했나 싶었다. 그렇지만 저쪽에 앉아 있는 정현을 보니 그런 생각이 쏙 들어갔다.

'이 남자는 한번 호되게 당해 봐야 내가 귀한 줄 알 거야.'

"혁수 오빠, 미안해요. 내가 나중에 전화할게."

한영은 시원에게 팔이 잡혀 일어나면서도 혁수에게 미소를 보내는 걸 잊지 않았다. 자신은 아랑곳하지 않고 혁수에게 신경을 쓰는 한영을 보자 시원은 뭔가를 막 부수고 싶은 충동을 느꼈다. 당장 이 빌어먹을 레스토랑에서 나가지 않으면 정말 저 젊은 청년의 얼굴을 한 대 치게 될 것 같았다.

시원은 혁수에게 경고의 눈빛을 보냈다.

"한 번만 더 한영이 곁에서 얼쩡거리면 죽을 줄 알아, 이 자식아."

살인이라도 날 것 같은 눈빛이었지만 의외로 혁수는 그 눈빛을 태연히 받아들였다.

"그건 제 마음입니다. 윤시원 씨."

전에 보았던 그 맑은 눈빛으로 자신의 속마음을 훤히 들여다보는 것 같아서 시원은 마음이 불편했다. 그래도 한 번 더 쏘아보는 것을 잊지 않고 몸을 돌렸다.

시원은 막무가내로 한영을 끌고 밖으로 향했다. 다른 테이블에 황당한 표정으로 앉아 있는 비서진과 사업상 파트너들을 지나쳐 나가던 도중 정현과 눈이 마주쳤다. 왠지 머쓱한 기분이 들었다. 시원이 잠시 머뭇거리고 있는 틈을 타 한영이 그의 손을 털어 내고 그의 옆에 섰다. 한영은 정현을 똑바로 쳐다보았다. 정현 또한 시원을 향하고 있던 시선을 돌려 한영의 거침없는 눈빛을 고스란히 받아쳤다.

시원은 두 여자가 한치의 물러섬도 없이 눈빛을 교환하자 불안한 시선으로 그들을 쳐다보았다. 빨리 이곳에서 나가야 한다는 생각밖에 없었던 시원은 한영의 눈동자에 비춰진 전투적인 감정도, 그 뒤에 살짝 가려진 슬픔도 알아챌 겨를이 없었다.

밖으로 나온 시원은 주차장으로 향했다. 그에게 팔을 잡힌 채 말없이 따르던 한영은 주차장에 도착해서야 그의 손을 거칠게 떨

처 냈다. 사나운 한영의 행동에 고개를 돌린 시원이 무시무시한
눈빛으로 한영을 바라보았다.
　"저게 친구야?"
　"남의 친구한테 '저게'라니요!"
　"그러니까 오늘 만난다는 친구가 저거냐고!"
　"내 사생활이에요. 시원 씨가 신경 쓸 거 아니잖아요."
　"뭐? 사생활? 사생활 좋아하네. 다른 남자한테 매달려 히히덕
거리는 게 네 사생활이야?"
　"홍. 말을 그렇게 밖에 못해요? 참나 시원 씨가 어린애도 아니
고……."
　한영은 자신이 바람이라도 핀 것처럼 몰아대는 시원을 보며 한
마디도 지지 않고 답했다.
　시원은 별 것 아닌 것 같다가 난리를 피운다는 식으로 구는 한
영을 보자 기가 막혔다. 잘못은 누가 했는데 완전히 닭 잡아먹고
오리발 내미는 꼴이라니. 제멋대로에 자기중심적인 건 알았지만
약혼자 앞에서 다른 남자 만나는 걸 들켰으면 조신하게 구는 모
습을 보여야 할 것 아닌가.
　"됐어. 빌어먹을. 한 번만 더 저 자식 만나면 정말 죽을 줄 알
아!"
　"싫어. 만날 거야. 내가 좋아하는 사람들 만나는 데 왜 시원 씨
가 이래라저래라예요!"
　"야! 이한영. 너 정말 이럴 거야?"
　"어. 이럴 거야. 혁수 오빠나 다른 사람들 내가 만나고 싶을 때
실컷 만날 거야. 그건 말 그대로 내 사생활이라고, 시원 씨가 참
견할 문제가 아니란 말이라고요."
　"내가 참견 안 하면 누가 참견을 한다는 거야? 그럼 니가 다른
놈들 만나러 다니는 걸 그냥 보고 있으란 말야? 오늘은 저 자식,

내일은 다른 놈, 그 다음 날은 또 다른 놈……. 잘하는 짓이다. 안
그래?”

“뭐? 그래! 날마다 바꿔서 만나러 다닐 거다. 그래도 난 누구처
럼 약혼녀 내버려두고 한밤중에 다른 여자 만나러 한달음에 달려
가진 않는다고!”

한영의 마지막 말에 시원은 순간 심장이 뜨끔했다. 아까 한영
이 정현을 뚫어지게 쳐다보던 게 떠올랐다. 이미 한영은 정현에
대해 알고 있다. 심장이 불규칙하게 두근거리기 시작했다.

“…….”

“왜요? 언젠가 많이 본 일 같아요? 요즘은 옛 애인이랑 다시
만나는 건 일도 아니에요. 난 시원 씨처럼 속 좁은 약혼녀가 아
니니까 걱정 말아요.”

한영이 얼음처럼 냉랭한 목소리로 말했다. 그 순간을 생각하면
생각할수록 화가 났다. 그날 완벽하게 시원의 머릿속에서 잊혀졌
다는 생각만 하면 눈물이 나올 정도로 속상하고 분했다.

“언제 알았어?”

“언제 알았냐는 게 중요해요? 그게 궁금하냐고요? 좋아요. 말
해 줄게요. 당신이 옛날 여자한테 달려가는 순간을 내 두 눈으로
똑똑히 쳐다봤다고요.”

“봤…….”

“봤는데 왜 아는 척 안 했냐고요? 나는 뭐 자존심도 없는 줄
알아요? 아무리 사랑 없는 약혼이지만 옛날 여자한테 뛰어가는
약혼자를 불러 놓고 실실 웃을 만큼 마음씨 좋은 사람이 아니라
고요. 난!”

비명처럼 소리를 지르며 죽일 듯이 시원을 노려보던 한영이 몸
을 획 돌려 걷기 시작했다.

“한영아.”

그의 부름에 씩씩한 걸음으로 걸어가던 한영이 뒤돌아 다시 그에게 다가왔다.

"시원 씨. 나는요, 시원 씨도 알다시피 욕심도 많고, 제멋대로인 성격이에요. 그래서 내 것을 다른 사람과 나눠가지는 건 정말 싫다고요. 시원 씨 마음 한 조각도 그 여자한테 가 있는 게 싫어요. 그러니 온전히 나만 사랑할 자신 없으면 이쯤에서 정리해요."

한영의 말에 요란하게 뛰던 심장이 한순간에 내려앉는 시원이었다. 아무런 생각도, 아무런 말도 떠오르지 않았다. 뒤돌아 걸어가는 한영을 잡아야 한다는 것을 알았지만 꼼짝도 할 수 없었다. 쿵쿵거리는 심장소리만이 요란할 뿐이었다.

한영은 빨리 시원이 없는 곳으로 가 한바탕 크게 웃고 싶었다. 마침 레스토랑 앞을 지나가던 택시를 붙잡아 탄 한영은 미친 사람처럼 웃기 시작했다.

멍한 표정으로 아무 말 못하고 있는 자신을 쳐다보던 시원이 생각나 웃음이 절로 나왔다.

잠시 동안 미친 듯 웃고 난 한영의 표정은 뭐라 말로 형용할 수 없었다. 한쪽 눈썹은 절묘한 아치를 그리며 살짝 올라가고 있었고 입꼬리에는 미소가 걸려 있었다. 한영을 아는 사람이 봤으면 두려워 몸을 피했을 악마의 미소였다. 한영재단의 불여우 이한영이 무언가 바라고 쟁취해야 할 것이 있을 때 짓는 표정이었다.

한영은 미친 사람 보듯 자신을 보는 택시기사에게 달콤한 미소를 지으며 시원의 오피스텔 주소를 말했다.

한영이 택시를 타고 사라지는 모습을 보고만 있던 시원은 답답한 마음에 담배를 물었다. 폐 속까지 가득 차게 들여 마셨다가 힘껏 연기를 내뿜어 봤지만 답답한 속은 풀리지 않았다.

"사랑일거라고 믿고 있어~."

주머니 속에서 유행가가 울렸다. 시원은 핸드폰을 멍하니 쳐다
보았다. 한영이 꼭 아저씨 같다고 타박하며 바꿔 준 벨소리였다.
그러고 보면 자신의 생활 그 어디에도 한영의 흔적이 없는 곳이
없었다. 이제 약혼한지 두 달밖에 되지 않았는데 한영은 자신의
삶에 너무 깊숙이 있었다.

"네."

"저 비서실장입니다. 사장님. 미팅을 뒤로 물러야 합니까?"

그제야 자신이 중요한 미팅 중이었다는 생각이 들었다.

"지금 갑니다."

걸음을 옮기는 게 힘들었다. 당장이라도 한영을 쫓아가고 싶었
다. 입안에서 쓴맛이 느껴졌다. 자신의 모든 생활이 엉망이 되고
있었다. 고작 이한영이라는 스물두 살짜리 어린 약혼녀 때문에
말이다.

가까스로 미팅을 성공시킨 시원은 직접 차를 몰아 창섭의 클럽
으로 향했다.

아직 이른 시간이라 클럽은 바쁘게 돌아다니는 웨이터들 사이
로 간간이 몇몇 손님만 보일 뿐이었다.

웨이터들 중 누군가 시원을 알아보고 사장실로 뛰어가 창섭을
불러내었다.

"나 왔다."

"어…… 네가 이렇게 이른 시간에 웬일이냐?"

시원은 반갑게 맞이하며 너스레를 떠는 창섭을 보며 피식 웃었
다. 창섭은 지나가는 웨이터에게 손짓으로 안주를 주문하고 시원
과 함께 골드룸으로 향했다. 금세 테이블이 세팅되어 두 사람이
마주 앉았다.

"약혼녀는 잘 있나? 이제 술 안 마신데?"

창섭은 딱 한 번 보았던 시원의 약혼녀를 떠올리며 물었다. 생

각하면 생각할수록 맹랑한 아가씨였다. 분명 자신이 시원의 친구인 걸 알고 일부러 찾아온 것 같았다.

시원이 한달음에 뛰어와 그녀를 데려간 후로 이제나저제나 약혼녀를 소개해 주기만을 기다렸는데, 어찌된 일인지 도통 약혼녀를 보여 주지 않았다. 어디 그것뿐인가? 시원의 얼굴을 보는 것조차도 어려웠다.

창섭의 물음에 술을 들이키던 시원이 멈칫거렸다.

"참나 여기서도 한영이군. 도대체 내가 이한영을 피해서 갈 수 있는 데가 어디야?"

시원은 창섭의 물음을 외면하며 계속해서 술만 들이켰다.

"참, 정현이 들어온 거 알아?"

"……."

"정말 독한 계집애. 너랑 끝났다고 나하고도 친구 인연 끝이더라. 어떻게 9년 동안 연락 한 번 안 하냐? 인천공항에 도착해서 전화하더라. 국내기업에서 스카우트 돼서 들어왔대. 화려한 컴백이지. 너한텐 연락 안 왔냐?"

"……우리 회사야."

"뭐라고?"

"정현이 스카우트한 회사가 우리 회사라고."

"뭐? 너 아직도 정현이 못 잊었냐?"

"……."

"야. 귀여운 약혼녀가 알면 속상하겠다."

"쳇. 이한영이가 뭐라고 내가 신경을 써?"

시원이 차갑게 내뱉었다.

어느새 시원의 주변에 빈 양주병들이 굴러다니고 있었다. 안주는 입도 대지 않고 계속 독한 양주를 스트레이트로 위에 쏟아 붓고 있었다. 창섭은 시원의 분위기가 심상치 않다는 것을 느꼈는지 시원이 혼자 술을 마실 수 있도록 슬그머니 자리를 피했다. 하지만 시원은 창섭이 밖으로 나가는 것도 모른 채 계속 술만 마실 뿐이었다.

술 한 잔에 한영의 얼굴이 아른거렸고, 술 한 잔에 정현의 얼굴이 아른거렸다.

시원의 머릿속이 복잡하게 얽혀 들어갔다. 자신의 생활이 엉망이 되어 가는 게 마음에 들지 않았다.

처음에는 약혼을 한다고 해서 자신의 생활이 달라지거나 하는 일은 없으리라 생각했다. 때문에 할아버지가 좋아하는 여자랑 약혼하는 것쯤이야 하나도 어렵지 않다고 생각했다. 변화해 봤자 고작 할아버지 집에 들어가 함께 생활하는 정도로 생각했다. 나중에 아이를 낳으면 좀더 변하겠지만 이렇게 자신을 골치 아프게 할 줄은 미처 몰랐다.

조선시대 처녀 마냥 조신하게 보이던 한영이 어느 순간부터 본색을 드러내기 시작하더니 이제는 자신을 손바닥 위에 올려놓고 이리저리 돌리고 있었다.

문제는 그렇게 한영의 말 한마디에 절절 매는 자신이 과히 싫지 않다는 점이었다. 여동생처럼 귀엽다가도 어느새 천하제일의 요부가 되어 정신을 홀딱 빼놓기도 하는 한영이 예뻐 죽을 것만 같았다. 그러다가도 한편으론 '이한영이 뭔데?'라는 마음이 들기도 했다.

제멋대로에다 고집도 세고, 자기 말은 지나가는 똥개가 짖는 듯이 생각하는 이한영한테 내가 왜 휘둘려야 한단 말인가? 내가 정현을 만나든 말든 무슨 상관이란 말인가? 다시 정현을 사랑한다는 것도 아닌데?

'난 당신 사랑해요. 아주 많이.'

어디선가 한영이 속삭이는 목소리가 들리는 것 같았다.

'넌 날 사랑하게 될 거야. 내가 널 사랑하니까.'

그와 동시에 자신이 자신만만하게 정현을 향해 외쳤던 말이 떠올랐다. 그때는 세상이 내 손바닥 안에 있다고 생각했다. 자신을 첫 번째로 생각해 주는 사람이 있다는 사실은 시원에게 많은 의미를 차지했다.

시원을 사랑해 주는 할아버지가 있었지만 아무래도 사업을 하시느라 많은 시간을 같이 있지 못했다. 게다가 부모님은 시원이 어릴 때부터 사이가 좋지 않았다. 정략결혼으로 만났던 두 사람의 결혼생활은 처음엔 나름대로 잘 지내는 것 같았지만 남자의 끊임없는 바람기에 결국 여자가 손을 들고 말았다. 화가인 시원의 아버지는 한 여자에게 머물지 못하는 바람과도 같은 존재였다. 자신이 그 바람을 잡을 수 없다고 판단한 시원의 어머니는 그때부터 이름뿐인 부부생활에 미련을 버림과 동시에 모성애도 끊어버렸다.

그런 시원에게 정현을 사랑한다는 것은, 솔직히 애정을 표현하고 넘쳐 나는 애정을 받는다는 것은 새로운 세상이었다. 그래서 자신의 모든 것을 쏟아 부어 정현을 사랑했다. 정현이 자신의 사랑을 거부하며 성공을 위해 유학을 가기 전까지는.

시원은 지금 자신의 모습이 9년 전 정현을 사랑한다고 느꼈을 때와 같은 모습이라는 걸 알고 있었다. 다른 점이라곤 그때 정현에게 했던 것처럼 한영을 사랑한다고 말하지 못한다는 것뿐이었다.

사랑은 너무나 짧다. 너무나 일시적이다. 그렇기에 두 번 다시 상처받는 일은 하지 않을 것이다.

나는 한영이 바라는 사랑은 주지 못할 것이다.

점점 늘어나는 술병과 동시에 시원의 눈빛도 점점 위험스럽게 빛났다.

그때 찰칵 문 여는 소리와 함께 누군가 골드룸으로 들어왔다.

정현이었다.

"술 친구 필요하지 않아?"

"……."

"너 이게 뭐하는 거니? 약혼녀랑 사이 안 좋아?"

"니가 참견할 바가 아니잖아."

위험한 목소리였다.

"이제 참견 좀 해 보려고. 나 성공해서 돌아왔어. 그러니 이제 너도 나한테 돌아와."

"!"

"왜 그렇게 놀란 눈으로 쳐다봐. 나 한번도 너 잊은 적 없어."

"하하하."

갑자기 시원이 웃음을 터뜨렸다. 둘이 있기엔 너무 큰 방에 시원의 웃음소리가 메아리 되어 울렸다.

정현은 그런 시원을 보며 따라 웃지 않았다. 그저 담담한 눈빛으로 바라볼 뿐이었다.

시작처럼 갑자기 웃음이 뚝 끊겼다.

"마시지도 않은 술에 취했나 보군. 농담이 과해. 강정현."

"아니. 난 취하지도 않았고, 농담으로 한 말도 아니야."

"난 약혼했어."

"하나만 물어볼게. 약혼녀 사랑해? 날 사랑했던 만큼 사랑하냐고?"

"……."

정현의 물음에 시원은 조개처럼 입을 꽉 다물었다. 자신은 한영을 사랑하지 않는다. 하지만 그녀의 고백을 들었을 때 미친 듯 뛰던 심장소리와 그녀의 곁에 다른 남자가 있었을 때 견디기 힘들었던 소유욕은 무슨 말로 설명한단 말인가?

"시원씬 날 사랑하게 될 거야. 내가 시원 씨 사랑하니까."

예전의 자신처럼 당당한 목소리로 정현이 말했다. 그런 정현의 얼굴 위로 조금은 슬픈 눈빛으로 자신에게 사랑을 고백하던 한영의 얼굴이 그려졌다. 가슴 한구석이 아려 왔다.

한영! 한영! 한영! 이한영!

머릿속이 온통 한영이었다. 머리를 흔들어 봐도, 아무리 술을 마셔도 한영이 머릿속에서 떠나지 않았다. 이렇게 혼란스러운 상태가 마음에 들지 않았다. 이한영은 할아버지가 좋아하는 약혼녀야만 했다. 이렇게 자신을 통째로 흔들어 놓아서는 안 된다.

혁수에게 달라붙어 미소를 짓던 한영이 떠올랐다.

"그래 이한영. 너 따위는 내게 아무런 의미도 못 된다는 걸 보여 주겠어. 너 때문에 내 생활이 망가지는 건 더 이상 용납하지 않겠어."

시원의 두뇌는 이미 정상적인 사고를 포기한 상태였다. 술로 흐릿해진 시원의 눈에 정현이 들어왔다.

"다른 여자와 약혼한 몸으로 내가 너한테 줄 수 있는 건 이 몸밖에 없는데, 그래도 좋아?"

시원이 정현에게 동침을 제의하고 있었다.

그의 눈빛은 자신이 아니라 다른 무언가를 향하고 있다는 것을 느꼈지만 정현은 개의치 않았다. 불같이 뜨거운 밤으로 관계를 다시 시작하는 것도 괜찮을 것 같았다.

질투를 하는 시원이 너무 사랑스러웠다. 오피스텔로 향하는 택시를 돌려 당장이라도 시원의 품에 안기고 싶었다. 웃음이 나오는 걸 멈출 수 없었다. 오피스텔에 도착한 한영은 기쁨의 환호성을 지르며 침대 위에서 폴짝폴짝 뛰었다. 시간이 빨리빨리 흘러 시원이 오피스텔에 왔으면 좋겠다는 생각뿐이었다.

시원이 오면 그를 안아 줄 것이다. 너무너무 사랑한다고 말하고 또 말할 것이다. 내가 시원을 사랑하는 게 얼마나 큰 행복인지 알려줄 것이다.

침대에 누워 시원의 베개를 끌어안고 그의 향을 맡던 한영은 불현듯 머리를 스치는 생각에 벌떡 일어났다.

'파티를 해야겠다. 기억에 남을 밤을 만들어야지.'

파티를 해야겠다는 생각이 들자 한영은 부리나케 밖으로 뛰어나갔다. 시원의 오피스텔에서 마트까지는 조금 멀었다. 시원이 도착하기 전에 완벽한 준비를 하려면 바삐 움직여야 했다.

서둘렀는데도 생각보다 쇼핑하는 데 시간이 오래 걸렸다. 한영은 양손 가득 든 꾸러미를 추스르며 발걸음을 재촉했다. 행복한 기분에 짐이 무거운지도 몰랐다. 달콤한 와인도 준비하고 맛있는 케이크도 사고…… 쇼핑을 하는 내내 콧노래가 절로 나왔다.

한영은 누구라도 붙잡고 자신이 얼마나 행복한지 시시콜콜 이야기 해 주고 싶었다. 밤새 시원과 사랑을 나눌 생각을 하자 마주치는 사람들이 다시 돌아볼 정도로 환한 미소가 지어졌다.

"세상은 아름다운 거야!"

시원의 오피스텔이 보이기 시작했다. 오피스텔이 가까울수록 한영의 미소도 커졌다.

하지만 그런 한영의 미소는 오래 가지 않았다.

금방이라도 날 것처럼 가벼운 발걸음으로 오피스텔을 향하던 한영의 눈에 시원이 들어왔다. 그리고 시원의 옛 여자친구도.

한영의 발걸음이 멈춰졌다.

시원의 차에서 내린 두 사람은 진한 키스를 나누며 오피스텔 안으로 향하고 있었다. 그와 동시에 한영의 손에서 미끄러진 와인병이 요란한 소리를 내며 바닥에 떨어졌다. 파편이 한영의 종아리를 스쳐 피가 났지만 아픈 줄도 몰랐다.

밤새도록 오피스텔 밖에 서 있었던 한영은 천천히 발걸음을 옮

겼다. 시원과 함께 들어간 그 여자는 밤이 하얗게 새도록 나오지
않았다.

‘이제 나오겠지, 조금만 기다리면 나오겠지. 그 여자가 나오는
것만 보고 집으로 돌아가자.’

여름이라고는 하지만 쌀쌀한 밤공기에 차가워진 몸을 달래며
한영을 생각했다. 그렇게 밤새도록 시원의 오피스텔 밖에서 여자
가 나오기를 기다렸다. 하지만 그녀는 지금까지 나오지 않고 있
었다.

뚜벅뚜벅.

새벽녘이라 조용한 오피스텔 로비에 한영의 발자국 소리가 울
려 퍼졌다. 엘리베이터에 올라타 시원이 있는 11층의 버튼을 누
르면서도 한영은 자신이 잘못 본 것이기를 바라고 또 바랐다.

“!”

아니라고 믿었다. 아무리 화가 나도 자신을 배신하는 짓은 안
할거라고 믿었다.

한영이 보고 싶었던 건 걱정하며 자신을 찾아 나선 시원이지,
여자와 함께 있는 시원이 아니었다. 이렇게 술에 취해 다른 여자
와 한 침대에 있는 모습을 보고 싶었던 것이 아니었다.

한영은 분노로 온몸이 부들부들 떨려 오는 것을 느꼈다. 큰소
리로 아니라고 외치고 싶었다. 눈앞에 있는 건 환영이라고, 자신
이 사랑하는 남자가 다른 여자를 안고 있는 모습은 사실이 아니
라고 고래고래 소리치고 싶었다. 하지만 벙어리 마냥 벌어진 입
에서는 아무 말도 나오지 않았다.

최소한의 자존심을 지키기 위해서라도 발걸음을 돌려 당장 오
피스텔 밖으로 나가야 한다는 것을 알았지만 손톱만큼도 움직여
지지 않았다.

꼼짝도 하지 않는 다리를 사력을 다해 움직이려 한 게 말을 들었을까, 뒤로 주춤거리는 소리가 생각보다 크게 울렸다.

그 소리에 눈을 뜬 정현과 시선이 마주쳤다.

모멸감으로 얼굴이 붉어지는 것 같았다. 하지만 상대편의 여자는 얼굴색 하나 변하지 않았다. 정현이 자신의 가슴에 가로로 엎혀진 시원의 팔을 치우고 몸을 일으켜 앉았다. 허리춤까지 내려온 시트 안에는 아무 것도 없었다. 벌거벗은 가슴이 고스란히 드러났다. 담배를 꺼내 물고 불을 붙이는 게 너무나 자연스러워 영화의 한 장면을 보는 것 같았다. 한영을 쳐다보는 눈에는 도리어 웃음기마저 섞여 있는 것 같았다. 화가 치밀어 올랐다. 한영은 더 이상 정현의 눈빛을 견뎌 낼 수 없었다. 이 상황에서 시원까지 깨어나 비참한 자신의 모습을 보게 된다면 정말 미쳐 버릴 것만 같았다.

한 번 움직인 발은 한영의 말을 잘 들어줬다.

미친 듯이 달려 엘리베이터에 올라타자 가눌 수 없을 정도로 몸이 떨려 왔다. 밤새 얼었던 몸이 풀림과 동시에 분노로 정신을 차릴 수 없었다. 눈앞에 두 사람의 모습이 선명히 그려졌다. 눈을 감아도 벌거벗은 여자의 몸이 생각났다. 코끝에서는 아직도 여자가 피운 담배 냄새가 나는 것 같았다.

어떻게 시원의 오피스텔 밖으로 나왔는지 기억나지 않았다. 가까스로 택시를 잡은 한영은 핸드폰을 꺼내 들었다.

"오…… 오빠……."

"여보세요? 누구? 한영이니?"

"나…… 나 좀……!"

"여보세요? 여보세요! 한영아…… 왜 그래? 너 어디야?"

결국 한영은 택시의 차가운 시트 위에서 정신을 잃고 말았다. 놓쳐 버린 핸드폰에서는 한영을 부르는 한성의 애타는 목소리만

울려 퍼졌다.

　"흐음……."
　한영이 왔다 간 것도 모르고 죽은 듯 잠들어 있던 시원이 신음 소리를 내며 잠에서 깨어났다. 시원은 옆에 따뜻한 몸뚱이가 느껴지자 습관처럼 끌어당겼다. 그러나 그와 동시에 말보로 냄새가 시원의 코를 스치고 지나갔다. 한영은 담배를 피우지 않는다. 순간 번쩍 정신이 든 시원이 벌떡 일어났다. 그와 동시에 시원의 입에서 신음소리가 흘러나왔다.
　"이런…… 젠장."
　"일어났어?"
　"……."
　시원은 말없이 일어나 욕실로 들어가 버렸다.
　그런 그의 뒷모습을 보던 정현은 담배를 거칠게 비벼 껐다. 말하지 않을 작정이었다. 어젯밤 밤새 한영의 이름을 부르며 자신을 안은 것도, 좀 전에 한영이 왔던 사실도.
　정현은 유학을 가 있으면서 단 한순간도 시원을 잊어버린 적이 없었다. 짧지 않은 서른한 해를 살아오면서 남자에게 그렇게 열성적으로 빠져 들어본 적도 없었다.
　첫사랑. 비단 육체의 순결뿐만 아니라 자신의 감정을 밑바닥까지 보이며 사랑했던 남자는 시원이 처음이었다. 그의 곁에 있는 것만으로도 좋았다. 하지만 그의 어머니가 주는 모멸감은 사랑도 잊게 만들었다. 나름대로 집안에서 사랑 받고 학교에서 인정도 받으며 자란 정현에서 고작 집안이 평범하다는 이유로 받아야 했던 천대와 무시는 참을 수 없었다. 그래서 프러포즈하는 시원을 뒤로하고 미련 없이 떠났다.
　9년 간의 유학생활 끝에 다시 보게 된 시원은 예전의 앳되고 어설픈 모습이 아니었다. 장인이 공을 들여 만들어 낸 자기처럼 그렇게 멋진 남자로 변해 있었다.

긴 유학생활 동안 남자를 안 만나 본 것은 아니었다. 시원보다 더 그녀를 황홀하게 만들어 주는 남자도 만나 보았고, 그보다 더 열성적으로 사랑한다고 말해 주는 남자도 만나 보았다. 그러나 그런 남자들 뒤로 항상 시원의 그림자가 존재했었다.

정현은 첫사랑은 잊지 못하는 법이라며 그 그림자를 그대로 두었다. 어차피 앞으로 보지 못할 건데 이정도 미련은 남겨도 되지 않느냐고 스스로 위안을 삼았다. 하지만 세월은 시원을 그녀 앞에 다시 한 번 데려다 주었다.

시원의 오피스텔 근처 커피숍에서 그를 기다리는 동안 주체 못할 만큼 두근거리는 심장소리를 감추려 노력해야 했다. 그리고 그를 다시 보게 된 순간 정현은 자신의 가슴속에 묻어 두었던 시원의 그림자에 색이 입혀지고 있는 것을 알았다.

다시 시원이 욕심났다. 그를 자신의 것으로 만들고 싶었다. 아직 시원의 마음속에 존재하는 건 자신이라고 믿고 싶었다. 그리고 무엇보다 자신을 무시하던 그의 어머니를 만나 당신의 잘난 아들이 여전히 나에게 목을 매고 있다는 걸 보여 주고 싶었다.

어젯밤의 일은 꿈이 아니었다. 태어나서 이렇게 자신의 행동이 후회스러웠던 적은 없었다.

정현과 한영 모두에게 커다란 실수를 저지르고 만 것이다. 시원은 차갑게 쏟아지는 물 아래서 자책을 해 보았지만 아무런 해답도 나오지 않았다.

아무리 술에 취했다고 해도 자신이 왜 이렇게 충동적으로 일을 벌렸는지 스스로도 납득이 가지 않았다. 되돌릴 수만 있다면 어떤 대가를 지불해서라도 되돌리고 싶었다.

이 사실을 알게 되면 금방이라도 울음을 터뜨릴 한영의 얼굴이 떠올랐다.

"안 돼! 한영이가 알게 해선 절대로 안 돼!"

시원은 거울 속의 본인을 보며 이를 악물었다. 만약에 한영이 알게 되면 파혼을 하자고 할지도 모를 일이었다. 자신의 삶 속에서 한영의 그림자가 사라진다는 것은 생각할 수도 없고 있어서도 안 되는 일이다. 자신의 우유부단한 태도 때문에 한영이 상처를 받아서는 안 된다.

씩씩한 한영이 자신 때문에 눈물 흘리게 될 거라는 생각만으로도 가슴 한구석이 저려 왔다. 비록 사랑한다고 말하긴 어려워도 그의 옆에 있는 한영은 항상 웃는 얼굴이길 바랐다.

그의 어린 약혼녀가 확실히 자신의 마음을 차지하긴 했나 보다. 지금 이런 상황에서도 한영이 보고 싶은 걸 보면 말이다. 한영의 웃음을 보며 지금 이 복잡한 상황을 잊어버리고 싶었다.

시원은 정현과의 동침 사실을 잊기 위해 노력하고 있었다.

샤워를 마친 시원은 대충 가운을 걸쳤다. 그리고 정현에게 뭐라고 사과의 말을 해야 할지 고민했다. 욕실 밖으로 나온 정현은 여전히 실오라기 하나 걸치지 않은 상태였다. 그녀의 눈동자가 자신에게 달라붙었지만 시원은 무심한 척 옷을 입기 시작했다.

"출근 안 할 거야?"

"……."

"우리가 예전에 알았던 사람이고 지금 섹스를 했다고 해서 니가 회사를 우습게 봐도 된다는 건 아니야."

"고작 그 말 뿐이야?"

"뭐가?"

"나한테 한마디라도 해야 하는 거 아니야?"

"아아…… 미안해. 어젯밤엔 술에 취해 제정신이 아니었어."

“시원 씨!”

“그럼, 내가 무슨 말을 하길 원해? 내가 어제 분명히 말했잖아. 내가 줄 수 있는 건 몸뚱이뿐이라고.”

시원의 생각보다 말이 험하게 나왔다. 하지만 항상 한영이 누워 있던 자리에 정현이 있는 것을 보니 짜증이 치밀어 올랐다. 정현에게 미안한 일이었지만 시원의 머릿속엔 침대 시트를 바꿔야겠다는 엉뚱한 생각만 들었다.

“지금 약혼녀 때문에 이렇게 벌벌 떠는 거야? 내가 그 꼬맹이보다 못해서? 걔네 집이 그렇게 대단해?”

“강정현. 괜한 자격지심에 말 함부로 하지 마!”

정현이 비아냥거리며 한영을 거들먹거리자 울컥하는 마음이 들었다. 아무리 시원이 잘못을 했더라도 한영은 자신의 약혼녀였다. 정현이 심심풀이 땅콩을 씹듯 입에 올릴 한영이 아니었다.

“분명히 알아둬. 강정현. 나는 네게 섹스를 요구했고, 너도 그뿐인 걸 알면서 받아들였어. 이제 와서 그 지긋지긋한 사랑 운운할 생각하지 말고. 술 취했다고 해서 내가 그것까지 기억 못하리라고 생각하지 마.”

“아니야. 시원 씨 마음속에 내가 아직 있으니까 그런 거야.”

정현은 시원의 품에 안겨 밤새 들어야 했던 한영의 이름을 생각하자 화가 나 소리를 질렀다.

“웃기지 마. 네가 내 프러포즈를 거절하고 떠난 그 순간부터 너에 대한 내 사랑도 끝났어.”

지난밤을 계기로 시원의 밤이 흔들리기 바랐던 정현은 단호하게 나오는 시원의 모습에 당황했다.

“왜 이래? 갑자기 그 대단한 약혼녀한테 죄책감이라도 들어?”

“그래, 미안하고 또 미안해. 지금 이 순간도 한영이한테 이 사실이 알려질까 봐 못 견디게 불안해!”

“……”

이성을 잃고 소리치는 시원을 보며 정현은 할 말을 잃었다. 자신이 그의 프러포즈를 거절했을 때, 뒤에선 어땠을지 몰라도 앞에선 담담하게 그녀를 보내 줬었다. 이렇게 흥분해서 소리치는 모습은 처음이었다.

무서운 눈빛의 시원이 화난 목소리로 덧붙였다.

“만일 이 사실이 한영이 귀에 들어가면 가만 안 둘 줄 알아.”

불안하고 또 불안했다. 생각으로 맴돌던 사실을 정현에게 화풀이하듯 입 밖으로 소리내 외치자 갑자기 몸이 떨릴 정도로 두려워졌다.

시원은 지금 당장 한영이에게 연락을 해야겠다는 생각이 들었다. 웃음기가 가득한 한영의 밝은 목소리를 들어야 떨리는 마음이 조금이라도 안정될 것 같았다.

시원은 처음 만난 사람 보듯 멍한 눈으로 자신을 보고 있는 정현을 내쫓듯 내보내고 한영의 핸드폰 번호를 눌렀다.

번호를 누를 때마다 마음이 바짝바짝 타 들어 갔다.

10개의 번호를 다 누르고 나서 떨리는 마음으로 한영의 목소리를 기다렸지만 한영의 전화는 꺼져 있었다.

7

한영을 보지 못한지 벌써 일주일째다.

혁수와의 일로 주차장에서 싸운 것이 한영과의 마지막 만남이었다. 시원은 사장실 창가에 서서 풍경을 내려다보며 생각에 잠겼다.

정현과의 일이 있은 아침 이후부터 한영의 핸드폰으로 연락이 되지 않았다. 시간마다 전화를 해 보아도 매번 꺼져 있다는 안내 멘트만 흘러나올 뿐이었다.

이틀째 연락이 되지 않자 시원은 직접 한영의 집으로 찾아갔다. 약혼식 이후 한영의 가족들을 제대로 뵙지도 못했기에 어색했지만 한영의 소식을 아는 게 더 급했다. 하지만 거기서도 한영을 볼 수 없었다. 아니 집안이 죽은 듯이 텅 비어 있었다.

다행히 홀로 집안을 지키고 있던 도우미 아주머니께 소식을 들을 수 있었다. 아주머니는 한영이 감기에 걸려 꼼짝도 못한다고 했다. 열이 심해 그저께 밤부터 병원 신세를 지고 있다는 것이었다. 가족들도 모두 병원으로 달려가 돌아올 생각을 안 한다고 했다.

병원이라는 말을 듣는 순간부터 시원은 제정신이 아니었다. 한영이 있는 곳을 알아낸 시원은 전속력으로 차를 몰았다.

한영이 묵고 있는 병실로 뛰어간 시원은 병실 앞에서 예전에 보았던 한영의 사촌 오빠와 마주쳤다. 풀어져 있는 넥타이와 걷어올린 와이셔츠 소매를 보건대 한영을 간호하고 있던 모양이었다. 자신을 바라보는 얼음장 같은 시선을 보아하니 시원의 방문을 환영하지 않는 게 분명했다.

"한영이는 좀 어떻습니까?"

"……."

"얼마나 심하기에 감기로 병원에 입원까지 하는 겁니까?"

"당신한테 할 말 없습니다. 제가 분명히 경고했었죠. 당신과 그 여자 일로 한영이가 상처받는 걸 가만히 보고만 있지는 않겠다고요."

"……."

"당신을 만나고 안 만나고는 한영이가 결정해야 할 일이지만 아직도 정신을 못 차리는 관계로 지금은 제 선에 끊겠습니다. 돌아가십시오."

더 이상의 접근은 없다고 단호히 말하는 한성을 보며 시원은 발걸음을 되돌릴 수밖에 없었다.

그때가 벌써 5일 전이었다. 한영이 일어났어도 벌써 일어났을 시간이었다. 그런데도 한영에게서는 연락이 없다는 사실이 불안했다. 불안감과 두려움이 시원의 신경을 갉아먹고 있었다. 시간이 얼마 남지 않은 시한폭탄을 안고 있는 기분이었다.

일을 하려 해도 손에 잡히지 않았다. 지금 시원에겐 한영이 필
요했다.

"꼬맹아, 오라버니 왔다."
한성은 일부러 장난스런 목소리로 외쳤다. 하염없이 창 밖을
바라보던 한영이 그를 돌아다 보았다. 얼굴에 희미한 미소가 걸
렸다.
"어, 일찍 왔네."
"죽은 좀 먹었어? 아직도 얼굴이 반쪽이다."
"후후후……, 세상 감기 나 혼자만 앓나?"
"며칠 동안 정신도 못 차릴 만큼 열이 올라 다 죽어가던 녀석
이 웃음이 나와?"
"헤헤, 안 죽었으니 됐잖아."
"이한영!"
"알았어. 밥 많이 먹고. 금방 건강해 질게."
"그래, 그래야 내 동생답지."
한성은 아직도 한영의 전화를 받았던 그때만 생각하면 가슴이
뛰었다.

한영이 정신을 잃고 핸드폰을 놓쳤지만 다행히 친절한 택시기
사 덕분에 다시 금방 연락이 되어 병원으로 오게 되었다. 그런데
병명은 우습게도 감기였다. 한성은 그때 감기라는 게 이렇게도
무서울 수 있구나 하고 새삼 실감하게 되었다. 40도에 육박하는
열은 도통 내릴 생각을 안 했다.
할아버지는 한영이 마저 먼저 보낸 둘째 아들 부부 뒤를 따를
까 봐 한시도 침대 곁에서 떠나지 않으셨다. 집안 식구들 모두가
안절부절못했다. 음울한 분위기가 병실을 감쌌다.

한영재단의 일가가 모두 병실에서 서성거리고 있자 의사들이 불안해했다. 열을 체크하고 링겔 병을 교체하는 데도 수십 개의 눈이 붙어 다니니 간호사들도 덩달아 불안해했다.

꼬박 이틀이 지난 후 한영이 눈을 떴다. 그녀가 가족들을 보며 힘없는 미소를 짓기 전까지 병실은 초상집 분위기였다. 한영이 정신을 차렸다는 말에 온 병원 사람들이 안도의 숨을 내쉴 정도였다.

그러나 더 이상 열이 오르지 않을 것이라고 약해진 몸을 안정시키기만 하면 된다는 말에도 가족들은 병실을 떠나려 하지 않았다. 그런 식구들에게 한영은 돌아가지 않으면 퇴원하겠다고 협박해 식구들은 어쩔 수 없이 집으로 돌아가야만 했다.

뭐가 그리 괴로운지 꿈 속을 헤매는 와중에도 간간이 시원의 이름을 중얼거리며 눈물을 흘리는 한영을 보며 한성은 가슴이 답답했다. 그나마 그런 한영의 모습을 본 게 자신뿐 이어서 다행이었다. 어른들이 보셨다가는 당장 무슨 일이냐고 캐물으실 게 뻔했기 때문이다. 한성은 그냥 확 어른들께 말해 파혼시키고 싶은 마음이 굴뚝같았지만 그렇게 한다면 자신의 예쁜 사촌 여동생이 눈물을 흘릴 건 뻔한 일이라 참을 수밖에 없었다.

정말이지 윤시원이란 사람이 마음에 들지 않았다.

"무슨 일인지 묻지 않을게. 파혼해!"

"……."

"내가 나설 일은 아니다만 지금 니꼴이 뭐냐? 정말 이한영 맞아? 다른 일엔 똑 부러지는 애가 왜 윤시원이한테는 물러 터졌어?"

"오빠. 나 그 정도로 시원 씨 포기 안 해."

"지금은 고집부릴 때가 아니야. 강정현이라는 사람이랑 관계된 일 같은데 다음에 또 안 그러리라는 보장이 어디 있니?"

"그러니까 더 포기 못해. 사랑하는 사람을 질투심 때문에 놓치는 바보 같은 짓은 안 할 거야."

"한영아!"

"더 부딪쳐 보고, 더 깨져 보고, 그 사람이 나를 사랑할 마음 같은 거 눈곱만치도 없다면 그때 포기해도 늦지 않아."

"그러면 너는? 그동안 네가 받을 상처는 생각 안 하니?"

"사랑하면서 상처받는 건 부끄러운 일이 아니야. 내 마음이 닿는 데까지 실컷 사랑할 거야. 그래도 안 되면 쿨하게 돌아서지 뭐……."

장난스레 웃으며 말하는 한영을 보며 한성의 마음은 더 무거워졌다. 꼭 웃는 얼굴 뒤에 울고 있는 한영이 보이는 것 같았다.

하지만 그건 한성의 오산이었다. 다시 창가로 돌아서는 한영의 눈동자가 빛으로 반짝였다. 한영의 머릿속이 활발하게 돌아가기 시작했다.

"절대로 안 놔줘. 그 사람. 이미 내 것이라고 도장찍었어. 침 발라 났단 말야. 윤시원 죽었어. 그 일로 평생을 두고두고 괴롭혀 줄 거야! 날 우습게 봤던 대가를 톡톡히 치르게 해 줄 거야!"

아직도 정현의 모습이 선명했다. 한영은 자신이 보았던 정현의 모습을 떨쳐 내듯 머리를 세차게 흔들고 시원을 괴롭힐 방법에 생각을 집중하려 했다.

"윤할아버지께 일러서 경을 치게 만들어? 아냐 그건 너무 비겁해. 게다가 내 즐거움을 남에게 빼앗길 순 없지. 그럼, 뭐가 좋을까? 간단하면서도 효과적이고, 무엇보다 윤시원이 나에게 쩔쩔매게 할 방법이……."

그러나 그러면 그럴수록 시원의 곁에 앉아 자신을 비웃던 정현의 눈동자가 생생하게 떠올랐다. 목구멍에서 비릿한 신물이 넘어왔다. 한영은 피가 나도록 입술을 꽉 깨물었다.

자신의 남자 곁에 다른 여자가 있다는 걸 보는 것은 치욕적이었다. 상처받고 버려진 느낌. 조심스레 키우던 꽃봉오리가 피는 것도 보지 못하고 떨어져 버린 느낌이었다. 허탈감과 상실감이 동시에 밀려왔다. 화도 났다. 잠들어 있는 시원을 깨워 마구 때려 주고 싶었다. 고래고래 소리도 지르고 싶었지만 자신의 망가지는 모습을 정현에게 보여 주고 싶지 않다는 마음이 더 컸다. 그래서 그 자리에서 도망쳐 나왔다.

한영의 입술에서 피가 났다. 너무나 괴로웠던 그때의 심정이 생생히 되살아났다. 사랑을 얻기 위해 이렇게 힘들어야 한다면……. 그 사랑을 포기하고 싶은 마음까지 들게 했다.

정말 그를 포기해야 하는 건가?

한영은 멍하니 창 밖을 바라보았다. 여전히 하늘은 청명했다. 자신은 배신감으로 죽을 뻔했다 살아났는데 세상은 변한 게 하나도 없었다.

문득 괘씸하다는 생각이 들었다.

여기서 시원을 포기한다면 그는 고스란히 그 불쾌한 옛 여자친구의 몫이 될 것이다. 이제 겨우 그가 나한테 익숙하게 만들었는데 찔러 보지도 못하고 남의 밥상 위에 올려 주는 짓은 죽기보다 싫었다.

그건 바보들이나 하는 짓이다. 치욕스런 감정은 순간이다. 그 대신 놓쳐 버린 것에 대한 아쉬움은 오래간다. 게다가 이 일을 빌미로 평생 시원을 꽉 잡을 수도 있다.

한영의 한쪽 입꼬리가 올라갔다. 한영의 머릿속이 아까보다 더 빨리 돌아가기 시작했다. 이것저것 많은 방법을 강구하고 그 방법에서 시원이 받을 데미지를 저울질하기 시작했다.

"사장님 오늘 저녁 스케줄도 취소입니까?"

비서실장이 출근하는 시원을 뒤따라 들어오며 물었다.

"네."

"내일엔 영국의 MG그룹과 미팅이 있는데요."

"그것도 취소시켜 주십시오."

"하지만……."

시원은 비서실장을 매섭게 노려보았다.

"솔직히 말해 봅시다. 비서실장님. 지금 제 상태로 그 미팅을 성사시킬 수 있을 거라 생각하십니까?"

"하지만 오래 전부터 준비해 온 미팅입니다."

"그렇게 준비해 온 미팅에서 완벽한 모습을 보이지 않는다면 두 번째는 영영 없을 거라는 생각은 안 해 보셨습니까?"

시원의 말에 비서실장은 반박할 수 없었다. 글로벌 기업으로 발돋움하는 걸음마 단계에서 상대에게 부족한 모습을 보이면 세계시장에서 사장될 수도 있었다. 요즘 확실히 컨디션이 안 좋아 보이는 사장이 나갔다가 회사의 이미지만 그르칠 수도 있는 일이었다. 시원이 말하고자 하는 것을 납득한 비서실장은 고개를 끄덕이곤 나갔다.

시원은 비서실장이 더 반론하지 않는 것이 화가 났다. 미친 듯 크게 소리치며 답답한 마음을 풀어내고 싶었기 때문이다. 요즘은 매일매일 화가 난 상태였다. 화가 난 이유를 너무 잘 알고 있지만 해결되지 않는 문제, 한영이 지금 그의 곁에 없다는 것이다. 그녀를 안을 수도 없고, 그녀의 얼굴을 볼 수도 없다는 사실이 자꾸 그를 짜증나게 했다.

한영이 너무나도 보고 싶었다.

시원은 이 순간만큼은 회사와 그를 구속하는 모든 것에서 벗어나고 싶었지만, 새롭게 시작된 프로젝트 때문에 점심 먹을 시간조차 없이 바빴다. 낮에는 도저히 그녀를 보러 갈 시간이 나지 않았다.

　전면을 창으로 만들어 바라보는 것만으로도 가슴이 뻥 뚫린 것 같은 느낌을 주던 창 밖 풍경도 시원의 답답한 마음을 달래 주지 못했다. 그저 시원 혼자서 속으로 삭히고 삭히는 수밖에 없었다.

　퇴근 시간이 되자마자 시원은 재킷을 들고 밖으로 나갔다. 퇴근 시간인데도 한영이 입원해 있는 병원으로 가는 길은 매끄럽게 뚫렸다. 왠지 오늘은 한영을 볼 수 있을 것 같은 예감이 시원을 더욱 재촉했다. 하지만 현실은 그렇지 않았다.

　"이런……."

　가까스로 나오는 욕을 막았다. 여전히 그 빌어먹을 사촌이 병실을 지키고 있었다. 분명 자신을 봤는데 아는 척도 안 하고 들어간 건 오늘도 병실에 들여 보내 주지 않겠다는 뜻이었다.

　왜! 도대체!

　한영의 그림자도 못 보게 하는 이유가 뭔지 알 수가 없었다. 자신이 한영이 감기 걸리라고 그녀의 몸 속에 바이러스를 넣은 것도 아닌데 한성은 한영이 아픈 이유가 자신이라도 되는 듯 몰아세웠다. 정말 분통터지는 일이 아닐 수 없었다.

　'내가 뭘 잘못했다고, 내가 무얼 잘못 했다고 사람을 이런 식으로 대하냔 말야!'

　하지만 시원의 마음 한구석에선 자신에게 조금쯤 잘못이 있을지도 모른다고 말하고 있었다.

　그때 바로 뒤쫓아가 한영을 잡았다면, 그랬다면 그녀가 이렇게 아프지 않았을지도 모른다. 그까짓 사업상 미팅은 다음으로 미뤄도 되었을 것을. 아니면 미팅이 끝나자마자 그녀에게 전화라도 했었더라면.

　그랬다면…….

　지난 며칠 동안 수천 번도 더 했던 생각이었다.

미팅이 끝난 후 창섭의 클럽으로 가지 않았더라면 실수로나마 정현을 안는 일은 하지 않았을 것이다. 죽을 것만 같은 죄책감으로 이렇게 괴로워하지 않아도 됐을 것이다.

그랬더라면 좀더 당당하게 한영의 병실로 찾아올 수 있었을 텐데. 도둑이 제 발 저린다고 시원은 불편한 마음에 한성의 앞에서 당당하게 행동할 수가 없었다. 설사 그 사촌 오빠라는 사람이 병실 안으로 들여보내 준다 해도 어떤 표정으로 한영을 봐야 할지 걱정이 되었다. 한영의 맑은 눈동자가 모든 것을 다 알아차릴 것만 같았다.

그 맑은 눈동자에 자신에 대한 사랑과 신뢰 대신 경멸이 차게 된다면……. 생각만으로도 괴로움에 질식할 것만 같았다. 시원은 설레설레 고개를 흔들었다.

한영은 자신을 사랑한다. 그 맑고 정직한 눈동자로 그리 말했으니, 자신은 그 말을 믿으면 된다. 자신의 약혼녀는 거짓말을 하지 않는다. 자신과는 달리.

시원은 우울한 눈빛으로 한영의 병실을 올려다보았다. 한영이 입원한 후로 하루도 빼지 않고 이곳에서 새벽을 맞이했다. 그의 발 밑에는 긴 기다림을 알리기라도 하듯이 수많은 꽁초들이 쌓여 있었다.

'한 번만, 딱 한 번만 밖을 내다 봐, 한영아. 나 밖에 서 있어. 내가 여기 있단 말이야.'

시원은 간절히 바랐다. 간호사에게 듣기론 정신을 차리고, 열도 내려 곧잘 일어나기도 한다는데 창가에는 얼씬도 하지 않았다. 그녀의 그림자만이라도 보고 싶었다. 한영이 일어나 걸어다니는 것을 자신의 두 눈으로 확인하고 싶었다. 하지만 그런 시원의 마음을 아는지 모르는지 야속하게도 병실의 불이 꺼졌다. 시원은 마치 자신의 숨이 꺼지는 듯한 느낌을 받았다.

익숙하지 않았다. 언제나 자신의 삶을 완벽하게 통제한다고 생각했었다. 세상은 그를 중심으로 돌아갔었고 그런 것이 익숙했었다. 하지만 자신의 약혼녀는 예측불허였다. 그의 사고에서 벗어난 행동을 하며 그를 질색하게 만들었었다. 하지만 지금은 그런 그녀가 못 견디게 그리웠다.

시원은 어느새 빼 물은 담배를 끄며 뒤돌아 섰다. 이제 집으로 가야 할 시간인 것이다. 뒤돌아선 그의 어깨가 무거워 보였다. 불 꺼진 한영의 병실처럼 그렇게 시원의 마음도 답답했다.

한영이 시원 앞에 모습을 드러낸 건 퇴원한지 4일 후였다.

모래처럼 깔깔한 점심식사를 마치고 사무실로 들어온 시원은 자신의 눈이 잘못된 것이 아닐까 두 손으로 비벼 보았다. 아니었다. 그의 눈은 정상이었다. 지금 한영이 소파에 깊숙이 기대앉아 책을 읽고 있었다. 시원의 기척을 느낀 한영이 책에서 시선을 떼고 그를 올려다보며 미소지었다.

순간 무채색의 세상에 곱게 색이 입혀지면서 환하게 빛나기 시작했다. 시원은 자신의 심장이 두근거리는 것을 느꼈다. 느릿느릿 마지못해 움직이던 심장이 한영의 모습을 보자 제 리듬을 찾으며 힘차게 박동했다.

오랜만에 보는 한영의 얼굴은 약간 마른 듯했다. 시원은 그녀가 입원해 있는 동안 하루에도 수십 번 병원에 전화를 걸어 한영의 상태를 물었었다.

오늘은 열이 몇 도였고, 식사는 얼마나 했으며, 무료함을 달래려 읽은 책은 무엇이었는지 하나도 빼놓지 않고 다 보고를 받았다. 다만, 한영이 자신을 보고 싶어하는지에 대해서만은 알 수가 없었다.

열흘이었다.

한영이 없는 열흘 동안의 삶은 시원에게 무채색의 그림과도 같았다.

한영을 알게 된지 겨우 넉 달밖에 되지 않았다. 그동안 한영이라는 사람 없이도 잘만 살아온 세상이었다. 하지만 지금은 한영이 자신의 곁에 없다는 생각만 해도 치가 떨렸다.

시원은 한영을 끌어안았다. 자신의 품에 한영이 있다는 사실에 안도했다. 한영이 자신의 삶을 엉망으로 망쳐 놓든 말든 중요한 것은 그게 아니었다. 중요한 건 한영을 한시 바삐 자신의 사람으로 만드는 일이었다. 이번과 같은 일이 다시 일어났을 땐 그녀의 곁에 붙어 있는 사람이 자신일 수 있는 명분을 만들어야 했다. 무기력하게 기다리는 일은 두 번 다시 안 하리라. 처음 정현이 돌아왔을 때 그의 육감이 경고했던 것처럼 빨리 결혼을 해야 한다. 시원의 눈동자가 단호한 결심으로 빛났다.

그러나 지금……, 그 무엇보다 필요한 건 한영과의 키스였다.

시원은 한영을 천천히 끌어당겼다. 두 사람의 입술이 닿을 듯 말 듯 할 때 한영이 손으로 그의 가슴을 짚었다. 시원이 감았던 눈을 뜨자 한영이 그를 밀어내며 말했다.

"감기 걸려요."

"상관없어."

"내가 싫어요."

"……."

한영이 그의 키스를 피하고 있었다. 그뿐만 아니라 그의 품에서 벗어나려고 몸을 틀었다. 시원은 물에 빠진 사람이 지푸라기라도 잡는 심정으로 한영을 놓아주지 않았다. 그토록 보고 싶었던 한영이 그의 품을 벗어나려 한다니 미칠 것 같았다. 갓난아기가 엄마를 붙잡듯 잡고 있던 손에 힘을 주어 한영의 허리를 바짝 끌어안았다.

버둥거려 봐도 그의 센 힘을 이길 수 없다는 걸 깨달은 한영은 움직임을 멈췄다. 시원은 마치 대단한 싸움을 한 것처럼 큰 한숨을 내쉬었다.

"줄 것이 있어요."

한영이 자신의 허리에 얹어진 그의 손에서 벗어나길 포기하며 몸을 돌렸다. 작고 앙증맞은 가방을 한참 뒤적거리던 그녀가 시원에게 내민 것은 그의 오피스텔 열쇠였다.

쿵하고 심장이 저 바닥으로 떨어지는 것 같았다.

"이걸 왜?"

"이제 개강하면 시원 씨네 자주 못 놀러 갈 것 같아서요. 3학년 2학기라 할 것 투성이더라고요. 이제 슬슬 취업준비도 해야겠고, 그러자니 아무래도 이것저것 준비할 것도 많고."

한영의 다른 말은 들리지 않았다. 취업이라니? 졸업한 뒤에 결혼하는 것도 못 참아 한시 바삐 결혼을 하려는 차에 취직을 해 사회생활을 한다는 말인가? 한영이 사회생활을 하면서 많은 사람들을 만나면 자신은 뒷전으로 미뤄질지도 모른다는 생각이 시원의 머릿속을 가득 채웠다.

많은 사람들이 밝고 귀여운 한영을 좋아할 것이다. 같은 과 선배라는 혁수 같은 놈들이 마구 생길 것이다. 혹시, 자신보다 훨씬 괜찮은 사람이 생길지도 모른다. 그렇게 된다면 그는 한영을 뺏기고 말 것이다.

시원의 머릿속에서 두려움이 꼬리에 꼬리를 물고 이어졌다. 그런 일은 절대 있을 수 없다.

시원이 많은 생각을 하고 있는 동안 한영이 다시 말을 이었다.

"게다가 약혼녀라는 이유로 너무 사생활을 침해한 것 같아서요."

"뭐?"

"아니 시원 씨도 시원 씨 나름대로의 생활이라는 게 있잖아요. 뭐, 오피스텔에 다른 사람을 데려올 수도 있는데 나 때문에 괜히 못하고 그럴까 봐."

순간 바닥으로 떨어진 줄 알았던 심장이 더 깊은 수렁으로 빠지는 것 같았다. 설마 한영이 알고 있는 건 아니겠지. 시원의 심장이 엄마 지갑에서 몰래 동전을 꺼낸 어린아이 마냥 콩닥거렸다.

"내가 데려올 사람이 어디 있다고……."

"아니. 그냥 생각해 보니까 그럴 수도 있다 이거죠. 앞으론 시원 씨 생활에 방해 가는 일은 없을 거예요. 우리가 나중에 아무리 결혼을 할 사람이라고 해도 각자의 생활이라는 게 있으니까."

"그래도 열쇠는 가지고 있어."

"싫어요. 가지고 있으면 놀러 가고 싶을 것 같아서 싫어요."

"놀러 오고 싶으면 놀러 오면 되잖아. 그냥 지금처럼 해. 오고 싶을 때 언제든 와."

"그랬다가 못 볼 거 보게 될까 봐요."

"!"

정말 한영이 알고 있는 것은 아닐까? 시원은 자꾸 쿵쾅거리는 심장을 진정시키며 한영의 안색을 살폈다. 하지만 한영의 얼굴에는 아무 것도 쓰여 있지 않았다. 뭔가를 알았다면 그의 솔직한 약혼녀는 조금이라도 내색을 비췄을 텐데 정말 아무 것도 모르는 얼굴이었다.

"됐어. 못 볼 거 없으니까 가지고 있어."

시원은 한영이 내민 열쇠를 도로 한영이 손에 쥐어 주며 손을 감쌌다. 한영의 손이 자신의 손에 가려 보이지 않았다. 어리석게 이 작은 손을 놓치는 일은 안 할 테다. 다시 한 번 한영의 작은 손을 힘있게 감쌌다.

"더 할 말 없으면 빨리 가 봐. 나 일 해야 해."

시원은 한영이 또 이유를 대며 거절할까 봐 무서워. 손을 놓고 뒤돌아 책상으로 걸어가며 말했다.

한영이 거절한 시간을 주지 않기 위해서는 빨리 내보내야 했다. 글자도 보이지 않는 서류에 코를 박고 손짓으로 한영에게 나가라는 신호를 보냈다.

"알았어요. 그럼 나 이만 갈게요."

시원은 문이 닫힐 때까지 서류에서 눈을 떼지 않았다.

"딸깍."

문이 닫히는 소리가 나자 큰 한숨이 절로 나왔다. 잠시 후 일어서던 시원은 비틀거리는 몸을 지탱시키려 책상에 손을 짚어야 했다. 소파 앞 테이블에 자신의 오피스텔 키가 고스란히 놓여 있기 때문이었다.

잠시 멍하니 열쇠를 보던 시원은 열쇠를 들고 한영을 뒤쫓아 밖으로 나갔다. 문이 열리는 소리에 놀란 비서들이 그를 쳐다보았다.

"한영이는?"

"엘리베이터……."

단숨에 엘리베이터로 뛰어갔지만 이미 문이 닫히고 있었다.

언뜻 닫히는 문 사이로 웃고 있는 한영의 얼굴이 보인 것도 같았다.

자신을 뒤따라오는 시원의 발소리가 들렸지만 한영은 서둘러 엘리베이터 문을 닫았다. 닫히는 문 사이로 절망스런 시원의 얼굴이 보였다. 계략을 꾸미는 한영의 눈동자에 미소가 지어졌다.

"이제 시작이야. 윤시원. 각오 단단히 해야 할걸?"

홀로 탄 엘리베이터 안에 한영의 목소리가 울렸다.

태양은 여전히 뜨거웠고 과제는 많았다.

시원한 에어컨이 돌아가는 도서관 밖으로 나서자마자 땀이 주르륵 흘렀다. 개강하고 술렁이는 분위기도 잠시 4학년이 되어 본격적으로 시작되는 취업전쟁을 대비하느라 너나 할 것 없이 도서관으로 모여들었다. 때문에 한영은 오랜만에 만난 친구들과도 별로 놀지 못했다. 고작 하는 거라곤 점심을 같이 먹거나 잠시 머리를 식히기 위해 밖에 나가 팥빙수를 먹는 정도였다.

"와아, 너무 덥다."

"그러네. 차라리 장마기간이 더 낫다니까."

"맞아, 맞아."

한영은 친구들과 수다를 떨며 학교 앞 팥빙수 가게로 향했다.

"I believe 난 느껴요, 볼 순 없어도 그대 사랑을~."

"한영아. 네 전화 벨소리 아니야? 또 그 사람이니?"

친구의 질문에 한영은 웃으며 전화를 받았다.

"여보세요?"

"나야."

"아, 시원 씨……."

"오늘도 안 올 거야?"

"미안해요. 과제가 너무 많아서 시간이 안 나네. 밥은 맛있게 먹었어요?"

"……."

한영은 전화기 반대편에서 뾰로통한 표정을 짓고 있을 시원을 생각하며 작게 웃었다. 요즘 시도 때도 없이 전화를 하는 시원 때문에 웃음이 끊이질 않았다. 자신의 나이 많은 약혼자는 생각보다 인내심이 적었다.

"미안해요. 나 친구들이랑 있어서…… 이따 저녁에 전화할게요! 안녕. 시원 씨."

한영은 시원의 전화를 끊기 싫었지만 대의를 위해 소의쯤은 희생시킬 수 있었다. 윤시원이라는 대어를 낚기 위해서는 몇 가지쯤 포기할 가치가 있었다. 고지가 멀지 않았다.

초승달 모양으로 가늘어진 눈동자에 흡족한 미소가 흘렀다.

그런 한영을 보며 친구들은 혀를 찼다. 모두들 공통된 생각을 하고 있었다.

'누군지 몰라도 단단히 걸렸군. 쯧쯧쯧, 웬만하면 일찍 항복하는 게 신상에 이로울 텐데.'

끊어진 전화를 보며 시원은 저절로 나오려는 욕을 참았다.

확실히 한영은 변했다. 개강을 하면서 얼굴 한 번 보이지 않고 있었다. 전화를 해도 바쁘다며 먼저 끊기 일쑤였다. 도통 얼굴을 보여 주지 않자, 어렵게 처음 전화를 하던 때가 생각났다.

웃고 있었는지 들뜬 목소리로 전화를 받던 한영은 시원의 전화인줄 알고는 목소리가 금세 정중해졌었다. 그리고는 지금 학교 일로 바쁘니 저녁에 전화를 하겠다는 말로 전화를 끊어 버렸었다. 자기 전화보다 학교 일이 더 중요하다는 듯한 그녀의 말투에 화가 났었다.

그러면서도 그녀의 전화를 얼마나 기다렸던지……, 울리지 않는 전화를 손에 쥐고 거의 밤을 새다시피 했었다. 결국 한영의 전화는 다음날 점심 때쯤이 되어서야 울렸었다.

그때를 생각하자 저절로 한숨이 나왔다.

한영이 보고 싶었다. 막무가내로 쳐들어와 열쇠를 내놓으라고 소리치던 때가 그리웠다. 그때로 돌아가고 싶은 마음이 절실했지만 어떻게 해야 그럴 수 있는지 도무지 방법이 생각나지 않았다.

이제 시원의 유일한 낙은 밤 10시경 걸려 오는 한영의 전화뿐이었다. 언제부턴가 한영은 10시쯤에 전화를 걸어와 미주알고주알 그날 있었던 일을 얘기하기 시작했다.

"시원 씨, 나 오늘은 무지 맛있는 라면집을 발견했어요……."

"안녕, 시원 씨. 오늘은 뭐 했어요? 나는요……."

"있잖아요. 오늘 학교에서 무슨 일이 있었는 줄 알아요? 글쎄……."

이러쿵저러쿵 얘기하는 한영의 목소리를 듣고 있자면 하루의 피로가 풀리는 것 같았다.

침대에 누워 그녀의 목소리를 들으며 그녀가 짓고 있을 표정을 상상하는 게 시원이 집에서 하는 전부였다. 아무도 없는 컴컴한 집안에 들어가면 아무 것도 하기 싫었다. 책도 손에 잡히지 않았고 그렇게 좋아하던 영화 보기도 흥이 나질 않았다. 그저 빨리빨리 시간이 흘러 10가 되기만을 기다렸다.

한영과의 전화통화가 끝나고 나면 습관처럼 헤네시 한 컵을 스트레이트로 마시고 잠을 청했다.

오늘이 지나면 내일이 온다. 내일이 오고 밤 10시가 되면 한영의 전화가 걸려 온다.

시원은 침대에 누워 목에 걸린 열쇠를 만지작거렸다. 한영이 두고 간 오피스텔 열쇠였다. 한영이 오피스텔에 걸음을 끊자 한영을 기억할 만한 게 없다는 것을 깨달았다. 고작 이 열쇠뿐이었다. 액세서리라곤 생전 안 하던 시원은 직접 목걸이 줄을 사다가 목에 열쇠를 걸었다. 그렇게 하니 조금은 한영이 가까이 있는 듯 했다.

하지만 열쇠를 만져도 한영과 함께 누웠었던 침대 위에서는 잠이 잘 오지 않았다.

상념에서 깨어난 시원은 피로한 듯 두 눈을 비볐다. 이제 3시였다. 10시가 되려면 7시간을 기다려야 했다. 커다란 돌덩이가 심장을 누르고 있었다. 크게 숨을 쉬어 봤지만 가시지 않았다. 오늘도 한영을 보지 않으면 미칠 것 같았다.

결국 한영의 학교에 찾아가기로 결심한 시원은 책상을 정리하며 일어섰다.

"사장님. 홍보실 강정현씨 오셨는데요."

"휴…… 들여보내요."

거침없는 걸음걸이로 들어온 정현이 소파에 앉았다.

"우리 애기 좀 해."

"무슨 애기?"

"정말 이럴 거야?"

"내가 뭘 어쨌다고?"

시원이 시큰둥하게 답했다.

사실 자신에게 승산이 없다는 것을 시원이 흥분하며 소리쳤을 때부터 알았다. 하지만 이대로 손에서 놓기에 시원은 너무 매력적이었다. 자신이 사랑했던 사람이라는 사실은 물론이고, 그의 배경이나 지위, 더불어 재력까지도. 하지만 그날 밤 이후로 시원은 자신에게 눈길 한 번 돌리지 않고 있었다.

한영이라는 계집애가 그 꼴을 보고 갔으니 무슨 일이 일어나도 단단히 일어날 줄 알았지만 쥐 죽은 듯 조용하기만 했다.

정현은 어떻게 해서든지 시원의 시선을 끌어당길 무언가가 필요했다.

"나…… 임신했어."

"!"

"왜 그렇게 놀란 눈으로 봐?"

"너 내가 알고 있는 강정현 맞아?"

"그게 무슨 말이야?"

"인간 강정현이가 어쩌다 이렇게까지 망가졌냐고? 거짓말하면서까지 네가 얻고 싶은 게 뭐야?"

"!"

정현은 시원이 실망했다는 눈으로 쳐다보자 볼이 뜨겁게 달아오르는 것을 느꼈다. 스스로도 자신의 거짓말에 수치심이 느껴졌다. 9년 전에도 자신의 얼굴을 보면 거짓말이란 걸 단박에 알아내던 시원이었다. 그런 시원에게 어떻게 이런 거짓말을 할 생각을 했을까?

"당신을 갖고 싶어."

빨갛게 달아오른 얼굴을 하면서도 정현은 자신의 뜻을 굽히지 않았다.

"이런 거짓말을 하면서까지 당신을 갖고 싶다고."

"미안해. 난 더 이상 널 사랑하지 않아. 난 이미 한영이 거야."

"아니, 당신이 뭐라고 해도 난 그말 안 믿어. 당신 결코 안 놓쳐."

정현은 소파에서 일어서며 단호하게 자신을 거부하는 시원을 부정했다. 자신을 바라보는 시원의 눈동자에 새겨진 동정을 인정하지 않았다.

시원은 아연한 표정을 짓고 있는 정현을 그대로 두고 나와 버렸다. 예전에 그가 알던 그녀가 아니었다. 뭔가 소중하게 지켜 오던 것이 순간에 깨져 버린 듯했다. 착잡한 기분이 들었다. 어서 한영에게 가고 싶었다. 그녀의 밝은 웃음을 보면 이 기분이 한순간에 날아갈 것만 같았다.

시원은 에어컨을 끄고 창을 열었다. 뜨거운 바람이 몰려왔지만 금세 청량한 여름 바람으로 탈바꿈했다. 기분이 좀 나아지는 것 같았다. 자동차의 속력이 빨라지면서 한영에게 조금씩 가까이 다가간다는 사실에 기분이 좋아져 갔다.

한영이 있는 경영대학 건물 근처에 차를 세우고 그녀에게 전화를 걸려던 시원의 눈이 가늘어졌다. 그의 시력에 이상이 없다면 지금 저 등나무 벤치에 앉아 있는 두 사람은 분명 한영과 혁수였다.

한영에게 달려오면서 가라앉았던 짜증이 다시 솟구쳤다. 짜증나는 기분을 주체할 수가 없었다. 시원은 빠른 걸음으로 한영에게 다가갔다. 혁수가 한영의 어깨에 손을 올리는 모습이 보였다. 빠른 걸음으로도 모자라 아예 뛰어간 시원은 거칠게 혁수의 손을 떼어 냈다.

"시원 씨."

"너 남의 여자 건드리는 취미가 있나 보지?"

시원은 한영의 부름도 외면하고 혁수를 노려보며 말했다.

"하나를 보면 열을 안다고 평소의 행동거지가 눈에 훤히 보이는군. 남의 것을 탐내는 것은 좋지 않은 버릇이야. 자네 부모님이 그렇게 가르치시던가?"

한영은 정말 깜짝 놀랐다.

조금 전 학교 건물로 들어오는 차가 시원의 것이 아닌가 하는 생각이 드는 찰나 시원이 차에서 내리는 게 보였다. 그래서 자신을 발견한 듯 이쪽으로 다가오는 그를 보며 혁수를 재촉해 자신의 어깨에 팔을 두르게 했다. 난데없는 한영의 말에 어리둥절해하던 혁수도 곧 시원을 눈치 채고 실실 웃으며 어깨에 손을 올렸던 것이다.

그런데 시원이 이렇게 심하게 그를 모욕할 줄은 몰랐다.

한영은 혁수에게 그런 부탁 한 것을 후회했다. 괜히 자신 때문에 가만히 앉아 고스란히 그런 모욕을 듣는 혁수를 보며 죄책감에 몸둘 바를 몰랐다. 미안함과 부끄러움 때문에 사람이 죽을 수도 있다면 지금 당장 죽을 것만 같았다.

한영은 시원을 보며 소리질렀다.

"시원 씨!"

"나중에 얘기 해!"

"뭘 나중에 해요? 지금 당장 혁수 선배한테 사과해요. 이게 무슨 짓이에요?"

"이한영…… 나중에 하자고."

시원은 다른 누구도 아닌 혁수 앞에서 한영과 싸우는 모습을 보여 주기 싫었다. 하지만 한영이 펄펄 뛰며 당장 혁수에게 사과하라고 난리를 피웠다. 시원은 그런 한영의 모습이 서운했다. 한영이 자신의 일에도 저렇게 펄펄 뛸까 싶었다. 더 이상 혁수의 편을 들어주는 걸 참을 수가 없었다.

시원은 한영의 팔을 잡고 막무가내로 차로 향했다.

"뭐 하는 거예요? 혁수 선배한테 사과하지 못해요?"

끌려가지 않으려고 안간힘을 쓰며 말했지만 그 소리는 질질 끌리는 한영의 신발소리에 묻혀 버렸다.

"시원 씨, 정말 내가 시원 씨 미워하길 바래요?"

한영의 말에 시원은 우뚝 걸음을 멈췄다. 그리고 한영을 뒤돌아보았다. 한영은 정말 화가 난 얼굴이었다. 빨갛게 상기된 얼굴에서 사과하지 않으면 한 발자국도 옮기지 않겠다는 단호한 뜻이 내비쳐졌다.

시원은 머리꼭대기까지 열이 뻗쳤다. 저 자식이 뭐가 그리 대단한 존재이기에 자신의 생각은 눈곱만치도 하지 않는 건가?

"어서요."

하지만 사과의 말을 하기엔 자존심이 너무 상했다. 있는 대로 얼굴을 찌푸린 시원은 몸을 아주 조금 돌려 거만하게 고개만 까닥하고는 다시 한영을 끌고 가기 시작했다.

한영은 그런 시원을 보며 기가 막혔다. 지금 저게 사과라고 하는 건가? 몇 걸음 끌려가던 한영은 다시 발에 힘을 주었다.

두 사람의 팽팽한 시선이 마주쳤다. 순간 한영의 시야가 빙글

하더니 금세 시원의 어깨에 둘러매졌다.

"꺄악! 이게 뭐야?"

교정에 있던 모든 사람들의 시선이 한영과 시원에게 쏟아져 들어왔지만 시원은 전혀 신경 쓰지 않고 성큼성큼 차를 향해 걸어갔다. 그의 어깨에 대롱대롱 매달리게 된 한영은 가까스로 고개를 들어 놀란 표정으로 앉아 있는 혁수에게 두 손을 붙여 비는 시늉을 했다. 혁수는 알아들었다는 손짓을 했다.

한영은 창피함으로 얼굴이 빨개졌다. 구경하는 많은 사람들 중에는 자신의 친구들도 있었다.

시원에 의해 강제로 차 안에 앉혀진 한영은 팔짱을 꼈다. 정말 제멋대로 안하무인인 사람이었다. 한영은 단단히 화가 나 있었다. 어떻게 자기 친구에게 이렇게 함부로 굴 수 있는가? 고작 어깨에 손을 올렸다는 이유 하나로 이렇게 감정적으로 나오다니 알 수가 없었다.

자기는 그 따위로 행동하면서 이 정도의 스킨십을 이해할 아량도 없는 속 좁은 남자가 자신의 약혼자라는 사실이 지금 이 순간만큼은 정말 싫었다.

시원이 돌아서 운전석에 앉기만 하면 그에게 뭐라고 하리라 다짐했던 한영은 막상 시원이 운전석에 앉자 아무 말도 하지 못했다. 시선을 정면에 고정시킨 채 시동을 걸고 운전을 하는 그의 표정이 너무나 무서웠기 때문이다.

차가 학교의 정문을 빠져나갈 때까지 둘 사이에 침묵은 계속되었다. 한 10분쯤 달렸을까 한영이 먼저 답답함을 이기지 못하고 입을 열었다.

"어디로 가는 거예요?"

"……."

"시원 씨……."

“입 다물어.”

그동안 들어보지 못한 차가운 말투에 놀란 한영은 입을 다물고
말았다. 둘을 태운 자동차는 시원의 오피스텔을 향해 시원스레
달렸다.

오피스텔에 도착한 시원은 한영을 거칠게 끌고 들어갔다. 그리
고는 현관문을 닫자마자 신발도 벗지 않은 채 막무가내로 한영을
벽으로 밀치며 키스를 했다.

“시원…… 읍!”

한영은 입술을 꼭 깨물고 고개를 가로 저었다. 한영의 거절에
시원의 마음이 조급해졌다. 지금 그녀와 키스하지 않으면 심장이
터져 죽을 것만 같았다. 자신을 거부하는 한영을 살살 달래야 한
다는 것을 알지만, 거절에 마음을 다친 시원은 거부하는 그녀의
입술을 강제로 벌려 깊은 키스를 했다.

키스가 깊어지자 결국 한영이 항복하며 시원의 목덜미를 감싸
안았다. 시원은 따스한 한영의 몸이 환상이 아니라 실제라는 사
실이 눈물 날 만큼 좋았다. 둘 사이에 흐르던 감정이 부드러워지
면서 키스도 점점 부드러워져 갔다. 시원의 혀가 한영의 입술을
가볍게 핥았다. 촉촉한 한영의 입술이 자신의 입술과 맞닿는 기
분이 못 견디게 좋았다.

시원은 한영을 안아 침대로 향했다. 지금 이대로 그녀의 몸 속
으로 들어가야 했다. 그녀의 몸 속에 살아 있는 기분을 느끼고
싶었다.

키스의 황홀함에 빠져 있던 한영은 자신의 몸이 들려 침대에
눕혀진다는 것을 깨닫는 순간 시원을 밀쳐 내고 침대에서 내려왔
다. 격렬한 키스로 붉어진 얼굴이 찡그려졌다. 그 여자와 뒹굴었
던 침대엔 무슨 일이 있어도 눕지 않을 것이다. 예전의 시트는

온데간데없이 새로운 시트로 바뀐 것을 눈치챘지만 그 여자의 모습은 그날 그대로 침대 위에 새겨져 있었다.

"한영아?"

시원이 찡그려진 한영의 얼굴을 보며 의아한 어조로 그녀를 불렀다.

"집에 가야 해요."

"?"

"집에 가서 레포트 써야 한다고요."

시원은 갑자기 기분이 팍 상했다. 좀 전의 부드럽고 따뜻한 분위기가 일시에 사라졌다.

"매일같이 레포트, 레포트! 네 눈엔 레포트만 보이고 난 안 보여?"

"……."

"너 요즘 왜 이래?"

"내가 뭘요?"

"나는 보지도 않잖아. 너 개강하고 나서 얼굴 보는 거 오늘이 처음이야. 예전에는 매일같이 봤잖아."

"바쁘니까 그렇죠. 저도 나름대로의 사생활이라는 게 있잖아요."

"우리 예전처럼 그렇게 지내면 안 될까? 너…… 매일 오피스텔에 와서 놀다 가고. 레포트도 여기서 하면 되잖아. 우리 같이 영화 본지도 무척 오래됐어. 너랑 같이 밥 먹은 게 언제인지는 기억도 안 나!"

'흥. 그러니까 누가 바람 같은 거 피래? 시작은 시원 씨가 했으니 마무리는 내 몫이라고.'

한영은 속으로 생각했다.

한영은 시원의 애타는 목소리를 모른 척 하며 시선을 돌렸다.

그의 애절한 눈빛을 보게 되면 자신도 모르게 모든 걸 용서할 것
같았다.

그때 한영은 보았다. 시원의 목에 걸려 있는 오피스텔 열쇠를
말이다. 한영은 손을 뻗어 열쇠를 만졌다.

"이건 뭐예요?"

그냥 단순한 호기심에 물어본 것인데 시원의 얼굴이 빨갛게 변
했다. 그러자 더욱 궁금해지기 시작했다. 한영은 그의 눈을 빤히
들여다보면서 물었다.

"이게 뭐냐고요?"

"별거 아니야……."

"별거 아닌데 목에 걸고 다녀요? 전엔 이런 거 안 하고 다녔잖
아요. 진짜로 뭐예요?"

"그…… 그냥…… 예전에 네…… 네가 가지고 다니던 오……
오피스텔…… 열쇠……."

시원이 목까지 벌게져서 더듬거리며 말했다.

그런 그의 모습이 너무 사랑스러워 꼭 안아 주고 싶었다. 한영
은 당장이라도 그의 품에 안겨 키스를 퍼붓고 싶은 마음을 꾹 참
았다.

'쳇, 이 정도 가지고 내 마음이 풀어질 것 같아?'

한영은 어림도 없다고 생각했지만 새어 나오는 웃음은 참을 수
가 없었다. 정말 마음에 안 드는 일만 골라 하는 남자였지만 미
워할래야 미워할 수가 없었다.

시원은 한영의 입가에 미소가 지어지는 걸 보고 놓치지 않고
말했다.

"그럼…… 놀다 갈 거야?"

"아니요, 집에 가서 레포트 써야 한다고 했잖아요."

"으…… 그 망할 놈의 레포트! 좋아. 집에 데려다 주지."

　시원은 한영을 차에 태워 전속력으로 그녀의 집으로 향했다. 굳게 다문 입술과 매섭게 빛나는 눈빛을 보니 뭔가 결심을 한 듯했다.

　"저희 다음 달에 결혼하겠습니다."
　한영의 집 앞에 도착하자, 시원은 어른들 뵌지도 오래됐으니 간단히 인사나 드리고 가야겠다고 했다. 그런데 어른들께 인사를 올리자마자 시원이 불쑥 한 말이었다.
　갑작스런 시원의 말에 가족 모두가 어리둥절한 표정이었다. 한영마저도 시원이 이렇게 나올 줄 몰랐기에 놀란 표정이었다. 가족들 사이에 잠시 침묵이 흘렀다.
　그들 가운데 가장 먼저 정신을 차린 것은 한성이었다.
　"아직 한영이는 졸업도 안 했습니다."
　한성의 한마디에 침묵의 마법에서 풀린 것처럼 다들 웅성거리기 시작했다.
　"맞아요. 아직 졸업하려면 1년이나 남았고, 또…… 아직 한영이가 어려서 살림살이니 뭐니 배울 게 많아요."
　미현은 한영의 손을 붙잡으며 말했다. 그녀의 목소리에는 서운함이 역력히 묻어 있었다. 친딸 이상으로 곱게 키운 딸인데 벌써 남의 집으로 보낸다고 생각하니 눈물부터 났다.
　"한영이 손에 물 한방울 안 묻힐 겁니다. 살림살이야 예전부터 일 하신 아주머니도 계시고…… 어차피 제 사람이 될 건데 한영이 공부야 제가 시키겠습니다."
　시원이 단호하게 나오자 사람들은 할 말을 잃었다. 뭐라고 반대의 말을 해야 했지만 누가 반대라도 했다가는 큰일이라도 날 것 같으ㄴ 눈으로 좌중을 보는 시원의 눈빛에 섣불리 말을 못 꺼내고 있었다.

“시원 씨, 잠깐 나 좀 봐요!”

한영이 가족들에게 양해의 눈빛을 보내며 말했다. 시원은 한영이 끌어당기자 자리에서 일어나며 덧붙였다.

“아무 말씀 없으시니 허락하신 걸로 알고 저희 쪽에서 준비하겠습니다. 어디서 살지는 한영이하고 상의를 해 보겠습니다만, 시간이 촉박한 만큼 아무 것도 준비하지 않으셔도 됩니다. 제가 서두르는 것이니 제가 알아서 준비하겠습니다. 그저 한영이만 준비시켜 주십시오.”

“시원 씨!”

한영이 소리쳤다. 그래도 아랑곳하지 않고 정중히 고개를 숙여 인사까지 하는 시원이었다.

한영이 씩씩거리며 시원을 정원으로 끌고 나왔다. 이른 저녁이지만 선선한 바람이 불어왔다. 마당을 둘러싸고 많다 싶을 만큼 나무들이 심어져 있어 여름에도 항상 선선한 정원이었다. 하지만 지금은 한영이 뿜어내는 열기에 바람도 후끈해질 정도였다.

“갑자기 그게 무슨 말이에요?”

“어차피 결혼할 거잖아.”

“내가 전에 한 말은 잊었어요?”

“……”

“시원 씨가 날 사랑하게 되면 그때 결혼한다고 했잖아요. 이렇게 막무가내인 게 어디 있어요? 사랑은 둘째 치고라도 나는 내 생활도 없는 줄 알아요? 나도 학교생활 때문에 바쁘다고요!”

한영의 말에 시원이 벌컥 화를 냈다.

“결혼해. 결혼하고 나서 내 옆에서 해. 그 망할 놈의 레포트를 쓰든, 책을 읽든, 취업준비를 하든, 뭐든지 내 옆에서 하란 말야!”

한영은 시원의 말에 할 말을 잃었다. 시원은 마치 어린아이가 떼를 부리듯이 말하고 있었다.

“어른들께 허락 받은 거나 마찬가지니까 준비나 하라고. 이번 여름에 할 테니 그렇게 알고 있어!”
“시원 씨! 정말 이러는 게 어디 있어요.”
한영이 발을 동동 구르며 소리쳤지만 시원은 더 이상은 듣지 않겠다는 손짓을 하며 정원을 빠져나갔다.

8

한영은 갑작스레 진행되는 결혼에서 벗어나고자 아침 일찍부터 학교로 향했다. 시원과 결혼을 하지 않겠다는 것은 아니다. 다만 시간을 좀더 두고 그가 자신을 완전히 사랑하게 된 후에 결혼을 하고 싶었다.

시원이 무슨 이유 때문에 이렇게 결혼을 서두르는지 이해가 되질 않았다. 무슨 수를 써서라도 시원의 마음을 돌려야 했지만 별다른 수가 떠오르지 않았다.

게다가 아직 한영의 마음은 지난번의 그 끔찍했던 밤에서 완전히 해방된 것이 아니었다. 머리로는 이해가 가는데 불쑥불쑥 그때의 영상이 머릿속에서 재현될 때마다 머리가 지끈거리고 당장이라도 시원과 정현을 찾아가 난장판을 만들고 싶었다. 정현이라는 사람의 머리털이 몽땅 빠지게 잡아 흔들고, 시원은 두 번 다시는 그런 짓을 못하게 눈물이 쏙 빠지도록 괴롭혀 주고 싶었다.

"하여튼 남자들은 어째 그렇게 철딱서니가 없는지……."

한영은 정현만의 잘못으로 탓할 수 없다는 것을 너무나 잘 알았다. 만약 정말 정현 혼자만의 잘못이었다면 벌써 찾아가 깽판을 부리고도 남았지만 술을 마신 후의 남자에 대해 너무 잘 아는 한영으로선 바보 같은 시원을 더 원망할 수밖에 없었다.

한영의 위로 신체 건장한 남자 오빠가 셋이나 있다. 다들 한 인물 하는 덕에 여자들이 무던히도 따랐었다. 냉정한 성격의 한성 오빠만 그나마 덜한 편이었지 큰집 오빠들은 정말 여자 관계가 복잡했었다.

특히 한 살 많은 한주는 타고난 바람둥이였다. 날마다 바뀌는 여자를 보며 한심해 했지만, 군대를 다녀오면 좋아지겠거니 했는데 그의 애정행각은 변함이 없었다.

그런 오빠들을 보며 자란 한영으로선 일회성 사랑이 무언지, 남자들의 육체적 욕망이 어떤 건지 너무나 잘 알고 있었다.

"에휴, 그래도 용서 못해!"

그렇다. 그건 다 제3자의 입장에서 볼 때나 이해가 가는 일이었다. 본인의 입장에서는 정말 화 나는 일이 아닐 수 없었다. 오기를 가지고 결전의 날을 기다려야 한다. 한영은 그때 시원을 철저히 괴롭혀 주겠다는 일념 하나로 불같이 타오르는 화를 다스리고 또 다스리고 있는 중이었다. 그까짓 일로 무너지는 모습을 보일 수는 없었다. 윤시원이 무릎을 꿇고 싹싹 비는 꼴을 꼭 보고 말리라.

길 한복판에서 한영이 시원에 대한 복수심을 불태우고 있을 때 누군가 한영의 어깨를 툭 쳤다. 깜짝 놀라 뒤를 돌아보니 혁수였다. 어제 시원 때문에 엉망으로 헤어진 후 전화도 못하고 있었다. 금세 미안한 마음이 밀려왔다.

“선배 미안해요. 어제 시원 씨가…….”

“아니야. 뭐. 대충 윤시원 씨 입장이 이해가 간다. 질투하는 남자는 무섭더라……, <u>흐흐흐.</u>”

두 사람은 천천히 등나무 벤치로 걸어가며 얘기를 나눴다. 혁수의 장난스런 말에 한영의 기분이 조금 나아졌다. 자신이 미안해 할까 봐 농담조로 얘기해 주는 혁수가 너무 고마웠다. 한영은 먼저 자리를 잡은 혁수의 옆에 털썩 주저앉으며 말했다.

“질투라니요.”

“응. 남자들만이 아는 그런 게 있지.”

“정말로 그렇게 생각해요?”

“그래. 내가 보기에 윤시원 씨가 네 생각 많이 하고 있는 것 같던데……. 모른다는 말은 하지 마, 이한영. 너 정도라면 그 정도는 눈치 채고도 남을 테니까.”

혁수의 말에 한영이 말없이 웃음만 지었다. 그런 한영을 보며 혁수도 따라 웃고 말았다.

“안녕하세요? 이한영 씨.”

한영과 혁수의 웃음소리가 교정에서 울려 퍼지고 있을 때 한 여자가 그들을 향해 인사를 했다. 무심코 그쪽을 돌아본 한영의 얼굴이 굳어졌다. 인사의 주인공은 바로 정현이었다. 유쾌했던 기분이 일시에 가라앉았다.

“무슨 일입니까?”

혁수는 본능적으로 눈앞의 여자가 한영의 연적인 걸 알고 경계했다. 하지만 정현은 그를 무시하며 한영에게 말했다.

“잠깐 얘기 좀 할까요?”

“무슨 일인지 모르지만 지금 저흰 들어가 봐야 해서 죄송합니다.”

혁수는 차갑게 말하며 한영 일으켜 세웠다. 그대로 정현을 지나치려 했지만 정현이 한 발 더 빨랐다. 한영의 길을 막고 말을 시작했다.

"윤시원이라는 사람. 감정을 표현하는 데 서툰 남자예요. 하지만 누구든 그의 마음속에 들어가면 차고 넘치는 사랑을 받죠."

"……."

"게다가 한 번 마음을 준 사람, 쉽게 못 놓는 사람이에요. 당신은 모르겠지만요."

"……."

"그게 그날 밤 나하고 동침한 이유예요. 아직 윤시원 씨 마음에 내가 있으니까 나를 안은 거라고요. 알겠어요? 이한영 씨?"

"!"

혁수는 자신이 끼어들 문제가 아니라는 것을 알았지만, 얘기를 들어보니 윤시원이라는 남자가 이 여자와 함께 밤을 지낸 모양이었다. 자신이 한영의 어깨에 팔 좀 올렸다고 그렇게 펄펄 뛰는 남자였는데 자신은 여자와 잠자리니. 자신이 보기에 분명 시원은 한영을 좋아하고 있었다. 그런데도 이런 일이 벌어지다니.

"그러니까 당신이 시원 씨 놔 줘요. 그 사람 날 사랑했던 기억 절대 잊지 못해요. 나로 인해 사랑을 믿지 못하게 됐으니 되돌려 놓는 것도 내 몫이에요. 9년 전부터 시원 씨는 내 사람이었으니까 당신이 물러나요."

눈앞의 여자가 자신의 인내심을 테스트하고 있었다. 정현의 말에 한영의 머리가 아파 왔다. 정현을 본 순간부터 그날 새벽 느껴야 했던 모멸감과 굴욕감이 고스란히 되살아나 한영을 괴롭히기 시작했다. 더 이상은 참을 수 없었다.

한영은 서서 자신을 내려다보는 정현이 마음에 들지 않았다. 벌떡 일어나 그녀를 쳐다봤다. 그리고 한 걸음 한 걸음 정현을 향해 다가갔다. 한영의 기세에 정현이 뒤로 주춤거릴 정도였다.

"이봐, 강정현 씨. 당신이나 똑바로 해. 외국에서 공부 좀 했다고 하길래 똑똑한 줄 알았는데 그것도 아닌가 보네?"

"뭐?"

"당신 그 눈으로 똑바로 쳐다보란 말야. 지금 시원 씨 눈동자에 누가 들어 있는지 말야."

"!"

"나 말이야. 자랑은 아니지만 20년이 넘게 분에 넘치도록 사랑만 받고 자라 온 사람이야. 한눈에 저 사람이 나한테 관심 있구나, 저 사람이 날 좋아하고 있구나 하는 정도는 알아볼 수 있다고. 그런데 지금 시원 씨 눈동자가 그래. 날 좋아하고 있다고. 당신이 말하는 그 대단한 사랑은 아닐지라도 분명 시원 씨 안에 당신보다 내 자리가 더 크다고. 당신도 알고 있잖아."

"……."

정현은 대답할 수가 없었다. 한영이 말한 그대로였기 때문이었다. 조금의 반박의 여지도 없었다. 하지만 당당한 목소리로 시원이 자신을 좋아하고 있다는 한영의 말을 인정하고 싶지 않았다.

"그래도 나와 잤다는 건 변함 없는 사실이야."

정현은 자존심 상한 목소리로 내뱉듯 말했다.

"그래서?"

"그래서? 당신 남자가 나하고 잤단 말이야."

"알고 있잖아. 당신도 알다시피 내 두 눈으로 똑똑히 봤으니까."

한영의 무덤덤한 말에 놀란 것은 정현도 아닌 혁수였다.

정현 또한 한영의 얘기에 그녀에게서 시원을 빼앗는다는 것은 불가능하다는 생각이 들었다.

정현은 시원이 자신을 돌아보지 않는다면, 약한 쪽을 공격하면

된다고 생각했었다. 곱게 나서 곱게 자란 한영에게 몇 마디 하면
울면서 나가떨어질 줄 알았다. 하지만 자신의 오산이었다. 눈앞에
있는 한영이란 여자는 오히려 시원보다 더 강해 보였다.

순간 이 사실을 한영에게 말하면 죽을 줄 알라던 시원이 떠올
랐다. 갑자기 오싹하니 두려워졌다. 이 여자가 시원에게 가 따지
고 든다면 꼼짝없이 시원의 불 같은 화를 받아야 할 판이었다.
더 험한 꼴 보이기 전에 돌아가는 게 상책이었다. 정현은 엉거주
춤 고개짓을 하고 뒤돌아 교정을 빠져나갔다.

한영은 머리가 지끈거렸다. 볼도 화끈거렸다. 정현이 있는 앞에
선 이대로 질 수 없다는 집념이 그녀에게 힘을 주었지만, 정현이
뒤돌아서는 모습을 보자 긴장이 풀리면서 다리가 후들거리는 것
같았다. 하지만 그것보다 더 난감한 일이 남아 있었다. 뒤에 있는
혁수 선배를 어떤 얼굴로 봐야 할지 한숨만 불거져 나왔다.

대명그룹 본사 앞에 서자 혁수의 발걸음이 잠시 머뭇거려졌다.
건물의 위풍당당한 모습이 마치 자신을 내려다보던 시원처럼 느
껴졌다. 조금 전 한영과 헤어진 후 충동적으로 찾아오긴 했지만
과연 자신이 잘하고 있는 것인지 다시 한 번 고심했다. 이곳으로
오는 내내 자신을 향해 어색하게 웃던 한영의 표정이 뇌리에서
떠나지 않았다.

“헤헤헤, 혁수 선배.”

“…….”

“왜 그렇게 무서운 표정을 지어요.”

“윤시원 씨가 널 그렇게 대하는 거니?”

“아니야…….”

“아니긴. 안 들을래야 안 들을 수 있는 거리가 아니어서 본의
아니게 듣게 됐다만, 그따위로 행동을 하고 다니는 사람을 어떻

게 계속 만나."

"어떡해요, 그럼. 내가 먼저 좋아했어요. 내가 처음으로 좋아하는 사람이란 말이에요."

"그래도 어떻게…… 그…… 여자와…… 정말 넌 그 일이 용서가 되는 거니?"

"네…… 용서해요."

"어떻게?"

"용서는 하지만 잊지는 않는 거죠."

혁수는 쓸쓸한 눈동자로 말하는 한영을 더 이상 다그칠 수 없었다.

그런 한영과 헤어지고 충동적으로 시원을 찾아왔다. 이 높다란 빌딩 꼭대기에 시원이 있다. 분명 그곳에서 자신만 생각하며 세상을 내려다보고 있겠지. 자신의 곁에 있는 것이 얼마나 소중한지 모르고 함부로 하는 사람은 그것을 가질 자격이 없다. 혁수는 크게 숨을 내쉬고 빌딩 안으로 발걸음을 옮겼다.

"윤시원 씨를 만나러 왔습니다."

비서진들은 청바지에 하늘색 남방을 입은 단정한 남학생을 의아한 눈빛으로 바라보았다. 사장님이 이렇게 어린 청년을 알고 있을 리 없었다. 하지만 청바지 차림에도 불구하고 왠지 모를 당당한 그의 모습에 함부로 대할 수가 없었다.

"사장님께서는 지금 점심 약속 때문에 자리에 안 계신데요."

서로의 눈치만 살피다 한 아가씨가 말을 꺼냈다.

"기다리겠습니다."

혁수가 비서들이 건네는 세 번째 커피잔을 받아 들었을 때 시원이 돌아왔다. 힘차게 들어오던 시원이 혁수를 보고 멈칫했다. 정말 대기실 소파에 앉아 커피잔을 들고 있는 게 혁수가 맞나 자신의 눈을 의심하고 있었다.

혁수가 시원을 보고 자리에서 일어났다. 시원은 짧은 한숨을 내쉬며 사장실 문을 열고 들어갔다. 따라 들어오라는 시원의 말이 없었지만 혁수는 바로 그의 뒤를 따라 사장실 안으로 들어갔다.

혁수는 사장실 문이 닫히기 무섭게 본론부터 말했다.

"한영이를 놓아주십시오."

"뭐야?"

"당신 같은 사람 때문에 한영이가 우는 것을 보고 싶지 않습니다."

한영과의 결혼이 속전속결로 진행되고 있어 오랜만에 마음이 편안한 시원이었다. 마음이 편안하니 몸도 편안했다. 심신 모두 안정을 취하니 회사 일도 물 흘러가듯 술술 풀려 가고 있었다. 해외 바이어와 함께 한 점심 미팅에서 예상보다 많은 것을 얻어 콧노래가 절로 나왔었다.

그런데 혁수의 말은 그런 시원의 기분에 단박에 물을 뿌리는 소리였다.

"누가 자네한테 그런 걸 상관하라고 했나?"

"한영이를 좋아하는 사람으로서 충분히 상관해도 될 것 같은데요."

이성으로 좋아하는 마음은 접었지만 아직도 한영은 자신이 좋아하는 예쁜 후배였다. 그런 후배의 눈에서 눈물 흘리는 것은 보고 싶지 않았다.

"맞아. 예전에 한영이를 좋아한다고 했었지? 하하하. 이젠 그 마음 접어야 할 것 같은데. 우리 다음 달에 결혼한다네."

시원은 의도적으로 과장해 웃으며 말했다.

"네?!"

"결혼이란 말 뜻 모르나? 두 남녀가 정식으로 부부의 관계를 맺는 걸 결혼이라고 하지.”

시원은 당황한 혁수의 눈동자를 보며 거만하게 말했다. 이 젊은 청년이 좋아한다는 여자는 다음 달이면 자신의 아내가 되어 그의 품에 안겨 있을 것이다. 시원의 얼굴에 흡족한 미소가 지어졌다.

그러나 혁수는 지지 않고 말했다.

“사랑이 없는 결혼은 무의미합니다.”

예의 그 맑은 눈빛이었다.

시원은 혁수가 자신을 똑바로 쳐다보는 것이 싫었다. 그의 눈동자를 보고 있으면 자신이 너무나 세속적인 느낌이 들어 참을 수가 없었다. 서로 한치의 양보도 없이 마주보고 있었다.

두 남자의 팽팽한 시선에 사무실 안의 공기마저 꽁꽁 얼어붙은 듯했다.

“사랑일 거라고 믿고 있어~.”

시원의 핸드폰이 울린 건 그때였다. 시원은 혁수에게 시선을 떼지 않고 전화를 받았다. 한영이었다.

“시원 씨, 나 지금 시원 씨네 회사로 가고 있어요.”

“음…….”

“결혼문제에 대해 얘기 좀 해요. 금방 도착하니까 꼼짝 말고 있어요.”

“응. 기다리고 있지.”

시원은 핸드폰을 탁 소리나게 닫으며 말했다.

“한영이가 여기 온다는군.”

“……”

“목소리를 들어보니 자네가 여기 온 줄은 모르는 것 같은데 한영이 도착할 때까지 계속 있을 텐가?”

시원의 위험한 시선을 꼿꼿이 받아들이던 혁수는 할 수 없이 몸을 돌렸다. 한영이 자신이 여기에 온 것을 알면 좋아하지 않을 것이다.

어차피 두 사람의 문제이니 두 사람이 매듭을 지어야 한다.

"언제까지고 한영이가 당신만을 좋아할 거라고 생각하지 마십시오. 기회가 된다면 당신의 아내가 된 한영이라도 빼앗아 올 자신 있습니다."

혁수는 시원의 얼굴이 찡그려지든 말든 상관하지 않고 말했다. 그건 자신의 손에 있는 것이 귀한 것인 줄도 모르는 시원에 대한 일종의 경고였다.

시원은 뒤돌아 나가는 혁수를 잡아 한 대 치고 싶었지만, 그 뒤 한영이 펄펄 뛸 걸 생각하며 가까스로 참았다.

기분이 정말 엿 같았다.

혁수가 돌아가고 난 후 한영을 기다리는 동안 시원은 우리에 갇힌 사자처럼 사무실 안을 돌아다녔다. 생각하면 생각할수록 괘씸했다. 자기가 뭐라고 나한테 그런 말을 해? 나 때문에 한영이가 우는 것을 자기가 보기라도 했냐는 말이다.

한영이와 혁수의 관계가 궁금했다. 도대체 무슨 사이기에 자신의 속을 박박 긁으면서도 꾸준히 만나는 것인지 궁금했다. 분명 한영이 자신을 좋아해 약혼이 이루어졌으니 서로 좋아하는 사이일 리는 없었지만 문제는 혁수가 한영에게 가지고 있는 감정이었다.

맑은 눈으로 자신을 똑바로 쳐다보며 한영을 좋아한다고 말했었다. 그 눈동자는 자신처럼 사랑을 무의미하게 생각하지도 않고 사랑이라는 감정을 두려워하지도 않았다. 마치 한영처럼…….

시원은 인정하고 말았다. 어쩌면 한영과 더 어울리는 사람은 자신이 아니라 혁수일지도 모른다는 것을. 그 두 사람은 자신과 달리 스스로의 감정에 솔직하고 상대에 대해 배려할 줄 알았다. 막무가내인 자신과는 달랐다. 두 사람이 만난다면 서로 아끼며 배려하는 사랑을 할 것이다.

아까 혁수가 맑은 눈동자로 자신을 보는 내내 시원은 괴로웠었다. 한영의 옆에 서 있는 그가 너무 자연스러워서, 자신만이 차지할 수 있는 한영이 그의 옆에 있는 것이 더 편안해 보여서 화가 났었다. 때문에 혁수에게 더 함부로 대했다. 한영은 자기 옆에서만 웃어야 했다. 혁수뿐만 아니라 세상 그 누구와도 한영의 웃음을 나누고 싶지 않았다. 한영의 꽃같이 환한 미소는 오직 자신을 볼 때만 지어졌으면 좋겠다는 마음이 들었다.

그 누구도 한영이만큼 소유욕이 드는 사람은 없었다. 사랑이라 믿어 의심치 않았던 정현에게도 느껴 보지 못한 감정이었다.

하지만 시원은 자신의 그런 마음이 뭘 뜻하는지 알면서도 그 주위만 빙빙 돌았다. 한 발자국만 내딛으면 그 실체가 뭔지 확인할 수 있는 데도 용기가 나질 않았다. 사실은 무릎밖에 오지 않는 맑은 샘물인데 깊고 깜깜한 우물일까 봐 선뜻 나서지를 못하고 있었다.

한영에 대한 자신의 감정을 순순히 인정하고 그녀의 사랑을 받아들이고 싶은 마음과 그깟 사랑 없이도 살 수 있다는 어줍잖은 치기심이 시원의 마음속에서 치열하게 싸우고 있었다.

그런 두 마음의 다툼이 엉뚱한 곳으로 튀고 있었다.

한영이 사무실 안으로 들어오자마자 시원은 그녀를 향해 소리쳤다. 이제 시원은 혁수가 찾아왔다는 생각보다 그가 찾아오도록 만든 스스로에 대해 더 화가 났다. 자꾸만 한영에게 사랑한다고 말해야 한다는 마음속의 목소리가 들려 와 평상심을 가질 수 없었다. 때문에 한영의 표정이 어떠한지 살피는 것을 깜빡했다.

시원이 이렇게 흥분한 상태만 아니었다면 사무실로 들어오는 한영의 표정이 예전에 비해 유난히 피곤해 보이고, 항상 초롱초롱하던 그녀의 눈동자가 빛을 잃은 채 까맣게 닫혀 있다는 사실을 눈치 챘을 것이다.

하지만 자신의 감정에 취해 펄쩍 뛰고 있는 시원은 한영을 향해 있는 대로 소리쳤다.

"오늘 무슨 일이 있었는지 알아? 네 친구라는 놈팡이가 와서 널 놓아 주라고 했어. 나 때문에 네가 힘들어하는 걸 더 이상 보지 않겠대. 제까짓 게 뭐라고 나한테 그런 말을 해? 둘이 친구인 거 확실해?"

저절로 한숨이 나왔다. 한영의 쓸쓸한 눈빛이 짙어졌다. 어째 저 남자는 저렇게 자기중심적인 걸까? 봐 주는데도 한계가 있다. 아직도 정현의 말이 날카롭게 자신을 옭아매고 있었다. 채찍 같은 그녀의 말에 상처를 입은 한영의 마음에선 피가 배어 나고 있었다.

'내 마음에서 나는 피만큼 시원 씨도 상처를 입어야 한다. 혼자서만 아픈 건 불공평하니까.'

"나는요? 오늘 나한테 무슨 일이 있었는지 안 물어볼래요?"

"?"

"당신 옛 여자친구라는 사람이 찾아와서 당신과 동침했다고 말해 주더군요. 윤시원이라는 남자 아직 자신에게 마음이 남아 있으니 당신 포기하래요. 9년 전부터 시원 씨 마음은 자기 거라고……."

"!"

"왜 내가 그런 모욕을 받아야 하나요? 시원 씨 옛 여자한테 그런 취급받을 정도로 내가 우습던가요?"

시원에게 상처 주기 위해 시작된 말은 한영의 마음에도 상처를 내기 시작했다. 말의 힘이란 참 무서웠다. 입 밖으로 내니 자신의 처지가 한심했다. 아무리 용기를 내고, 머리를 굴려 봐도 자꾸 자기만 힘들어진다. 손해보는 일은 이번 한 번으로 충분했다. 이젠 시원이 자신에게 무릎을 꿇고 싹싹 비는 꼴을 봐야지 속이 풀릴 것 같았다.

"······아니야. 한영아······ 난······."

"당신 사랑하기가 이렇게 힘든 줄은 몰랐어요. 이제 그만 둘래요. 당신 사랑하는 거······."

"!"

"내가 말했었죠. 시원 씨 마음 한 조각도 그녀에게 주지 못한다고. 그런데 시원 씨는······."

"······."

"알죠? 내 믿음을 배신했어요. 한 번 거짓말을 시작하면 다음에도 또 다음에도 하게 될 거예요."

한영의 눈동자에 눈물이 차오르기 시작했다. 시원의 심장이 조여 왔다. 누군가 심장을 움켜쥐고 천천히 힘을 주는 것 같았다.

"미······ 미안해, 한영아. 내가 잘못했어. 그러니······."

'날 계속해서 사랑해 줘.'

시원은 차마 이 말을 할 수 없었다. 자신은 한영의 사랑을 거부하며 정현을 안았었다. 정현에게 했던 것처럼 한영에게 사랑한다는 말 한마디 해 주지 못했었다. 그런 주제에 한영에게 계속 자신을 사랑해 달라는 이기적인 말을 어떻게 한단 말인가.

시원은 자신의 인생에서 그날을 지워 버리고 싶었지만 그렇게 못한다면 영원히 한영이 모르기만을 기도했었다. 정현이 직접 한영을 찾아가 말할 줄은 미처 몰랐다. 이 자리에 정현이 있었다면 그녀는 아마 살아남지 못했을 것이다.

시원은 무슨 말을 어떻게 해야 할지 아무 것도 떠오르지 않았다. 변명, 아니 거짓말이라도 해서 한영을 잡아야 하는데, 그의 뇌가 사고하기를 멈춘 것 같았다. 그의 몸이 움직이기를 멈춘 것 같았다.

사과의 말을 해야 하는데, 한영의 바짓자락이라도 붙잡으며 미안하다고 빌고 또 빌어야 하는데. 머릿속을 어지럽게 돌아다니는 생각들이 행동으로 나와 주지를 않았다.

눈물이 그렁그렁한 눈으로 시원을 보던 한영이 말을 이었다.

"내가 내기에서 졌어요."

"?"

"당신이 나를 사랑하게 만들겠다는 내기."

"무슨 말을 하려고……."

시원이 말을 마치기 전에 한영이 먼저 말을 했다. 그녀의 눈에서 눈물이 주르륵 흘렀다.

"파혼해요."

"시원이 이놈의 자식 어디 있어?"

사무실이 쩌렁쩌렁 울릴 정도로 크게 소리치며 윤민원이 사무실로 들어왔다. 그의 눈에 손자가 엉거주춤 책상에서 일어나는 것이 보였다.

절로 욕이 나왔다. 제 손에 든 게 얼마나 큰 보석인 줄도 모르고 놓쳐 버리는 놈이 수천 명을 거느리는 기업의 사장이라고 생각하니 한심함에 기가 찼다.

파혼이라니! 한영이가 어떤 아이인데, 그 아이를 놓친다고 생각하니 정말 미칠 일이었다. 윤민원은 시원을 향해 눈을 부릅뜨고 말했다.

"한영이 눈에서 눈물이 흐르면 네 눈에서 피눈물이 흐를 거라

했어, 안 했어?”

“……하셨습니다.”

“알고 있는 놈이 일을 그렇게 만들어? 내가 창피해서 이 총장 얼굴을 볼 수가 없다.”

“……”

“어쩔 거냐? 어쩔 거냐고 이놈아.”

“한영이가 되돌아오게 만들어야죠.”

윤민원은 한치의 망설임도 없이 말하는 손자를 보며 속으로 미소를 지었다. 간만에 마음에 쏙 드는 대답이었다.

한영이 시원에게 파혼하자고 말한 이틀 후, 한영재단에서 정식으로 파혼을 요청하는 서신을 보내 왔다. 서신 안에는 여식이 제대로 준비되어 있지 않아 더 이상 약혼을 유지하는 것은 상대에 대한 실례라 더 큰 실수를 하기 전에 이쯤에서 파혼을 하는 것이 양쪽 모두에게 좋을 것 같다는 내용이 들어 있었다. 정중히 자기쪽의 미흡이라 했으나 실상은 본인에게 잘못이 있음을 아는 시원으로서는 씁쓸한 내용이었다.

처음으로 한영의 눈물을 보는 충격도 잠시 한영의 입에서 나온 파혼이라는 말에 시원의 사고가 일시적으로 정지했었다. 사랑한다고, 그의 손을 붙잡고 그의 눈동자를 바라보며 떨리는 목소리로 사랑한다고 고백했던 한영이 이제는 당신을 사랑하는 일을 포기한다고 했을 때 하늘이 무너지는 느낌이었다.

차라리 그녀의 고백을 듣지 못했었다면, 그녀의 미소가 자신의 마음을 얼마나 두근거리게 하는지 몰랐었다면 좋았을 뻔했다. 그랬다면 자신 때문에 힘들어하는 그녀가 편안할 수 있도록 쉽게 놓아 줬을 것이다. 하지만 이미 한영이 없이는 뛰지 않는 심장이 그녀를 놓치면 안 된다 말하고 있었다. 마음 한구석이 저려 오며 그녀가 없으면 평생 이런 아픔을 겪게 될 거라고 경고하고 있었다.

냉정하게 뒤돌아 나가는 그녀의 뒷모습을 보며 이대로 땅 속 깊이 묻혀 아무 생각도 하지 않았으면 좋겠다고 느꼈다.

어둠 속에선, 돌아서는 한영의 뒷모습도, 자신 때문에 흘리는 눈물도 보이지 않을 테니 차라리 어둠 속에 있는 것이 더 편안하리라. 하지만 어둠의 수렁 속으로 빨려 들어가는 순간에도, 이제는 자신에 대한 사랑을 포기하겠다는 한영의 말만 메아리쳐 그를 괴롭혔다.

한영을 되찾을 것이다. 무슨 일이 있더라도, 밧줄로 꽁꽁 묶어 놓는 한이 있더라도 한영을 되찾아야 했다. 한영의 자리는 자신의 옆이어야만 했다.

윤민원은 생각에 빠진 손자의 속이 빤히 다 들여다보였다. 냉정하고 무관심한 척 하지만 사실은 누군가에게 사랑 받고 사랑하기를 무던히도 바라는 손자였다. 그런 손자에게는 많은 사람에게 듬뿍 사랑을 받으며 자라 온 사람이 필요했다. 사랑도 받은 사람이 줄 줄 안다고 부모의 품에도 안겨 보지 못한 시원에게 한영은 정말 최고의 아내감이었다.

양친이 사고로 먼저 세상을 떠났지만, 그래도 굴하지 않고 꿋꿋이 밝게 자라는 한영을 볼 때마다 탐이 났었다. 시원보다 아홉 살이나 나이가 적어 쉽게 한영을 '나 주시오' 못하고 있었는데 한영재단에서 먼저 약혼을 제의하자 정말 덩실덩실 어깨춤이라도 추고 싶었다.

한영이 졸업한 후 결혼을 하기로 약조를 하고 두 사람이 친해져 약혼이 술술 잘 풀려 나가는가 싶었다. 그러던 어느 날 갑자기 시원이 들이닥쳐 다음 날에 바로 결혼을 한다 했을 땐 웬만한 일에는 놀라지 않는 윤민원도 놀랐다. 절대 흥분이라곤 모르던 손자가 상기된 눈동자로 말했기 때문이다. 그러나 윤민원을 더 놀라게 한 것은 그 눈동자에 서린 한영에 대한 애정이었다. 역시 한영은 시원에게 최고의 짝인 것이었다.

하지만 결혼을 하겠다고 말한지 채 일주일도 되지 않아 한영재단에서 파혼을 요구하는 서신을 받게 될 줄은 꿈에도 몰랐다.

윤민원은 한영재단에서 온 서신을 보고 깜짝 놀라 손자를 다그쳤지만 시원은 입을 꼭 다물고 아무 말도 하지 않았다. 그렇다고 이한영 총장에게 물어볼 수도 없는 일이라 혼자서만 속으로 끙끙 앓고 있었다.

될 수 있는 대로 서신에 대한 답장을 미뤄 어떻게든 파혼만은 막아 보려 했지만 한적한 토요일 오후 한영이 직접 윤민원을 찾아와 파혼을 부탁하는 바람에 어쩔 수 없이 정식으로 파혼이 진행되었다.

윤민원은 제 손에 보물을 가지고도 놓친 시원이 못마땅해 아침저녁으로 오는 안부 전화도 내쳤었다. 하지만 밤낮을 가리지 않고 미친 듯 일만 파고든다는 비서진의 말을 듣고 시원의 심경에 자신이 모르는 뭔가가 있구나 짐작하고 더 이상 시원을 다그치지 않았다.

그저 똑똑한 한영이 시원을 잘 이끌어 주기만을 바랐다. 한영이 찾아온 지난 토요일을 생각하면 자꾸 은밀한 미소가 지어졌다.

"정말 파혼을 해야겠니?"

"네. 할아버님."

"한영이 네가 우리 시원이 좀 잘 봐 주렴. 정 없이 자란 녀석이라 표현이 많이 서툴고, 빙빙 돌아가는 녀석이란다."

"……."

"사랑에 서툰 녀석이라 자기 마음에도 없는 말과 행동을 한단

다. 네가 잘 보듬고 감싸 주면 안 되겠니?”

“알아요. 할아버님. 그렇기 때문에 지금 파혼이 필요해요.”

“응?”

“저 시원 씨 사랑해요. 그리고 제가 시원 씨 사랑하는 만큼 시원 씨 사랑도 받고 싶고요.”

“그…… 그건 그렇지…….”

“그런데 문제는 시원 씨가 자신의 마음을 인정할 만큼 속이 넓은 남자가 아니라는 거죠. 이런 말씀을 드려서 기분 나쁘신 건 아니죠?”

한영이 살짝 웃으며 말했다.

“제가 욕심 좀 냈어요. 시원 씨가 제가 얼마나 소중한지 좀 알아줬으면 해서요.”

“어허, 그거 참…….”

“그러니까 할아버님이 꼭 도와주셔야 돼요. 할아버님이 도와주시지 않으면 저 정말 시원 씨 포기하게 될지도 몰라요. 도와 주실 거죠? 네?”

어른스럽게 자신의 심정을 얘기하다가도 금세 어린아이처럼 애교를 부리며 말하는 한영을 보니 웃음이 저절로 나왔다. 이한영 총장이 한영의 웃음 한 번에, 손짓 한 번에 넘어가는 게 이해가 갔다. 눈에 넣어도 아프지 않을 손자며느리였다.

윤민원은 정말 흡족한 기분이 들었다. 똑 소리나는 한영이 어여쁘고, 또 어여뻤다. 하지만 한편으로는 결혼하기도 전에 한영의 손에 꽉 잡힌 손자가 조금 불쌍하기도 했다.

슬슬 시원이 찾아올 때가 되었다. 아마 윤할아버지가 시원을 찾아가 경을 치셨을 테니 자신도 느끼는 게 있을 것이다. 얼마나 빨리 찾아오는 가에 따라 시원에 대한 점수를 조절해야겠다는 생각이 들었다.

한때 60점까지 올랐던 시원의 점수는 정현과의 동침사건으로 마이너스를 기록하고 있었다. 점수가 100점이 될 때까지 그를 몰아붙이기로 마음을 먹었는데 그를 보지 못한지 보름이 지나자 그가 너무나 그리웠다. 하루에도 몇 번씩 약혼식 사진을 꺼내 들여다보았다. 한시라도 그를 빨리 보고 싶은 마음이 시원에 대한 점수를 꽉꽉 올려 주라고 종용하고 있었다.

안 된다고 마음을 굳게 다잡아 보지만, 어느새 한영의 마음도 '그럼, 5점만 더 줘 볼까?' 하는 식으로 풀어져 있었다.

'오늘…… 오늘 시원이 찾아오면 큰맘 먹고 10점 주겠어."

어느새 높다래진 하늘로 꽉 찬 창가에 앉아 혼자만의 생각에 빠져 있을 때, 한영의 머리 위로 그림자가 드리워졌다. 고개를 뒤로 젖혀 보니 혁수가 커피 두 잔을 들고 웃고 있었다.

"어서 와요. 선배."

"무슨 일 있어? 기분 좋아 보인다."

"좋을 일이 뭐가 있겠어요. 약혼자는 바람피웠지, 약혼은 깨졌는데요."

"뭐? 정말 파혼했어?"

"네. 화가 나서 제가 뻥 차 버렸어요. 저 잘했죠?"

파혼을 했다는 한영의 말에 혁수는 가슴이 뜨끔했다. 꼭 자신이 시원을 찾아간 일 때문에 파혼을 한 것 같았다.

"저…… 저기 한영아…… 사실 나……."

한영이 선수를 쳐서 혁수의 두 손을 꼭 잡고 말했다.

"선배, 고마워요."

"?!"

"선배 도움이 아주 컸어요."

한영의 말에 혁수는 안도의 한숨을 쉬었다.

반짝반짝 빛나는 한영의 눈동자를 보니 자신의 예쁜 후배가 또 뭔가를 꾸미고 있다는 걸 알 수 있었다. 파혼했다는 사실치고는 눈앞의 한영은 너무나 명랑했다. 얼굴에는 수심의 그늘도 찾아볼 수 없었다. 아마 한영의 뜻대로 일이 잘 풀려 가고 있는 듯했다.

'어찌됐건 일이 한영의 편으로 잘 풀리기나 바라면 되겠지.'

혁수는 높다란 하늘을 보며 생각했다.

한영대학의 정문이 바로 보이는 곳에 차를 세워 둔 시원은 그대로 차 속에 앉아 한영이 나오기를 기다렸다. 약혼 파혼의 서신을 받은 후 수십 번도 더 찾아오고 싶었지만 한영이 자신을 어떻게 대할지 몰라 선뜻 찾아올 수 없었다. 자신을 모르는 사람처럼 지나치는 한영을 생각만 해도 식은땀이 흘렀다. 99퍼센트는 그럴 일 없을 거라 생각했지만 나머지 1퍼센트가 시원을 두려움에 떨게 했다.

한 30분 정도 기다렸을까? 한영의 모습이 보였다. 따사로운 초가을 햇살 속의 그녀는 태양보다 더 눈부셔 보였다. 반가운 마음이 왈칵 들었다. 자신이 밤마다 그리던 모습이 실제로 눈앞에 새겨지자 온몸의 세포들의 운동이 활발해지며 피가 확확 도는 느낌이었다. 이제야 살아 있구나 하는 기분이 들었다.

"이한영!"

차에 내려 자기도 모르게 큰 소리로 한영을 불렀다. 자신의 부름에 한영이 고개를 좌우로 돌리며 소리가 난 곳을 찾아 두리번거렸다. 이윽고 시선이 마주치자 시원을 알아본 한영이 천천히 그를 향해 걸어왔다. 한 발 한 발 한영이 가까워질수록 그의 심장소리가 크게 울리기 시작했다.

두근두근.

너무 크게 울려 주위에 다 들리지 않을까 걱정스러울 정도였

다. 시원은 오랜만에 보는 한영에게 무슨 말을 건네야 할지 깜깜
했다.

파혼한지 보름 만에 보는 전 약혼녀의 표정은 생각보다 담담해
보였다. 자신은 잠도 못 자고 어떻게 하면 한영을 되돌아오게 할
까 밤을 새우기 일쑤였는데 한영의 말끔한 얼굴에선 자신과 같은
고민의 흔적을 찾아볼 수 없었다. 마음이 씁쓸했다.

"안녕하셨어요?"

"으응…… 잘 지냈어?"

"네. 염려해 주신 덕분에 잘 지내고 있습니다. 할아버님은 변고
없으시고요?"

"응. 항상 그만그만 하시지. 그쪽 어른들은 편안하셔?"

"네."

몇 마디 일상적인 대화를 나누는 동안 한영은 한결 같은 표정
을 짓고 있었다. 어색한 듯 하면서도 어딘가 익숙한 미소말이다.
훨씬 오래 전에 보았던 것 같은 미소였다. 순간 무언가가 시원의
머리를 두드렸다. 한영과의 약혼이 있기 전 몇 번 만났던 자리에
서 한영이 짓고 있던 미소라고. 시종일관 서로에게 정중하게 대
하던…….

그러고 보니 오늘 한영은 그에게 환한 표정 한번 보여 주지 않
았다. 계속해서 더 정중한 표정뿐이었다. 불안한 마음이 혈관을
타고 온몸에 흘렀다. 시원은 불안한 마음을 억지로 털어 내며 말
했다.

"저…… 저녁 안 먹었지? 가자. 내가 맛있는 거 사줄게."

무턱대고 다시 돌아와 달라고 말하기는 어려웠다. 같이 밥이라
도 먹으면서 분위기가 부드러워지면 그때 다시 한 번 정식으로
사과를 하고 파혼을 없었던 일로 하자고 할 셈이었다. 파혼을 취
소하는 게 너무 이르다면 최소한 연락이라도 하면서 지내면 안

되겠냐고 물어볼 셈이었다.

하지만 한영이 고개를 갸웃거리더니 이내 가로 저었다. 거절일까? 시원의 심장 박동이 느려졌다.

"저. 실례가 안 된다면 식사 초대는 나중으로 미뤄야 할 것 같네요. 중간고사가 시작되는 바람에 아무래도 좀 바쁘거든요. 그럼 살펴 가세요."

예의바른 어조로 거절의 말을 하는 한영의 입술을 뚫어지게 쳐다보았다. 붉은 입술은 예전과 다른 것이 없는데 그 입술에서 나오는 말은 하나하나 가시가 되어 시원의 심장을 아프게 찔러 댔다.

'이제 더 이상 나는 한영에게 아무런 의미도 없는 걸까?'

끝까지 정중한 미소를 잃지 않는 한영을 보며 시원은 참담한 기분이 들었다.

시원은 닭 쫓던 개 지붕 쳐다보듯 벌써 저 멀리 걸어가고 있는 한영의 뒷모습만 하염없이 바라보고 있었다.

자신감 넘치는 걸음걸이로 거침없이 사람들 사이를 걸어가는 한영을 몇몇 남자들이 쳐다보는 게 보였다. 예전 같다면 당장에 내 여자에게서 시선을 돌리라며 난리를 피웠겠지만 지금은 그저 멀뚱멀뚱 쳐다봐야만 했다. 이제 한영과 자신은 아무런 사이도 아니었다. 예전처럼 한영을 품에 안고 이 여자는 내 약혼녀니 눈독들이지 말라고 말할 권리가 없었다. 가슴이 아려 왔다.

바로 얼마 전까지는 학교로 찾아오면 한영을 볼 수 있었다. 그러나 이제는 그녀의 모습을 보기 위해 학교로 찾아와서도 안 되는 사이가 되어 버렸다. 파혼한 약혼자와 약혼녀는 어색한 관계였다.

이젠 특별한 이유 없이 한영을 만날 수 없게 되었지만 그렇다고 특별히 붙일 이유도 없었다.

자신은 서른한 살의 기업인이고 한영은 캠퍼스를 누비는 학생

이었다. 학생과 기업인, 서른한 살과 스물두 살. 약혼자와 약혼녀
와는 너무나 확연한 차이가 나는 두 사람이었다.

한마디로 자신과 행동반경이 완전히 달랐다. 한영은 재벌그룹
의 다른 자녀들과는 달리 그들과 어울리지 않았고, 사교클럽 같
은 데도 참석하지 않았다. 한영재단에서 하는 파티조차 잠깐 얼
굴만 보였다가 금세 사라졌었다.

만약 할아버지 댁에서 있었던 우연한 만남이 아니였다면 영영
한영이라는 존재를 모르고 살았을 것이었다. 차라리 한영을 몰랐
던 때가 더 좋았을지도 모른다. 그녀의 뒷모습에 마음이 이렇게
아픈 것을 보면.

하지만 운명은 시원에게 한영을 데려다 주었다.

있는지도 몰랐던 한영과 약혼을 하고 그녀가 자신을 사랑해 주
었다. 매순간 그녀와 함께 있는 시간이 즐겁고 소중했었는데, 이
제야 그 따뜻함에 익숙해졌는데, 그 순간 한영이 자신을 떠나 버
렸다. 한영과 함께 했던 모든 것들이 자신에겐 매우 커다란 의미
였는데, 그녀에겐 아무 것도 아니었나 보다. 그렇지 않고서야 저
렇게 금방 자신을 잊을 수는 없을 것이다.

자신을 떠나 버린 한영을 미워하고 원망해야 했는데 그녀만 생
각하면 가슴이 묵직해지며 아팠다. 그녀가 떠날 수밖에 없도록
만든 것이 다름 아닌 시원 그 자신이었기 때문이다. 자신의 바보
같은 실수로 한영이 그의 품을 벗어났다. 이젠 시원을 사랑하지
않겠다라는 말을 남긴 채.

점점 멀어지는 한영의 뒷모습을 보며 죄 없는 양복 깃만 잡아
당겼다. 넥타이 때문에 답답한 건지 마음이 답답한 건지 시원도
알 수 없었다.

오피스텔로 돌아온 시원은 멍하니 침대에 앉아 있었다. 해가
짧아지기 시작해 금세 어둠이 내려앉았지만 미동조차 하지 않았

다. 소화되지 않는 밥은 먹어서 무엇 할 것이며, 한영이 없는 내일을 맞이할 잠은 자서 무엇 하는가?

10시가 되어도 걸려 오지 않는 전화를 보는 것이 너무 괴로웠다. 매일같이 하던 전화이니 실수로라도 한번쯤 걸지 않을까 하는 희망도 점점 절망으로 변해 갔다. 시간이 지날수록 집안 곳곳에 한영의 그림자가 짙어졌다.

저 소파는 한영이 책을 읽을 때마다 앉았었고, 저 테이블 위에서는 같이 밥을 해 먹었었다. 그리고 바닥에서 미친 듯 사랑을 나누기도 했었다. 같이 욕실에서 샤워를 하기도 하고, 나란히 창가에 기대앉아 햇살을 쬐기도 했다. 그리고…… 그리고…….

우두커니 앉아 있던 시원은 벌떡 일어나 오피스텔 밖으로 뛰쳐나갔다. 오피스텔에서 조금 더 있다가는 한영의 그림자에 질식해 죽을 것 같았다. 차라리 술에 취해 모든 걸 잊고 싶었다. 절실히 술이 필요했다.

시원이 창섭의 클럽에 도착했을 때는 제법 늦은 시간이라 사람들이 많았다. 길다란 바에 많은 커플들이 앉아 있었다. 아니 유난히 커플들만 시원의 눈에 띄었다. 가장 구석진 곳에 앉아 키핑해 놨던 술을 주문했다. 금세 그의 앞에 커다란 글라스에 가득 채워진 호박색 액체가 놓여졌다. 시원은 넘실거리는 브랜디를 가만히 쳐다보기만 했다. 그 투명한 빛깔이 자신을 마시라고 유혹하고 있었지만 목구멍으로 넘어가지 않았다. 또 실수할까 두려웠다.

시원이 멍하니 술잔만 바라보고 있자 그제야 그를 찬찬히 살펴보던 바텐더가 손짓으로 웨이터에게 창섭을 불러 달라는 신호를 보냈다. 자신이 바텐더로 이곳에서 일하게 된지 벌써 10년이 되어 가지만 이렇게 이상한 모습은 처음이었다.

"임마, 술 따라 놓고 제사 지내냐?"

"……."

"어쭈? 이 형님 말을 무시한다 이거냐?"

"넌 일이나 하지 왜 여기 오고 난리야?"

"네가 브랜디 잔에 코 박고 자살할까 봐 우리 바텐더가 걱정되나 보더라."

"허튼 소리."

아스라한 조명이 초췌한 얼굴빛을 가려 줄 법도 한데 그 아래 드러난 시원의 얼굴은 더욱 안 돼 보였다. 자신의 친구는 파혼을 한 뒤로 곁에서 보는 이가 더 마음을 졸일 정도로 위태롭게 하루를 보내고 있었다.

자신은 깨닫고 있지 못하고 있었지만 친구는 또 한 번 사랑에 빠진 것 같았다.

"에휴."

자신의 감정에 솔직하면 좀더 편하게 살 수 있을 텐데 괜한 고집으로 몸을 망치는 친구를 보자 창섭의 입에서 한숨이 새어 나왔다.

"술은 왜 그렇게 빤히 쳐다보고만 있냐? 마시러 왔으면 빨리 마시고 가라. 궁상맞은 네 꼴 보기 싫다."

"취해서 또 실수하면…… 다시는 안 봐 줄 거야……, 한영이가……."

"바보 같은 놈. 옛말 틀린 거 하나도 없네. 그러니까 있을 때 잘하지 그랬냐."

"응, 나도 후회해."

"그럼 더 늦기 전에 다시 잡아."

"……."

"늦었다고 생각할 때가 가장 빠르다는 조상님들의 지혜로운 말씀도 모르냐. 여기서 멍청하게 술잔이나 쳐다볼 시간 있으면 한영 씨 돌아오게 할 방법이나 찾으라고.”

“…….”

창섭은 끝내 자신과 눈을 마주치지 않는 시원을 보며 혀를 찼다. 실패라는 감정에 익숙하지 못한 놈이었다. 날 때부터 잘나게 태어났고, 또 그만큼 능력도 있었다. 정현이 그의 프러포즈를 거절했을 때가 첫 번째로 경험한 실패였을 것이다. 하지만 그때도 이렇게 망가지진 않았다. 그저 안으로만 삭혔을 뿐이었다.

지금도 안으로 삭히고 삭혔을 텐데 이렇게 표가 나는 걸 보면 친구가 무던히도 아픈 것 같았다. 마음의 갈피를 못 잡고 이렇게 갈팡질팡하는 모습을 보는 건 시원을 처음 만난 중학교 때부터 지금까지 처음이었다.

시원이 혼자서 생각을 정리할 수 있도록 자리를 피해 주면서 창섭은 시원의 어린 전 약혼녀가 하루라도 빨리 시원의 곁으로 되돌아오길 바랐다.

시간이 흐를수록 한영을 되찾아야 한다는 생각밖에 들지 않았지만 방법이 생각나질 않았다. 정말 창섭의 말대로 더 늦기 전에 — 혁수가 한영의 옆자리를 차지하기 전에 — 한영의 마음을 돌려야 했다. 그러나 이미 너무나 많은 잘못을 저질렀기에 어디서부터 잘못된 매듭을 풀어야 할지 몰랐다. 누군가 가르쳐 줬으면 좋겠다는 생각이 들었다.

그때 정현의 목소리가 들려 왔다.

“앉아도 될까?”

“너…… 네가 누구라고 옆에 앉아?”

시원이 소리를 팩 질렀다.

“조용히 해. 여기 시원 씨만 있는 거 아니잖아.”

“좋은 말로 할 때 꺼져. 강정현.”

험악한 시원의 말에도 아랑곳하지 않고 옆에 앉은 정현은 바텐더에게 블랙러시안을 부탁했다. 달콤하면서도 톡 쏘는 칵테일은 오늘 밤과 어울리지 않았다.

시원은 뻔뻔스러운 정현이 기가 막혔다. 한때나마 그녀를 사랑했다는 사실이 부끄러워지려고 했다.

"파혼했다며?"

처음 시원의 파혼소식을 들었을 때는 반가운 마음이 앞섰다. 방해물이 없어졌으니 시원의 마음은 고스란히 자기 것이 될 거라고 생각했기 때문이다. 하지만 바로 한영에게 들킬까 봐 두렵다던 시원의 말이 떠올랐다.

자신에게는 전혀 승산이 없던 게임이었다. 단 1퍼센트도. 1퍼센트의 승률이라도 있다면 모든 것을 걸어 볼만큼 매력적인 시원이었지만 그것마저 없는데 무작정 덤비는 것은 미련한 짓이었다. 게다가 자신보다 아홉 살이나 어린 여자 아이가 또박또박 자신감 넘치는 어조로 시원에 대한 믿음을 보였을 때는, 자신이 한영과 똑같은 나이였을 때가 생각났었다.

시원과 죽을 만큼 사랑하고 또 자신의 성공을 위해 시원의 프러포즈를 단칼에 거절했던 스물두 살의 나이. 그때 자신이 아마 한영 같았을 것이다. 자기 자신을 믿고, 스스로의 소신에 대해 흔들림이 없었던 모습.

여전히 그런 줄로만 알았던 자신이 사실은 세월의 때가 묻어 세속적이고 계산적으로 변해 버렸다는 사실을 깨달았을 때 정현은 신음을 흘렸다.

그저 집안의 재력으로 사람을 판단하던 시원의 어머니에게 질려 그를 포기하지 않았던가? 재력이 사람의 가치를 판단하는 기준이 되지 못하다는 걸 보여 주기 위해 힘겹게 시원의 프러포즈를 거부하며 유학길에 오르지 않았던가? 그런데 어느새 자신이

시원의 모친과 똑같이 돈으로 사람을 판단하며 어줍잖은 사회적
지위로 사람에게 가치를 부여하는 속물이 되어 있었다.

한영의 초롱초롱한 눈동자에 자신의 추한 모습이 그대로 비춰
지자 그녀를 찾아갔던 자신이 못내 부끄러웠다. 그래서 서둘러
자리를 떴었다.

그 뒤, 시원이 파혼을 하고 괴롭게 지낸다는 창섭의 전화를 받
은 정현은 한영이 그날 새벽 오피스텔에 왔었다는 사실을 이야기
해야 한다고 생각했다. 파혼까지 한 마당에 아무 소용없는 말일
지 몰라도 하나도 남김없이 모조리 말해야 조금은 속죄의 기분이
들 것 같았다.

"그래서? 그게 너랑 무슨 상관…… 아니지, 너 때문이야. 너 때
문에 파혼하게 됐다고. 네가 그렇게 한영이만 찾아가지 않았다
면!"

시원이 소리를 꽥 질렀다.

"진정해. 내가 말하지 않아도 알고 있었어. 네 약혼녀."

"뭐라고?"

"내가 찾아가기 전부터 알고 있었다고."

"그게 무슨 말이야? 한영이가 전부터 알고 있었다니 그게 말이
돼?"

"그날 새벽에 시원 씨 오피스텔로 왔었어."

"!"

"어디에 있었는지 입술이 새파랗게 질린 채로 와서 내가 알몸
으로 시원 씨 품에 안겨 있는 걸 두 눈으로 보고 갔어."

"!"

일주일이었다. 한영이 병원에 있었던 시간이. 한여름에 개도 안
걸린다는 감기에 걸려 죽을 만큼 열이 올라 온 집안 사람을 놀라

게 했던 한영이었다.

바로 그날. 자신이 정현과 함께 있던 순간 한영은 오피스텔 밖에서 그를 원망하며 밤새 떨고 있었던 것이다.

가슴이 미어져 왔다. 한영이 괴로워하며 불꺼진 자신의 오피스텔 창을 하염없이 바라보고 있었다고 생각하니 숨이 막혀 괴로웠다. 자신이 상처받기 싫어 발버둥치고 있는 동안 한영에게는 지우지 못할 상처를 안겨 주었다. 한영이 자신과 파혼을 하는 것도 당연했다. 이제 더 이상 나를 사랑하지 않겠다고 떠나가는 것도 당연했다.

'한영아…… 한영아. 미안해서 어떡하니? 나 너한테 그만큼 큰 상처를 줬는데, 그럼 네가 더 아프지 않도록 네 곁을 떠나야 하는데. 내 마음이 너 없으면 안 된다고, 네가 내 곁에서 영영 사라져 버리면 숨쉬기를 멈춰 버린다고 하는구나. 나 어떻게 하면 좋겠니?'

괴롭고 괴로웠다. '억' 하는 소리도 나오지 않을 만큼 가슴이 아팠다. 하지만 한영을 놓칠 수는 없었다. 못된 놈이라고 한영이 울며불며 소리쳐도 시원은 한영을 놓아주지 않겠다고 단단히 결심했다.

"그날 밤 내내 당신 이한영 씨 이름을 불렀어."

"!"

"너의 품에 안겨 밤새 한영 씨 이름을 들었으면 진작 너를 포기했어야 했는데, 나도 세상에 물들어가나 봐. 미련하게 시원 씨 못 놓은 거 보면……."

시원은 아무 말 없이 정현의 말을 들었다.

일이야 어찌 되었던 자신의 욕심으로 정현을 안았었다. 술에 취해 한영의 환영을 잊어 보겠다는 심산으로 그녀를 안았었다. 어떻게 보면 한영을 잊기 위해 정현을 이용한 것이나 마찬가지였다. 그래도 자신이 한때나마 열렬히 사랑했던 여자를 그런 식으로 이용했다고 생각하니 마음이 편하지만은 않았다.

사실 정현이 한영을 찾아갔다는 말을 듣고서 길길이 날 뛸 만큼 화가 나긴 했지만, 한편으로는 임신했다고 말하던 정현의 얼굴이 생각났다. 거짓말인 게 뻔히 보이는 거짓말. 그렇게 해서라도 자신을 잡고 싶었다는 정현의 외침. 정현에게 조금의 빌미를 준 것은 그 누구도 아닌 바로 자신이었다. 자신의 어설프고 미련한 행동으로 그가 마음을 주었던 두 사람 모두에게 상처를 주고만 것이다. 이래저래 죄 많은 남자였다. 자신은.

"시원 씨, 아니 윤시원 사장님. 나 좀 해고시켜 주라."

"뭐?"

"다시 처음부터 시작하고 싶어. 한영 씨처럼 맑은 눈으로 세상을 볼 수 있으려면 아직 배울 게 많은 거 같아."

"괜찮겠어?"

정현의 마음을 헤아려 묻는 시원의 음조엔 어느새 그녀를 미워하던 마음은 사라지고 없었다. 그저 순수하게 친구를 걱정하는 마음만 있을 뿐이었다. 정현의 목소리는 모든 것에 대한 미련을 버린 듯했다. 그런 정현의 모습이 대학시절의 모습과 닮아 있어 괜히 콧날이 찡해지는 것 같았다.

"걱정 마. 나 씩씩한 거 몰라?"

"후, 너무 씩씩해서 탈이었지."

"응. 그러니까 다시 시작해도 걱정 없어. 하지만 내가 걱정하는 건 시원 씨야."

"……"

"한영 씨 놓치지마. 시원 씨한테 그 이상 어울리는 여자는 없을 거야."

"알고 있어. 이제 다시는 실수 안 할 거다."

서로를 바라보는 두 남녀의 눈빛은 새롭게 시작되는 우정으로 부드럽게 녹아들었다.

친구를 바라보는 시원의 눈빛에 정현은 정말 시원을 놓아야 할 때라는 것을 알았다.

눈물이 날 것 같았지만 참았다. 새롭게 시작할 것이다. 어느새 세상에 물들어 버린 자신을 버리고 예전의 그 당당하고 순수한 모습을 되찾을 것이다. 그리고 첫사랑의 미련도 버리고 새롭게 사랑을 시작해야지.

정현은 시원이 마시지 않은 헤네시 잔을 들어 자기 자신에게 건배했다.

치어스, 나의 앞날에 행운이 있으라.

9

이른 아침부터 시작된 회의 중에서도 시원의 머릿속엔 계속해서 정현의 말이 맴돌았다.

'내가 말하지 않아도 알고 있었어. 네 약혼녀.'

'그날 새벽에 시원 씨 오피스텔로 왔었어.'

자신 때문에 독감에 걸려 고열 때문에 죽을 뻔했으면서도 퇴원하기가 무섭게 그에게 달려왔던 한영이었다. 아무 것도 잘못되지 않았다는 미소를 보여 주며 그의 품에 안겼었다.

그리고 그날 한영은 시원에게 오피스텔 열쇠를 돌려줬었다. 열쇠를 돌려받으며 느꼈던 불안한 생각이 사실이었던 것이다. 그때부터 한영은 조금씩 자신에게서 멀어져 갔었다. 오피스텔 열쇠를 돌려주고, 학교생활을 핑계로 그에게 오지 않았었다. 그럼에도 불구하고 그에게 하루도 빼놓지 않고 전화를 걸어 시시콜콜한 것까지 다 이야기 해 줬었다. 바람 핀 약혼자에게 말이다.

그런데 자신은 어떠했는가? 그 혁수라는 선배가 고작 어깨에 손 올리는 것 하나만으로 불같이 화를 내지 않았는가? 혁수가 회사로 찾아와 한영을 힘들게 하지 말라고 했다는 이유 하나로 마치 한영이 불륜이라도 저지른 여자처럼 몰아세웠다.

시원은 눈을 질끈 감았다. 한영이 보기에 자신이 얼마나 한심했을까? 바람까지 핀 처지에 뭐가 그리 잘났다고 결혼을 하겠다고 큰소리를 쳤단 말인가? 내가 한영을 그렇게 대할 자격이라도 있었단 말인가?

고깝지 않은 약혼자란 감투 하나 믿고 날뛴 자신이 스스로도 한심했다. 세상에 바보천치도 이런 바보천치는 다시없을 것이다. 좀더 일찍 한영이 파혼을 말하지 않은 게 신기할 정도였다.

왜 그랬을까? 알면서도 왜 모른 척 했을까? 한영의 마음이 궁금했다. 다른 여자와 잔 자신의 품에 안길 만큼 자신에 대한 마음이 각별했을까? 정현과 잤다는 사실을 알고도 계속 자신을 사랑했을까?

한영을 만나 물어볼 것이 너무나 많았다.

회의를 마치고 사장실로 돌아가는 내내 시원의 머릿속에선 한영을 찾아가야 한다는 생각뿐이었다. 정현이 말하는 것이 사실인지, 이미 알고 있었으면서도 파혼을 하지 않은 이유가 무엇인지 알아야 했다. 비록 파혼한 마당에 다 소용없는 일이라 해도 한영을 만날 이유가 하나 생겼다는 것만으로 충분했다.

시원은 사장실로 들어서자마자 비서에게 말했다.

"지금 이 순간 이후부터 오늘 스케줄은 모두 미뤄 주세요."

"사장님. 지금 사장실에 약혼녀…… 아니 이한영 씨가 와 계신데요."

시원은 비서의 말을 잘못들은 게 아닌가 싶어 걸음을 멈추고
재차 물어보았다.

"방금 뭐라고……?"

"이한영 씨가 1시간 전부터 기다리고 계십니다."

비서의 말이 끝나기가 무섭게 사장실로 달려갔다. 비서의 말은
거짓이 아니었다.

한영이 오피스텔 열쇠를 돌려주기 위해 왔던 날처럼 소파에 몸
을 기대고 책을 읽고 있었다. 시원이 들어온 것을 알고 책에서
시선을 뗀 한영은 그에게 방긋 웃음을 지었다. 학교 앞에서 보았
을 때의 형식적인 미소와는 달리 시원의 마음속에 있는 어둠까지
단번에 날려 버리는 환한 미소였다.

파혼을 한 게 사실은 나 혼자만의 환상이 아니었을까? 정현이
한영을 찾아간 것도, 한영이 눈물을 흘리면서 자신에게 파혼을
이야기한 것도 모두가 환상이었을 것이다. 그러니 이제 한영에게
다가가 그녀를 품에 안아도 되지 않을까?

마치 비디오를 되돌려 보듯 그날과 똑같은 풍경에 시원의 머릿
속이 멍해졌다.

"왜 유령 보듯 가만히 서 있어요?"

한영의 한마디에 잠깐 멈춰 있던 온 세상이 다시 돌아가기 시
작했다.

"여…… 여긴 어떻게?"

시원은 한영이 자신의 사무실에 있다는 게 믿기지 않았다. 엉
거주춤 한영이 앉은 맞은 편 소파에 앉으며 그가 물었다.

"어제 학교에서 제가 너무한 것 같아서요."

"응?"

"아무리 그래도 옛날 약혼잔데 내가 너무 매정하게 굴지 않았
나 해서요. 헤헤헤."

한영은 방실거리며 웃었다.

어제 학교로 찾아온 시원을 뒤로하고 매정하게 돌아서긴 했지만 사실 교문 앞에서 자신을 기다리고 있는 시원을 보는 순간 온몸의 솜털들이 바짝 세워지는 듯한 짜릿함을 느꼈었다.

보름 만에 보는 시원이었다. 매일같이 듣던 목소리를 듣는 것도 보름 만이었다. 그의 얼굴을 보는 순간 점수고 뭐고 그의 품으로 달려가 그의 체취를 느끼고 싶었다. 하지만 정말 초인적인 힘을 발휘해 최대한 냉정함과 정중함으로 무장을 하고 그를 대했다. 옷깃 하나도 스치지 않도록 조심했다. 그와 몸이 닿는다면 자신이 어떻게 행동할지 스스로도 두려웠다.

세상이 무너질 것 같은 표정을 하고 있는 시원을 두고 돌아서면서 이건 못할 짓이라는 생각을 했다. 시원이 문제가 아니었다. 한영 자신이 힘들었다. 보름 만에 보는 시원을 보고 그의 품에 안기지도 그의 정열적인 키스도 받지 못한 채 그렇게 헤어져 다시 만날 날을 기다려야 한다니 말도 안 되는 일이었다.

그래서 한영은 그날 밤새 작전을 변경해야 했다. 시원을 곁에 두면서도 그에게 진정한 사랑이 무언지 깨닫게 해 줄 방법을 강구해야 했다.

시원은 미소가 넘실거리는 한영의 눈동자를 바라보다 우물쭈물 물었다. 정현과 동침한 걸 알면서도 왜 자신의 곁을 떠나지 않았는지. 지금도 그 마음이 남아 있는지 궁금했다.

"그…… 그날 밤…… 알고 있었다면서 왜 그때 말하지 않았어?"

그의 물음에 한영이 고요한 목소리로 말했다.

"당신을 놓치고 싶지 않았어요. 내 위로 오빠들이 셋이나 있던 터라 술 마시고 실수하는 일이 비일비재했어요. 그래서 술냄새

풀풀 풍기는 당신을 보며 이해해야 한다고 생각했어요. 비록 내 마음에서는 피눈물이 흘렀지만 그 모습 보고도 당신을 포기 못할 만큼 사랑했었으니까⋯⋯."

"너무 많이 늦었지만 미⋯⋯ 미안해. 내가 정말 잘못했어. 용서해 줘."

시원은 자애로운 미소를 짓고 있는 한영에게 진심을 다해 사과했다. 말대로 너무 늦어 버린 사과였지만 이 사과를 바탕으로 한영과 다시 시작하고 싶었다. 한영이 자신을 찾아온 것이 좋은 시발점이 될 수 있을 거라 생각했다.

"후후후. 이미 지난 일인데 용서하고 안 하고가 어디 있어요? 난 벌써 다 잊어버렸는 걸요."

한영이 밝은 미소를 지으며 말했다. 웅크리고 있었던 시원의 마음도 활짝 펴지는 듯했다.

한영의 미소에 용기를 얻은 시원은 두근거리는 마음을 안고 한영에게 말했다.

"그럼⋯⋯ 우리 다시 시작할 순 없을까?"

"그 시작이라는 게 어떤 의미인가요?"

시작이라는 말에 한영이 고개를 갸웃거리자 초조해진 시원이 급하게 덧붙였다.

"당장 파혼을 없었던 일로 하자는 말은 안 할게. 그냥 처음부터 다시 시작해. 다른 연인들이 하듯 그렇게 만나자. 너 졸업하고 취직해서 사회생활이 안정될 때까지 기다릴게. 나중에 나한테 돌아와 준다는 약속만 하면⋯⋯."

한영이 길어지는 시원의 말을 자르며 말했다.

"그건 됐고요. 우리 연애 안 할래요?"

"뭐?"

시원은 자신의 귀를 의심했다.

"연애요. 당신이란 사람 약혼자로서는 꽝이었지만 그래도 애인
으로 끝내줬었다고요."

어느새 그의 옆자리로 옮겨 앉은 한영이 뻔뻔스럽게 그의 허벅
지를 슬슬 만지며 말했다. 시원은 지금 한영이 무슨 의도로 말하
고 있는지 그 의도를 알아채야 했지만 허벅지에서 일어나는 열기
에 정신을 집중할 수 없었다.

"그러니까 우리 골치 아프게 약혼이니 결혼이니 운운하지 말고
서로 즐겁게 지내는 게 어때요?"

"그게…… 무슨?"

"말 그대로 연애요. 이성(異性)에 특별한 애정. 뭐…… 성욕이라
고 할 수 있겠죠?"

허벅지를 배회하던 한영의 손은 어느새 시원의 가슴을 매만지
고 있었다. 시원은 정신이 혼미해졌다. 하지만 혼미해지는 정신
가운데서도 성욕이라는 말이 시원의 귀를 뚫고 들어왔다.

시원은 끊임없이 꼼지락거리는 한영의 손을 붙잡고 크게 반문
했다.

"뭐? 성욕?"

"네. 아무래도 혈기왕성한 나이이다 보니 애인이 필요하더라고
요. 게다가 시원 씨가 좀 잘 가르쳤어야죠. 호호호."

한영이 크게 웃었다. 반달모양으로 가늘어진 눈동자에 햇살이
녹아 들어간 듯했다. 이렇게 눈부신 걸 보면. 그래도 시원은 이번
만큼은 한영의 그 미소에 영향을 받지 않았다. 지금 한영이 무슨
얘기를 하는지 알아야 했다.

"그게 무슨 말이야?"

"필요하대요. 내 몸이, 시원 씨가."

한영이 뭐라고 말하는지 감이 잡히지 않았다.

'연애라니? 그리고 또 성욕은 뭐야? 몸이 날 필요로 해? 예전

처럼 지내자는 건가? 그럼 약혼?'

"그러니까 지금 나한테 다시 약혼하자는 거야?"

"어휴…… 답답이. 아니요. 그냥 연애. 가볍게 부담 없이 즐기는 사이가 되자고요."

한영이 똑 부러지게 말했다.

시원은 떡 벌어지는 입을 가까스로 다물었다. 지금 한영이 말하는 게 무언지 알았다. 그러니까 밤을 같이 보내는 사이가 되자고 말하고 있는 것이다. 섹스파트너. 한영은 그걸 말하고 있었다. 무슨 이런 얼토당토한 경우가 다 있나?

시원은 한마디로 거절하리라 마음먹었다. 자신이 한영에게 바라는 것은 그런 것이 아니었다. 그녀의 마음. 정확히 말하면 자신을 사랑하는 한영의 마음이 필요했다. 그러나 그 마음은 곧 뒤따르는 한영의 말에 순식간에 물거품이 되어 사라져 버렸다.

"뭐…… 사실 굳이 시원 씨가 아니어도 상관없지만……."

"뭐? 너 미쳤어?"

시원은 자기도 모르게 소리를 질렀다. 지금 무슨 말을 하고 있는 거야? 이 여자가 미친 게 틀림없다.

"아니. 그냥 남자가 필요할 때만 원나잇 상대를 찾아도 되는 거잖아요."

한영의 조그만 입술이 열릴 때마다 나오는 말이 점점 가관이었다. 이러다가 돈으로 남자를 사겠다는 말까지 나올 것 같았다.

"그렇지만…… 그래도 이왕이면 확실한 사람이 좋잖아요."

한영이 고양이처럼 그의 몸으로 올라왔다. 그리고는 그를 소파 깊숙이 기대게 하고 다시 손을 움직여 가슴을 쓸어내렸다.

"나 시원 씨랑 같이 하는 거 좋았으니까…… 사실 다른 사람이 시원 씨처럼 잘하리라는 보장도 없고."

와이셔츠 위로 움직이는 한영의 손가락을 따라 몸에 열기가 피어올랐다. 한영의 입술이 그를 향해 다가왔다. 저절로 눈이 감겼다. 감긴 시원의 눈을 따라 한영의 자잘한 입맞춤이 내렸다. 입술과 입술이 닿을락 말락 시원의 애를 태웠다. 한영의 분홍빛 혀가 시원의 귀를 건들자 정신을 차릴 수 없었다. 그의 아랫도리가 무섭게 두근거렸다. 당장 한영의 몸 속으로 들어가라고 아우성쳤다. 마지막 남은 이성만이 한영의 진심을 파헤치라고 말했지만 그 이성마저 점점 사라져 가고 있었다.

가슴에서 배회하던 한영의 손이 점점 아래로 내려가 시원의 남성을 부드럽게 쓸어 올리자 시원은 마지막 남은 이성의 끈을 놓아 버렸다.

"좋아. 누가 먼저 항복하나 두고 보자고!"

시원은 으르렁거리며 한영을 번쩍 들어 소파에 눕혔다. 스커트가 올라가고 새하얀 허벅지가 드러났다. 꼴깍 침이 넘어갔다. 시원은 웃으며 팔을 벌리는 한영을 덮쳤다.

격렬한 키스가 시작되었다. 입술을 물어뜯을 것처럼 거칠었다. 한영이 그의 침입을 환영하며 입을 한껏 벌렸다. 서로의 혀가 맞닿았다. 한영과 시원은 오랜만에 느끼는 연인의 감촉을 만끽했다.

커다란 시원의 손이 다급하게 한영의 단추를 풀었다. 분홍색 브래지어를 풀어내자 탐스러운 가슴이 그의 손으로 들어왔다. 힘을 주어 가슴을 잡았다. 손바닥으로 가슴의 감촉을 느끼던 시원이 천천히 얼굴을 내렸다. 그의 입술이 가슴에서 느껴지자 한영이 몸을 비틀었다.

"시원 씨 빨리 안아 줘요. 나 못 참겠어……."

못 참겠는 것은 시원도 마찬가지였다. 한영의 몸이 그를 유혹했다. 그녀의 향을 맡는 순간부터 그는 제정신이 아니었다. 한시라도 빨리 그녀를 가져야 한다는 생각밖에 들지 않았다. 가슴 애무하는 것을 멈추지 않고 손을 내려 한영이 준비되어 있는지 살폈다. 한영은 이미 촉촉하게 젖어 있었다. 그를 받아들일 준비가 된 것이다.

한영을 안아 자신의 몸 위에 앉혔다. 단번에 한영의 깊숙한 곳까지 들어갔다. 한영의 입에서 신음이 흘러나왔다. 그와 동시에 시원의 입에서도 한숨 비슷한 신음이 나왔다. 긴장감이 일시에 풀리는 것과 동시에 다른 욕구가 혈관을 타고 흘렀다. 한영이 먼저 천천히 움직이기 시작했다. 소파에 기대 좀더 천천히 그녀의 감촉을 느끼고 싶었지만 몸이 말을 듣지 않았다. 한영의 허리를 붙잡아 움직이기 시작했다. 좀더 빨리, 좀더 빨리, 발정난 숫사자처럼 그녀의 목을 물어뜯으며 움직였다. 갑자기 정신이 아득해지며 온몸을 충족시키는 열기가 활활 타올랐다. 눈앞에 수많은 별이 펼쳐졌다.

미친 듯 한영을 탐하고 나서야 시원의 정신이 돌아왔다. 한영이 그의 목덜미에 얼굴을 묻고 쌕쌕거리며 숨을 쉬고 있었다. 시원은 그런 한영을 꽉 껴안았다. 한영이 아프다고 작은 소리를 내었지만 그래도 안은 팔에 힘을 빼지 않았다.

바로 이곳이 한영의 자리였다. 자신의 옆. 자신의 품이 한영의 자리였다.

이번은 절대로 한영을 놓치지 않으리라.

"다음에는 어디서 만나죠?"

형편없이 구겨진 옷을 최대한 펴 보려고 애쓰면서 한영이 말했다. 그녀의 온 정신은 셔츠의 구김에만 가 있는 듯 작은 소리로 웅얼거리며 물었다. 시원이 아무런 대답이 없자 고개를 들어 그를 보았다. 시원은 굳은 얼굴로 소파에 기대앉아 옷을 추스를 생각도 하지 않고 있었다.

한영은 그의 옆에 다소곳이 앉아 와이셔츠 단추를 채우기 시작

했다. 셔츠를 잡아당겨 주름을 정리하고 테이블 위에 널브러져
있던 넥타이를 단정하게 매어 주었다.

그리고는 시원을 바라보며 싱긋 웃어 보였지만 시원은 여전히
굳어 있는 표정이었다.

"뭐…… 만나고 싶지 않으면 말고요."

여전히 시원은 입을 꼭 봉하고 있었다.

한영은 어깨를 으쓱해 보이고는 사장실에 딸려 있는 욕실로 들
어갔다. 셔츠는 구겨진 것도 모자라 단추가 다 떨어져 있었고, 스
커트도 엉망이었다. 단정하게 올려 묶었던 머리끈은 대롱대롱 오
른쪽 머리에 매달려 있었다. 누가 봐도 한눈에 격렬한 사랑을 나
눈 후라고 생각할 것이다. 하지만 그런 것들보다 더 확연히 사실
을 말해 주는 것은 상기된 볼과 빨갛게 부푼 입술, 반짝반짝 빛
나는 눈동자였다.

한영은 바로 이곳이라고 생각했다. 시원의 옆, 시원의 품 안이
자신의 자리라고.

한영이 대충 옷가지를 수습하고 밖으로 나왔을 때 시원은 창
밖을 보고 있었다. 외로워 보이는 그의 뒷모습에 한영은 자신도
모르게 뒤에서 그의 허리를 안았다. 시원은 허리를 두르는 한영
의 팔을 잡았다. 그녀의 보드라운 손을 가만히 쓸어 보았다. 그러
다가 그녀의 손에 무언가를 쥐어 주었다.

"너 데리고 호텔 드나들 게 할 생각 없어. 도로 가져가."

시원의 손에 쥐어 준 건 가는 금줄에 달려 있는 오피스텔 열쇠
였다. 한영은 열쇠를 든 손에 힘을 주었다. 열쇠가 손바닥을 눌러
아팠지만 그래도 꼭 쥐었다. 그런 한영의 손을 잡으며 시원은 생
각했다.

'넌 언젠가 다시 내게 돌아올 거야, 내가 그렇게 만들고 말겠어.
무슨 일이 있더라도!'

어느덧 한 달이라는 시간이 흘렀다.

시원은 여느 때와 다름없이 서둘러 일을 마치고 오피스텔로 돌아왔다. 초인종을 눌러도 대답이 없자 초조한 마음을 달래며 손잡이를 살짝 돌려보니 스르르 문이 열렸다. 안도의 숨을 내쉬며 안으로 들어갔다. 매일 일이 끝나기가 무섭게 오피스텔로 달려올 때마다 그의 오피스텔이 텅 비어 있지 않을까 피가 마르는 느낌이었다.

한영이 찾아와 사무실에서 열정적인 사랑을 나눈 후 그들은 비공개적인 애인 사이가 되었다. 한영이 바라는 대로.

문을 열고 들어오니 한영이 바닥에 누워 잠들어 있었다. 주위에 책과 노트들이 잔뜩 늘어져 있는 걸 보니 햇살을 받으며 과제를 하고 있었던 것 같았다.

쿠션을 베개 삼아 누워 있는 한영을 안아 들었다.

한영의 목에 걸려 있는 반지가 찰랑거리며 햇빛을 반사했다. 시원은 목걸이에 걸린 반지를 보며 쓴웃음을 지었다. 질색하며 받지 않으려는 그녀를 격렬하게 품고 그녀가 피곤에 지쳐 잠이 든 틈을 타 억지로 끼워 넣은 반지였다.

"이게 뭐예요?"

잠에서 깨어난 한영이 네 번째 손가락이 어색했는지 금세 알아차리고 물었다.

"응. 어제 말했잖아."

"그리고 저는 싫다고 말했었고요."

"도대체 왜 싫다는 거야? 우리 애인 사이 아니었어? 그 정도 선물은 해 줘도 되는 거잖아."

"시원 씨한테 선물 받는 거 싫어요. 게다가 이렇게 비싼 건 부담스럽단 말이에요."

백금에 심플하게 사각으로 커팅된 다이아가 붙어 있는 티파니
였다.

"비싼 거 아니야."

"그래도 싫어요. 어른들이 아서 봐요. 나 액세서리라곤 목걸이
몇 개가 전부예요. 그것도 귀찮아서 안 하고 다닌다고요. 그런데
이렇게 티파니를 손에 끼고 다녀 봐요. 뭐라 생각하시겠어요?"

"내가 사줬다고 하면 되잖아."

시원이 퉁명스럽게 말했다.

"시원 씨가 뭔데요? 어른들이 보시기에 내가 시원 씨한테 선물
받아야 할 이유가 하나도 없잖아요."

"……."

한영은 얼굴을 잔뜩 찡그리고 있는 시원을 보며 속으로 웃음을
지었다.

'약혼자와 애인은 틀리다. 게다가 성관계를 전제로 한 만남이라
면 더더욱 어른들께 알릴 수 없는 법이지. 아마 자신이 그런 입
장이라는 게 마음에 안 들걸?'

한영이 생각하는 그것을 시원도 느끼고 있었다. 마음에 들지
않았다. 자신의 것이 분명한데 이제는 아니라고 하는 세상에 대
고 화라도 내고 싶었다.

시원은 반지를 고르며 한영의 왼손에서 사라진 약혼반지 대신
끼어 주마 생각했었다. 관계 — 그게 애인이든 아니든 한영을 볼
수 있다는 사실이 중요했다 — 를 새롭게 시작하는 하는 증표 같
은 걸 해 주고 싶었다. 솔직히 말해 약지에 끼워진 반지를 보고
다른 남자들이 접근하지 않았으면 좋겠다는 생각을 했기 때문이
다. 반지는 바뀌었지만 이한영은 아직 자신의 약혼자라고 말하고
싶었다.

이렇게라도 하지 않으면 불안해서 미칠 것 같았다. 한영에게 아

무런 권리도 주장할 수 없다는 위치가 끔찍했다. 내일이라도 한영의 마음이 바뀌어 굿바이라고 말해도 어쩔 수 없는 일이었다. 너 혼자 안녕하면 끝이냐고 빡빡 우겨 며칠 유예기간을 가질 수는 있겠지만 그런 것들은 최종적인 문제 해결방법이 될 수 없었다.

한영을 영원히 곁에 둘 수 있는 방법은 결혼뿐이지만 결혼의 'ㄱ' 자만 꺼내도 싸늘한 눈초리로 그를 처다보며 오피스텔 밖으로 나가 버리는 한영 때문에 입도 뻥긋하지 못하고 있었다.

하루에도 몇 번씩 천국과 지옥을 오갔다. 한영을 품에 안고 그녀의 참새 같은 목소리를 듣고 있노라면 세상이 모두 내 것 같았지만, 집까지 데려다 준다는 것을 마다했을 때나, 친구와 만난다며 그의 오피스텔을 찾아오지 않을 때면 그의 생활은 순식간에 지옥으로 변해 버렸다.

이런 생활이 지독히도 마음에 들지 않았지만 한영을 곁에 두기 위해선 어쩔 수 없었다. 아직 시원의 머릿속에는 한영을 자신에게 옭아맬 방법이 떠오르지 않았다. 그저 그 방법이 생각날 때까지 이 지옥 같은 평화가 지속되기만을 바랄 뿐이었다.

"끼고 다녀."

시원이 더 이상의 왈가왈부는 없다는 듯 단호하게 말했다. 여기서 한마디라도 더했다가는 시원의 성질이 폭발할 것이다. 한영은 이쯤에서 문제를 덮기로 했다. 사실 반지도 예뻤으니까.

"좋아요. 그럼 타협해요."

"타협?"

"네. 합리적인 방법을 찾자고요."

한영이 침대 옆에 세워 둔 가방에서 목걸이에 달려 있는 오피스텔 열쇠를 꺼냈다. 그리고는 목걸이에서 열쇠를 빼내더니 그곳에 반지를 끼워 넣었다.

"자, 됐지요? 이제 시원 씨가 채워 줘요."

한영이 목걸이를 시원의 손에 들려주며 뒤돌아 앉았다. 새하얗게 드러난 목덜미와 부드러운 등이 시원의 욕구에 다시 불을 지폈다. 시원은 목걸이를 걸어 주며 목덜미에 입을 맞추었다. 그리고는 그곳에 흔적을 남기기 시작했다.

한영이 깜짝 놀라 소리쳤다.

"지금 뭐하는 거예요. 그렇게 눈에 띄는데 하면 어쩌자는 거예요?"

"훗, 마킹 몰라? 영역 표시."

새하얀 목덜미에 빨간 도장을 찍어 놓은 시원이 장난스레 웃으며 말했다.

한가로운 일요일 아침.

새벽같이 찾아온 한영과 불 같은 사랑을 나눈 후 잠에 빠져들 때쯤 할아버지한테서 호출이 왔다. 무슨 급한 일이 있는지 당장 오라고 고래고래 소지를 지르셨다. 얼마나 컸던지 반쯤 잠든 한영이 깰 정도였다. 시원은 곧 가겠다는 말로 할아버지의 화를 간신히 가라앉히고 침대에 누워 있는 한영을 바라보았다. 한영을 두고 가고 싶지 않았다.

한영이 잠결에 그의 시선을 느꼈는지 머리를 베개 밑으로 숨긴 채 어서 가 보라고 손사래를 쳤다. 그리고는 금세 손이 툭 떨어지는 걸로 봐서 다시 잠이 든 모양이었다. 시원은 한영이 잠든 시간 동안 빨리 다녀오자는 생각으로 걸음을 서둘렀다.

신호도 무시하고 전속력으로 달려 할아버지 댁에 도착한 시원이 신발을 벗기도 전에 할아버지의 호통이 들려 왔다.

"야 이놈아! 한영이 얼른 안 데리고 올 거야?"

시원은 급한 할아버지의 성격에 혀를 차며 마루로 올라왔다.

한영이 앞에선 허허거리시며 사람 좋은 할아버지였지만 자신 앞
에서는 고집쟁이 노인네였다. 시원은 가정부가 가져다주는 찻잔
을 받으며 말했다.

"조금만 기다리십시오."

"기다리긴 뭘 기다려? 지금 발등에 불이 떨어졌는데 기다릴 새
가 어디 있어?"

"예?"

"정원에서 혼사를 넣었다는데, 네 놈이 놓치자마자 얼씨구나
했다더라."

"혼사요?"

"그래. 정원그룹이 사돈 맺자고 했단다. 둘째 놈이 한영이랑 비
슷한 또래라 같이 유학이라도 보내면 좋지 않겠냐고 벌써부터 결
혼이 기정사실인 것처럼 말해 댄단다. 어제는 한명관에서 저녁을
먹었다고 하더구나. 벌써부터 재계에 소문이 자자해."

"……"

"제 여자도 뺏기는 멍청한 놈. 꼴 보기 싫어. 썩 나가! 한영이
안 데려오면 이 할아비도 다신 볼 생각하지 마라!"

결국 윤민원이 찻잔을 내던졌다.

새벽에 그를 찾아와 몸을 던지던 한영은 이 일에 대해 한마디
도 안 했었다. 그저 안아 달라고, 정신이 잃을 정도로 황홀하게
만들어 달라며 그의 품에 안겨 왔었다. 사랑이 끝난 후 그의 가
슴을 쓸며 만족의 숨을 쉬던 한영이었다.

파삭하고 평상심이 깨지는 소리가 머릿속에서 울렸다. 시원은
벌떡 일어났다. 한영이 일어나 집으로 돌아가기 전에 그녀와 애
기를 나눠야 했다.

윤민원은 부리나케 밖으로 뛰어가는 손자의 뒷모습을 보고 쯧

쯧 혀를 차며 웃었다. 한영이에게 전화를 미리 넣어 주는 게 나을 것 같았다. 30년이 넘게 봐 온 손자 놈이지만 오늘 같이 무서운 눈빛은 그도 처음이었다.

"살인이라도 할 것 같은 분위기네. 한영이가 잘 넘겨야 할텐데……."

"쾅!"

오피스텔 문이 부서질 듯 요란하게 열렸다.

미리 할아버님의 전화를 받았던 터라 한영은 이미 잠에서 깨어나 반듯하게 옷을 차려 입고 있었다. 금방이라도 나갈 것 같은 한영의 차림에 시원은 미칠 것 같았다. 숨을 고르고 평온한 목소리를 내려고 애를 썼다.

"어디 가게?"

"약속이 있어요."

"무슨 약속?"

"친구랑 같이 밥 먹기로 했어요."

"그 친구가 정원 그룹 둘째라는 놈이야?"

"어…… 내가 얘기했었어요?"

"니가 얘기하긴 뭘 해? 오늘 못 가는 줄 알아."

"왜 이래요?"

"왜 이래? 너야말로 왜 이래? 내가 네 옆에 눈 시퍼렇게 뜨고 있는데 왜 다른 남자를 만나냐고."

시원은 거의 애걸하는 목소리였다. 하지만 한영은 그런 시원을 아랑곳하지 않고 담담한 목소리로 말했다.

"유학 가려고요. 더 늦기 전에 공부하러 다녀오게요."

"유학 가는 거랑 남자 만나는 게 무슨 상관이야?"

"혼자서는 아무래도 위험하고 그러니 결혼이라도 해서 같이 가면 좋잖아요. 부모님들이 내 놓으신 절충안이에요.”

“그래서? 유학 가겠다는 이유 하나로 결혼을 해? 사랑하지도 않는 놈이랑?”

시원의 입에서 사랑이라는 말이 나오자 기다렸다는 듯이 한영의 말이 술술 이어졌다.

“사랑이라는 거…… 참 우습더라고요. 내가 아무리 사랑해도 상대가 받아 주지 않으면 그 사랑은 무용지물이 되어 버려요. 혼자서 하는 사랑은 상대에게 아무런 의미도 못되죠. 그리고 마음에 커다란 상처를 남겨요. 사랑은 서로 주고받는 거라고, 노오란 봄 햇살처럼 따뜻하고, 초여름 바람처럼 싱그러운 거라고 생각했어요. 하지만 지금은 내가 정말 시원 씨를 사랑했었는지도 모르겠어요. 그냥 설레는 마음을 나 혼자서 사랑이라고 생각했을지도 모르죠.”

“……”

“하지만 분명한 건, 이제 사랑 놀음으로 다신 상처받지 않겠다는 거예요. 적당히 현실과 타협해 가며 사는 것도 괜찮잖아요.”

한영의 말에 시원은 가슴이 답답해 옴을 느꼈다. 자신이 무슨 짓을 한 건지 이제야 똑똑히 알 것 같았다.

“한영아…… 난…….”

시원이 머뭇거리며 한영의 팔을 잡았다.

이젠 아니라고…… 난 너 때문에 진정한 사랑이 뭔지 알아 가고 있다고 그러니 나에게 마저 너의 사랑을 가르쳐 달라고 말해야 했다. 한영을 사랑하고 또 그녀의 사랑을 받는 삶을 평생 같이하고 싶다고 말해야 했다. 하지만 언제나 그렇듯 이번에도 한영이 한 수 빨랐다.

“뭐…… 결혼을 한다 해도 나 시원 씨 계속 만날 거예요. 걱정하는 게 기가 막히게 잘 맞는 섹스파트너의 부재라면 걱정 말아요.”

싱긋 웃는 한영의 말이 정말 내가 들은 그대로인가 싶어 시원의 눈이 저절로 가늘어졌다. 지금 불륜을 한다고 말하고 있었다. 흰 눈처럼 새하얗던 자신의 전 약혼녀가. 기가 막혔다.

시원의 몸에서 위험한 분위기가 폴폴 나는데도 한영은 의식하지 못하게 계속 말했다.

“이제 곧 날짜 잡을 것 같아요. 그때까지 우리 화끈하게 즐겨요. 후후후. 상견례 끝내고 바로 여기로 달려올 테니 기다리고 있어요.”

한영이 살살 녹는 눈웃음을 지으며 시원에게 잡힌 팔을 빼냈다. 그리곤 바닥에 떨어져 있던 백을 들고 현관을 향해 우아하게 걸었다.

시원이 눈이 순식간에 뒤집어 졌다.

‘나를 감히 정부 취급해? 이한영이가 다른 남자랑 몸을 섞고, 그 남자의 밥을 차려 주는 동안 그녀를 기다리라고? 한영이 언제나 한번 쳐다 봐 줄까? 전전긍긍하라고? 미쳤어. 이한영!’

시원은 거칠게 한영을 끌어다 침대에 내던졌다. 그녀의 옷을 무자비하게 잡아당겼다. 그리고는 목에 핏대까지 세워 가며 소리 쳤다.

“이런 망할! 이한영 너 죽고 싶은 거지? 미쳤어? 결혼 못해! 내가 허락 못해!”

“왜 못해? 시원 씨가 뭔데 허락이야? 민재 씨 괜찮은 사람이라고요.”

한영 또한 자신의 옷이 찢어지든 말든 시원의 밑에 깔려서도 할 말을 다 해댔다.

“민재 씨 좋아하네. 너 좀 전까지 내 밑에서 좋아라 하더니 금세 딴 남자한테 날아가겠다는 거야?”

"못할 것도 없지요!"

"넌 미친 게 분명해. 안 돼! 너 파혼하기 전에도 나랑 잤고, 지금도 한 달도 넘게 나랑 붙어 다녔어. 임신했으면 어떻게 할거야? 임신한 채로 시집가겠다는 거야?"

시원의 두 눈에서 불이 났다. 하지만 앙칼지게 받아지는 한영의 눈빛도 만만치 않았다.

"쳇, 섹스가 애들 장난인 줄 알아요? 내가 잠깐 즐기는 상대랑 만나면서 피임도 안 했을까 봐? 나 병원 가서 피임약 받아 먹고 있었어요. 그러니 이제 됐죠? 시원 씨 핏줄 걱정할 일도 없고, 나도 홀가분한 몸으로 가니."

머리를 둔기로 맞은 듯했다.

피임약이란다.

내가 잠깐 즐기는 상대란다.

시원은 난생 처음 졸도할 것 같다는 기분이 이런 거구나 하고 느낄 수 있었다.

침대에서 몸을 일으켰다. 다리가 후들거리면서 숨이 막혀 왔다. 눈앞이 아득해지면서 정신이 멀어져 갔다. 하지만 정신을 잃지 않기 위해 이를 악물었다. 입술이 찢겨 나갔지만 아픈지도 몰랐다. 눈앞에 있는 이 작은 여자 때문에 자신이 죽어 가고 있었다. 시원은 여전히 표독스러운 눈으로 자신을 째려보고 있는 한영을 보며 몸을 돌렸다.

흐느적거리는 몸을 차에 싣고 시동을 걸었다. 어디로 가야하나? 이 넓은 서울 하늘 아래 한영의 품 말고는 편히 쉴 때가 없었다. 목적지도 모른 채 출발한 차는 하염없이 앞으로 나아갈 뿐이었다.

'너 나 사랑한다고 했잖아. 그런데 이제 사랑도 못 믿는다는 거니? 다 내 잘못이구나. 네가 사랑을 믿지 못하게 만든 거야. 내가

내 손으로 유리로 만든 성을 깨 버린 거지……, 그렇지? 너 때문
에 죽을 것 같아. 너 왜 이렇게 잔인하니……. 그래도 나는 네가
좋다.'
 시원의 두 눈에서 눈물이 쏟아져 나왔다.

 시원이 나가고 남은 오피스텔 안에서 한영은 얄미운 미소를 지
었다. 자신이 정현과 동침한 걸 봤을 때 받은 고통에 비하면 이
정도는 아무 것도 아니었다. 더 괴롭히고 괴롭혀 주고 싶은 마음
만 들었다.
 "쳇, 그러니까 잠자는 사자의 코털은 왜 건드려?"
 한영은 혼자서 히죽거리며 시원이 찢어 버린 옷을 벗었다. 홍
얼거리며 시원의 셔츠를 하나 꺼내 입었다.
 시원이 언제 돌아올지 모르니 편한 옷차림 — 사실 옷이 찢어
진 탓이 더 컸지만 — 으로 시원을 기다리는 게 나을 것 같았다.
 한동안 부산하게 오피스텔 안을 돌아다니며 청소하던 한영은
시간이 훌쩍 지나 해가 지자 시원의 상처받은 표정이 떠올랐다.
 금세라도 눈물을 떨어뜨릴 것처럼 이슬아슬했던 시원을 생각하
자 가슴 한켠이 싸해졌다.
 방글거리며 웃고 있던 입꼬리가 스르르 내려왔다. 자신이 정말
잘하고 있는 건지 걱정스러웠다. 너무 몰아붙인 건 아닌지…….
 하지만 자기도 모르게 자꾸 몰아세우는 걸 보면 마음속에 상처
가 생각보다 컸었나 보다.
 사랑하는 사람의 술에 취한 실수라고 치부하기엔 너무나 컸던
배신감.
 지금도 눈을 감으면 그 모습이 보였다. 시원의 사랑을 받았던,
그래서 더 당당해 보였던 정현이 너무나 미웠다. 한편으로는 많
이도 부러웠다. 사랑하는 남자의 심장을 송두리째 가졌던 여자.

그래서 그 이유 하나만으로도 미운 여자.

한영은 고개를 세차게 저었다.

생각하면 나만 손해다. 불필요한 일은 잽싸게 잊어버리는 게 상책이다.

시계를 보자 어느새 시간은 10시를 넘기고 있었다. 나간지 10시간이 다 되어 가자 슬슬 불안해지기 시작했다. 사고라도 난 건 아닌지 한강에 빠져 버린 건 아닌지 걱정이 됐다.

친하게 지내는 사람이 별로 없어서 십중팔구 창섭의 클럽에 갔을 거라고 생각하고 전화를 걸어 보았다. 그러나 오지 않았다는 대답을 듣자 심장이 거세게 뛰기 시작했다.

시원의 핸드폰으로 전화를 걸려던 찰나 갑자기 문이 쾅 열리더니 그가 들어왔다. 만취한 채로…….

"어이~ 이한영. 끅. 아직도 집에 안 갔어? 나쁜 이한영. 얄미운 이한영. 독재자 이한영."

자신은 시원 걱정에 안절부절 못 하고 있었는데, 술이 취해 갈지(之) 자로 걸어 들어오는 시원을 보자 기가 막혔다.

"왜 안 갔어? 정원그룹 둘째 아들이랑 결혼하기로 했다며. 나쁜 계집애. 네가 나한테 이럴 수 있어?"

기가 막혔던 기분도 잠깐.

몇 개월 동안 그를 알아 오면 이런 모습은 처음이라 한영은 신기한 눈으로 계속 그를 쳐다보았다. 꼭 초등학생 남자 아이가 제 뜻대로 되지 않을 때 심통을 부리는 말투였다. 얼굴에 미소가 지어질려고 했다. 한영의 표정이 자신을 비웃는다고 생각했는지 시원이 무서운 표정을 지으며 한영에게 다가갔다. 어찌나 살기 등등한지 한영은 자신도 모르게 뒤로 주춤거릴 정도였다.

차갑게 굳은 얼굴로 한영을 바라보던 시원은 그녀의 양어깨를 꽉 붙들었다.

"나한테서 도망가지 마! 단 한걸음이라도 물러서지 말란 말야!"

소리 지르는 그의 입에서 달콤한 헤네시 향이 났다. 취해도 너무 취한 것 같았다. 한영은 아프게 죄어 오는 그의 팔에서 벗어나려고 몸을 움직였지만 그럴수록 더 힘차게 죄어 올 뿐이었다.

"시원 씨, 아파요. 팔 좀 놔 봐……."

"못 놔! 절대로 못 놔! 차라리 나보고 죽으라고 해."

사나운 야수처럼 소리 지르던 시원이 어디로도 도망가지 못하게 그녀를 품에 꼭 안았다. 한영과 자신 사이에 조금의 틈이라도 생기면 누군가 그녀를 채 갈 것 같다는 두려움이 취한 시원의 머릿속을 채웠다.

한영의 눈동자에 안녕이라는 말이 써 있을까 봐 그녀의 눈을 차마 볼 수가 없었다. 사랑한다고 말해야 하는데, 나한테서 떠나가지 말라고 말해야 하는데, 이미 그녀의 눈동자 안에는 자신이 없을까 봐 두려웠다.

한영의 숨소리와 심장고동 소리를 가만히 듣고 있던 시원이 웅얼웅얼 중얼거리기 시작했다.

너무 작게 웅얼거려서 한영은 귀를 쫑긋 세우고 숨을 멈춘 채 들어야 했다.

"나 너 사랑해. 내가 너 때문에 미치겠다. 심장이 까맣게 타 들어 가. 네 미소 하나에 세상이 내 것 같다가도 네가 화라도 낼라 치면 세상이 깜깜해져. 그대로 안녕이라고 말할까 봐 숨이 턱턱 막힌다. 한영아. 네 조막만 한 손에 내 심장이 있어. 이런 나 좀 봐주면 안 되겠니? 사랑해. 사랑하고 있어. 네게 키스를 하며 시작되는 아침부터 너의 몸을 끌어안고 잠이 드는 밤까지. 아니, 꿈 속에서까지 널 사랑하고 또 사랑해. 이제 그만 네 옆자리 나 주면 안 될까?"

말이 끝남과 동시에 숨이 막힐 정도로 죄어 오던 시원의 팔이 스르르 풀린다 싶더니 그대로 한영의 가슴에 얼굴을 기대고 잠이 들었다.

그런 시원을 바라보는 한영의 얼굴에 미소가 만연했다. 아무래도 이제 그만 시원을 용서해 줘야 할 것 같았다.

다음 날 아침 시원은 쓰린 속을 움켜쥐며 눈을 떴다. 오피스텔 천장이 보이자 용케 집을 찾아왔다는 생각이 들었다. 무작정 들어간 술집에서 그 집의 술을 몽땅 작파하고 나서야 그곳을 나왔다.

길이 세 개로 보이고, 길거리의 가로수들은 모두 두 개로 보였지만, 한영에게 가야 한다는 마음 하나로 차에 올라탔었다. 하지만 차에 올라 시동을 건 것까진 기억이 나는데 그 이후로는 깜깜했다.

한영의 활짝 웃는 모습을 본 것 같기도 했지만 눈만 감으면 생각나는 한영의 얼굴이라 환상일거라고 생각했다. 이제 환하게 웃는 한영의 미소는 자기 것이 아니었다.

시원의 눈이 가늘어졌다. 누가 한영을 자신에게서 빼앗아 간다 말인가? 시원은 자신의 심장을 다시 뛰게 한 한영을 절대 놓칠 수 없었다. 한영이 멈춰 버린 자신의 심장을 다시 사랑으로 채워 줬듯이 자신으로 인해 사랑을 못 믿게 된 한영에게 다시 사랑을 가르쳐 줄 것이다.

"안 돼! 절대 못 놔! 싫다고 하면 머리채를 끌고서라도 결혼식장으로 향하겠어!"

넓은 오피스텔 안이 시원의 고함으로 메아리쳤다.

"우웅…… 누구야…… 시끄러워……."

시원은 깜짝 놀라 벌떡 일어나 앉았다. 넓은 침대 발치에서 뭔가가 꼬물락 거린다 싶더니 한영의 헝클어진 머리가 불쑥 나왔다.

"왜 아침부터 시끄럽게 소리치고 난리예요? 전쟁이라도 났어요?"

다시 시트 안으로 고개를 폭 집어넣은 한영이 방향을 바꾸어 시원이 앉아 있는 쪽으로 머리를 내밀었다.

"어…… 안 갔어?"

자신의 눈앞에 그녀가 있다는 사실이 기쁘기도 하고 어리둥절하기도 해 말을 더듬거렸다. 긴장으로 입안이 바짝바짝 타는 시원 앞에서 한영은 천연덕스럽게 입을 크게 벌려 하품을 하며 기지개를 폈다.

"어제 시원 씨가 그렇게 울며불며 가지 말라고 한 거 기억 안 나요?"

하품을 하느라 물기로 촉촉해진 눈동자로 한영이 말했다.

"으…… 응?"

"어제 시원 씨가 내가 원하는 거 다 들어줄 테니 곁에만 있어 달라고 했잖아요."

"내…… 내가 그랬어?"

머리는 까치집을 한 채, 멍한 표정으로 바라보는 시원이 정말 귀여웠다. 한영은 웃음이 터져 나오려는 걸 꾹 참고 뻔뻔스럽게 말했다.

"어머어머, 이 남자 좀 봐. 기억 안 나나 보네."

"……."

"잠깐 기다려 봐요."

한영이 침대에서 벌떡 일어나 시원의 넓은 책상으로 다가갔다. 자신의 흰 셔츠 하나만 달랑 입고 엉덩이를 살랑살랑 거리며 걸어가는 한영의 뒷모습을 보자 주책 맞게도 한영을 탐하고 싶은 마음이 들었다.

하얗고 곧게 뻗은 다리에서 시선을 뗄 수가 없었다.

‘저 다리를 남한테 넘길 수는 없지. 암. 나만 봐야 해!’

눈물을 펑펑 흘리며 한영을 잃을까 절절대던 때는 언제였는지 시원은 한영에 대한 소유욕을 불태웠다.

“자 봐요!”

침을 흘리며 한영의 다리를 쳐다보는 시원의 눈앞에 하얀 종이 하나가 보였다.

“이게 뭐야?”

“읽어봐요. 어제 시원 씨가 직접 작성한 거니까. 저기 밑에 시원 씨 사인 보이죠?”

한영의 손가락이 가리키는 곳을 보니 자신의 것이 분명한 사인이 휘황찬란하게 쓰여져 있었다.

10

[서약서]

1. 나 윤시원은 이한영이 공부를 마칠 때까지 기다린다. 그게
   1년이 되든 10년이 되든 입도 뻥긋 안 하고 기다린다.
2. 이한영의 유학기간 동안 조신하게 기다린다. 수절은 기본
   이며, 또 한 번 바람 피웠을시 어떤 응징도 달게 받는다.
3. 이한영이 부르면 이유를 불문하고 1시간 안에 모습을 드러
   낸다.
4. 매일매일 수업 끝내고 나오는 한영을 마중 나간다.(이것도
   이유불문) 사업을 핑계로 제 때 안 오면 응징이 있다.
5. 결혼하면 우리 방 청소, 빨래는 모조리 내 몫이다.
6. 아이는 한영이 공부 끝날 때까지 기다린다.

7. 이한영이 힘들게 아이를 낳아 준 것만으로도 감지덕지다.
   고로 아이는 내가 키운다.
8. 100점이 되는 그날까지 몸바쳐 봉사한다.
9. 그 외에 이한영이 생각날 때마다 요구조건을 추가해도 이
   유불문하고 받아들인다.
   고로 윤시원은 이한영의 종이나 마찬가지다.

사인: 윤시원

새하얀 종이 위에 찍혀 있는 활자를 자신이 재대로 읽은 것이
맞는지 몇 번이나 다시 읽어보았다. 설마 하는 심정으로 자신의
사인도 이리보고 저리 봐도 분명 자신의 필체였다.

"이…… 이게……."

기가 막혀 말도 나오지 않았다.

"어제 시원 씨가 나한테 써 준 거."

한영은 속으로 혀를 날름거리며 말했다. 술 취한 사람이 저거
쓸 겨를이 어디 있겠는가? 어제 자신의 품에 기대 잠든 시원을
낑낑거리며 침대로 옮긴 후 한영이 직접 준비한 것이었다. 술에
떡이 되어 잠들어 있는 시원의 얼굴을 보며 불현듯 생각난 것이
지만 정말 천재일우의 기회였다.

코 고는 소리만 들리는 오피스텔 안에서 혼자서 킬킬대며 타이
프를 했다. 그리곤 비몽사몽 뺨을 세게 쳐도 정신 못 차리는 시
원에게 억지로 펜을 들려 사인을 받아 낸 것이다.

흥분이 되어서 잠도 오지 않았다. 시원의 코 고는 소리를 피해
침대 발치에 몸을 누이면서도 연신 웃음만 나왔었다.

멍청한 표정으로 자신을 바라보는 시원의 시선을 피했다. 조금
만 더 눈을 마주치고 있으면 웃음이 터져 나올 것 같았다.

“내가 어제 이걸 써 줬다고?”

“네.”

“정말 이걸?”

“네. 그래서 나 시원 씨 옆에 있을려고요!”

한영이 달콤한 미소를 지으며 시원을 바라봤다. 한영의 말에 번쩍 귀가 뜨였다. 한영이 곁에만 있어 준다면 이까짓 종이에 적힌 나부랭이들은 얼마든지 들어 줄 수 있었다.

“뭐? 내 옆에 있는다고?”

“네. 어제 시원 씨가 말했잖아요. 내 옆자리 달라면서요.”

자꾸만 비실비실 웃음이 나왔다. 가짜 서약서로 시원을 골탕먹여 나오는 웃음이 아니라 어제 시원의 고백을 들으면서 가슴 가득 채워졌던 설렘에 다시 웃음이 나왔다.

햇살보다 눈부신 한영의 환한 미소에 시원의 마음도 설레기 시작했다.

“나…… 사랑한다면서요. 어제는 술 취해 말했으니 이제 맨 정신으로 다시 한 번 말해 줄래요?”

“!”

자신이 한영에게 사랑을 고백했다는 말에 잠시 멈칫했던 시원은 한영을 끌어당겨 품에 안고 그녀의 눈동자를 바라보았다.

까만 눈동자에 자신의 모습이 비쳤다.

“사랑해. 이한영. 내 허락도 없이 나의 마음을 송두리째 가져간 못된 이한영. 내 심장은 이제 몽땅 네 것이다. 그러니 앞으로 잘 부탁해. 사랑하고 또 사랑한다.”

그의 고백에 한영의 눈동자가 반달모양이 되었다.

“사랑해요. 내 심장은 처음부터 당신 것인 줄도 모르고 자꾸만 상처 냈던 바보 같은 윤시원. 이제 와서 싫다고 해도 반품은 안 되니까 앞으론 사랑만 가득 채워 줘요. 정말정말 사랑하는 거 알죠?”

한영이 환한 미소로 시원의 목을 감싸며 그의 입술에 키스를 했다. 그때서야 시원은 비로소 깨달았다.

앞으로 계속 될 자신의 생애에 사랑은 단 하나뿐이라는 걸.

그 사랑은 누굴 그리워하고 설레는 감정이 아니라 지금 자신의 품에 있는 사람이라는 걸.

이한영. 그 자체가 사랑이라는 것을 말이다.

에필로그

"마누라. 사랑하는 남편 왔다!"

시원은 넓은 마당을 가로질러 뛰어오면서 소리쳤다.

윤민원의 방에서 그와 담소를 나누며 차를 마시고 있던 한영의 얼굴이 발그스레하게 물들었다.

"어이구, 머저리 같은 놈. 마누라 치마폭에 싸여 창피한 줄도 모르는 놈."

윤민원이 퉁명스럽게 내뱉었지만 실상 그 누구보다 손자의 변화를 기쁘게 받아들이는 사람이었다.

이제 결혼한지 3개월 되는 새신랑은 대학교 4학년밖에 안 된 어린 새색시 사랑에 날이 가는 줄도 몰랐다. 한영이 졸업하고 유학을 다녀올 때까지 입도 뻥긋하지 않고 기다리겠다는 서약서는

어디로 사라졌는지 두 사람은 한영이 4학년 여름방학을 맞이하자
마자 서둘러 결혼식을 올렸다.

결혼식이 빨라진 이유는 표면적으로 대명그룹의 세계화가 가속
화되면서 안사람의 내조가 필요해서라고 했지만, 사실 이면에 가
려져 있는 진짜 이유는 알 사람은 다 아는 공공연한 비밀이었다.

그 이유인즉슨, 4학년을 맞이하던 그 해 봄, 대명그룹 사모님
될 한영은 과친구들과 함께 3박 4일 일정으로 졸업여행을 다녀왔
다. 그런데 그동안 그녀를 보지 못한 대명그룹 사장이 식음을 전
폐하고 일도 멀리했다는 것이다.

한영이 돌아와서 어른답지 못하다고 타박을 주니 충격을 받은
윤시원 사장은 한영이 자신을 싫어한다며 이번에는 아예 물조차
입에 대지 않았다고 한다.

애가 탄 한영이 발을 동동 구르자, 사랑한다면 표현을 하라며,
링겔을 꽂고 파리한 입술로 결혼해 주지 않으면 링겔 줄로 목을
매달아 죽어 버릴 거라고 반 협박을 했다나?

유야무야 남편 될 사람한테 밥 한 번 떠먹이려고 한영이 거짓
으로 고개를 끄덕이자 기다렸다는 듯이 변호사들이 뛰어들어와
공증하고 도장찍고 사인을 해 달라고 아우성을 쳤다고 한다.

결국 한영은 얼떨결에 사인을 하게 됐는데, 변호사들이 그날로
서류를 구청에 접수 해 버려 울며 겨자 먹기 식으로 결혼식을 올
리게 된 것이다.

하지만 그날 신부의 얼굴은 행복으로 발갛게 빛났다고 하니 사
랑싸움도 가지가지였다.

어쨌든 팔불출 새신랑 시원은 잠시도 한영을 자신의 시야 밖
에다 두지 않았다. 출장을 가면 가는 곳마다 한영을 데리고 갔
고, 회사에서도 시간마다 전화를 걸어 구구절절 사랑하노라 말
했다. 심지어는 아예 아침마다 같이 출근할 것인가에 대해 심각

히 고민하기도 했다.

일주일 전의 일이었다.

시원이 일본 오사카에서 열리는 CEO포럼에 참가했을 때였다. 이미 어느 정도 세계화가 진행되어 있고, 인지도 상승의 속도가 점점 빨라지는 대명그룹의 노하우에 대한 초청 포럼이어서 꼬박 일주일을 일본에서 머물러야 했다.

시원은 그 이야기를 듣자마자 스케줄을 조정해 한영과 유명하다는 온천순례를 할 생각에 혼자서 흐뭇해하고 있다. 뜨끈뜨끈한 물 속에서 한영과 둘이 한가롭게 노닥거릴 생각을 하니 벌써부터 엉덩이가 들썩여지며 하루라도 빨리 출발하고 싶다는 생각뿐이었다.

머릿속으로 이런 짓도 하고 저런 짓도 해야지 엉큼한 생각을 하며 한달음에 한영에게 달려간 시원은 그녀를 꼭 안으며 일본출장 얘기를 꺼냈다. 오는 내내 한영의 기뻐할 얼굴만 생각했던 시원은 한영이 못 간다고 말할 줄은 꿈에도 몰랐다.

"왜 안 간다는 거야?"

"레포트가……."

"으…… 그 놈의 레포트! 결혼했는데도 우리 앞을 막는 게 레포트란 말야?!"

"내일 가는 출장을 왜 오늘에서야 얘기하는 데요?"

"깜짝 놀라게 해 주려고 그랬지."

시원이 기가 죽은 듯 우물거리며 말했다. 그것도 잠시 큰 한숨을 쉰 시원이 잠시 골똘히 생각하더니 절충안이랍시고 내놓은 것이 매일 오사카로 출근을 하겠다는 것이었다. 한영의 입에서 저절로 한숨이 나왔다.

"시원 씨! 정말 이럴 거예요? 정말 자꾸 이러면 점수 팍팍 깎이는 거 알아요, 몰라요?”

허리에 팔을 떡 하니 올린 한영의 입에서 점수란 말이 나오자 시원은 뜨끔했다.

“어영부영 결혼은 했을지 몰라도 2세에 관해서 만은 시원 씨가 100점이어도 모자란다고 했어요. 안 했어요?”

“해…… 했지…… 하지만…….”

“하지만 뭐요? 우리 아기가 시원 씨처럼 촐싹댔으면 좋겠어요?”

“야, 이한영. 너 그래도 너무한 거 아냐? 남편한테 촐싹이라니…….”

기세 좋게 받아치던 시원의 말끝이 흐려졌다. 한영이 눈꼬리를 한껏 올리며 쳐다보고 있었기 때문이다.

“5점…….”

“그…… 그래 좋다. 뭐…… 이번만이야…….”

한영의 입에서 5점 차감 하겠다는 말이 나오려 하자 시원이 먼저 꼬리를 내렸다.

비행기에 오르는 그 순간까지 어떻게 하면 한영을 데려갈 수 있을까 호시탐탐 노리던 시원의 노력은 결국 불발로 끝나고 말았다. 그리고 결혼한지 3개월 만에 처음으로 일주일이라는 긴 시간 동안 떨어져 있게 된 것이다.

일주일 내내 무리해 가며 스케줄을 앞당겨 예정보다 하루 일찍 돌아오게 된 시원은 인천공항에 도착하기가 무섭게 직접 차를 몰고 집으로 달려왔던 것이다. 한영을 보게 된다는 기쁨에 피곤도 느끼지 못했다.

“어휴. 내 손자지만 정말 팔푼이라니까.”

윤민원이 얼굴 가득 미소를 지으면 말했다. 그 말에 한영도 배

시시 따라 웃었다. 할아버님이 팔푼이라 했지만 자신의 눈에는 둘도 없는 왕자님이었다.

윤민원의 방으로 들어온 시원은 할아버지께 인사를 하는 둥 마는 둥 고개만 까닥이고는 한영의 손을 잡고 2층으로 올라갔다. 할아버지가 뒤통수에 대고 못난 놈이라고 소리쳤지만 그의 귀에는 들어오지 않았다.

방 안에 둘만 있게 되자 시원은 그녀를 꼭 안으며 말했다.

"마누라 나 열심히 일하고 왔는데 점수 좀 안 올려 주나?"

"피~, 일이야 원래 시원 씨가 해야 하는 거잖아요."

"그래도 내가 일하는 건 나라 발전과 직결되니까 나의 행동은 다 애국심에서 나온 거라고. 우리 아기가 본받아야 할 훌륭한 자질이지."

시원의 말에 한영이 곰곰이 생각하는 듯 하더니 말했다.

"정말 그러네? 그럼 보너스로 한 100점 정도 줄까?"

"어…… 엉?"

너무 후한 한영의 인심에 도리어 시원이 당황했다. 정신을 잃을 정도의 달콤한 키스를 바란 것인데, 갑자기 섹시한 레이스 속옷을 입은 한영의 유혹을 받은 꼴이라고나 할까?

"뭐…… 나는 인정하고 싶지 않지만 우리 아기가 100점짜리 아빠라고 인정한 것 같아서……."

시원은 한영의 얘기에 어안이 벙벙해졌다.

"뭐?…… 아기? 농담 아니지? 어? 진짜지?"

"응. 이제 두 달째래요. 초기라서 비행기도 타면 안 된대."

어린 나이에 벌써 아이를 갖게 된 게 쑥스러웠는지 한영이 얼굴을 붉히며 쑥스러운 듯 살며시 미소지었다.

"야호!"

시원은 온 집안이 들썩일 정도로 크게 환호성을 질렀다. 한영을 안아 빙글빙글 돌리다가 금세 침대 위에 내려놓았다.

"휴~, 조심해야 한다고 했지, 으흐흐. 한영아 나 왜 자꾸 입이 벌어지냐? 바보처럼 웃음만 나온다."

자신을 유리 대하듯 조심조심 안아 드는 시원을 바라보며 한영은 왈칵 눈물이 나올 것 같았다. 사랑을 믿지 못하던 남자의 눈동자에 따스한 사랑의 기운이 가득했기 때문이었다. 이렇게 아름다운 사람의 눈동자에 자신에 대한 사랑이 가득 차 있는 걸 보니 눈물이 날 정도로 뿌듯했다.

"시원 씨 우리 정말 행복하지?"

빙그레 미소를 짓고 있는 시원의 눈동자는 한영의 마음을 다 안다고 말하고 있었다.

"매일매일, 어제보다 오늘이, 오늘보다 내일이 더 행복하다, 한영아. 네가 있다는 이유만으로도 난 행복해서 가슴이 터질 것 같아. 사랑해. 언제까지나 영원히 사랑할게."

시원의 열성적인 고백에 한영은 흘러내리는 눈물을 꾹 참으며 장난스럽게 말했다.

"후후후…… 역시 내가 이겼죠?"

"무슨 말이야?"

"우리 처음 약혼했을 때요. 당신이 날 사랑하게 만들겠다는 내기 말이에요."

"아아. 그거?"

시원은 루즈삭스에 청스커트를 입고 자신을 쳐다보며 유혹하듯 다리를 꼬고 앉던 한영의 모습을 떠올리며 미소를 지었다. 아마 그때부터였을 것이다. 자신의 심장에 한영의 모습이 새겨지기 시작했던 것은. 처음부터 자신의 눈길을 끌던 어린 약혼녀는 기어코 그의 심장에 자신의 모습을 그려 놓고 사랑하게 만들었다.

"그런데 생각하면 생각할수록 불공평한 내기였단 말이에요."

심통이 난 듯 입술을 삐죽거리며 한영이 말했다.

"뭐가 불공평하다는 거야?"

"아니, 시원 씨는 내기에 이겼건 졌건 이한영라는 인생 최고의 선물을 받는 거였지만 정작 나는 받는 게 하나도 없었잖아요."

"내가 당신 것이 됐잖아. 한국에서 첫째가는 대명그룹의 오너, 나 윤시원이 당신 손안에서 벌벌 떠는데 그걸로도 부족하다는 거야?"

시원의 말에 한영이 어깨를 으쓱하며 어쩔 수 없다는 말투로 이야기했다.

"뭐…… 하긴 그렇죠? 그걸로 만족해야겠죠?"

"뭐야? 하하하."

한영의 말에 시원은 웃고 말았다. 심통을 부리며 말하는 한영의 눈동자가 반달모양이 되어 웃고 있었기 때문이다. 시원은 한영을 안은 팔에 더욱 힘을 주었다.

잃어버릴 뻔했던 사랑이 자신의 품 안에 있었다. 자신에게 진정한 사랑이 무엇인지 가르쳐 준, 생애 최고의 선물인 한영을 자신에게 준 운명에게 감사했다.

약혼기간 1년, 신혼기간 3개월에 접어든 윤시원, 이한영 커플.

그들은 현재도 목하 열애 중이다. 그리고 이제 8개월 후 2세가 태어나면 더욱 행복해질 두 사람이었다.

<끝>

　글 쓰는 것은 언제나 즐겁다. 하얀 백지 위에 써 놓은 캐릭터들이 일어나 춤추고, 노래하는 모습을 보는 것은 즐거운 일이다. 내 예상과는 다르게 글이 풀려 갈 때도 있지만 그 과정마저 즐거운 것이 글 쓰기의 매력이다.

　언제부터 내가 글이라는 매개체를 통해 내 감성을 표출했는지 정확히 알 수는 없지만, 꽤 오래 전부터 인걸로 기억된다. 아마도 초등학교시절 무렵부터? 그만큼 글 쓰기는 내 생활의 일부분과도 같았다. 나에게 있어 글 쓰기란 그렇게 거창하고, 의미심장한 것이 아니었다. 그저 하루의 일상을 되돌아보며 푸념을 적듯 쓴 일기나, 낄낄대며 만화책을 보다 그 다음 이야기를 상상하며 써 내려가던 주인공들의 대화, 수업시간의 지루함을 떨쳐 내기 위해 끄적이던 낙서들, 이 모두가 나에겐 글 쓰기였다. 지금까지 손에서 연필을 놓지 않은 건 어쩌면 당연한 일인지도 모른다.

　하지만 이렇게 글을 쓰면서 내 이름을 건 책을 내게 될 거라는 생각은 한번도 해 본 적이 없었다.

　사람들이 나에게 왜 글을 쓰냐고 물을 때면, '그냥…….' 이라고 대답하는 것이 고작이었다. 사실 말 그대로 그냥 쓸 뿐이었다.

　그러나 지금 나는 내 이름을 건 책을 마주보고 앉아 있다.

　글 쓰기가 가지고 있는 가장 큰 매력은 작가인 내가 모든 걸 창조

해 갈 수 있다는 것이다. 쉽게 말해 내가 등장 인물의 성격을 만들고, 사건을 만들어 주인공들을 괴롭힐 수도 있고, 세상에 하나뿐인 멋진 연인을 만들어 줄 수도 있다. 이 책의 주인공 한영도 그런 나의 의도가 다분히 반영된 캐릭터이다.

내가 현실에서 하지 못하는 것, 하기 어려운 것들을 모두 주인공 한영이에게 주문했다. 주인공 이한영은 내가 바라는 이상향이라고나 할까? 그래서 한영이는 나이에 비해 조숙하고 못하는 것이 없다.

너무 무리한 주문을 척척 해내는 주인공이 독자 분들에게 사랑을 받을지 아니면 말도 안 된다며 미움을 받을지 조금은 걱정된다.

하지만 말도 안 되는 캐릭터가 주인공일지언정 내가 바라는 것은 하나뿐이다. 독자 분들에게 재미를 주고, 개미 눈물만큼이라도 서로가 공감할 수 있게 되는 것. 내가 이 글을 쓰면서 느꼈던 통쾌함, 유쾌함들을 독자 분들과도 함께 하고 싶다는 것이다.

미숙한 글을 가지고 너무 억지를 부리는 것은 아닌가 싶기도 하지만 사람은 어쩔 수 없는 욕심쟁이인 것 같다. 처음에는 책이 나온다는 그 자체로도 기뻤지만 지금은 보다 많은 독자들이 읽어 주길, 내 책을 읽고 많이 즐거워 해 주기를 바라는 것을 보면 말이다.

2004. 송 혜 련